櫻井陽子編

校訂延慶本平家物語(四)

汲古書院

校訂延慶本平家物語(四)　目　次

凡例

1 本書は大東急記念文庫蔵の延慶本「平家物語」全十二冊を底本として、なるべく読みやすく、かつ本文の原形を残すように翻刻した。

2 異体字は通行の字体に直し、新字体を採用した。㈤ページに異体字一覧を付した。

3 書写者の書き癖と考えられる字、崩し方によっては正字か誤字か判断がつきかねる字、及び異体字の一部は、左のように統一した。

○郷 → 卿　○三牧甲 → 三枚甲　○相撲 → 相模　○疎 → 踈　○奸 → 姧　○慥 → 慥

4 明らかな誤字・脱字・衍字等は訂正し、頭注にその旨を記した。底本自体が本文を訂正している場合は、頭注でその旨を記す。

5 底本が本文に傍書、もしくは傍書補入している場合は、頭注に指摘した。

6 底本に設けられている、敬意を示す一字あきはそのまま残した。

7 濁点、句読点、「 」は校訂者が付した。

8 当字はそのまま翻字し、頭注に掲げなかったものについては、㈥ページに一覧を掲げた。改めた場合は頭注にその旨を断った。

9 底本にある振り仮名は、朱で記されているものも含めて、片仮名で翻刻した。

10 平仮名の振り仮名は、校訂者が加えたものである。底本には稀に平仮名の振り仮名があるが、それらは片仮名に直した上で頭注にその旨を断った。

11　底本は漢文訓読的な表記を多分に残す漢字片仮名交じりであるので、次のような操作を加えて、読みやすくした。

①引用や文書類の掲出など、長文の漢文については本文には返り点を付し、本文のあとに書き下し文（漢字平仮名交じり）を添えた。

②地の文の中にある反読表記については、校訂者が返り点を付し、また難読個所には振り仮名をつけるようにした。

〈例〉　可レ被二禁獄一《きんごくせらるべし》　豈夫《あにそれ》可レ然《しかるべけんや》 哉

③訓点は現在の学校教育に用いられている方式で統一した。底本の返り点の間違いは直すが、頭注では断らない。

12　底本は、漢文訓読の送り仮名にあたる活用語尾や助詞、漢字の捨て仮名、振り仮名などを他の片仮名と区別して小さな字体で書く場合（いわゆる宣命書きに似た方式）が多い。しかし、その大小の使い分けは、書写上の条件とも関係しているらしく、翻刻に際して原状を完全に再現することは不可能に近い。そこで本書では以下のような原則によって処理した。なお原状を参照する必要のある向きは、影印本によられたい。

①捨て仮名は小字（8ポイント）とする。

②凡例11－②の返り点を付した場合、送り仮名は小字（8ポイント）とする。

〈例〉　近ク尋レ二我朝ヲ一者《ば》　不《ズ》レ従《シタガ》ハ

右の①②以外の片仮名は振り仮名を除き、すべて10ポイントとした。

13　底本には所々声点と思われる記号があるが、それらは本文の右側に下図のような番号を付し、頭注に表示した。

即ち①は文字の右上に点が一つある場合、②は点が二つある場合……ということを示す。

14　和歌・連歌・漢詩漢文・歌謡は二字下げに統一した。
15　一章段内での段落分けは校訂者による。
16　底本は各巻の目次に番号と章段名を掲げ、各章段の冒頭にあたる本文の行頭に番号を書き込んでいることが多い。本書は章段の冒頭部分に該当する頭注欄に、ゴチックで、番号と章段名を掲出して、見出しの代りとした。
17　底本は外題には「平家物語四」とあるが内題は「平家物語第二中」とする。本巻では便宜上、「巻四」の表示を用いることがある。
18　頭注は原則として見開き二頁ごとに1、2、3……の番号を付して、左頁の端に掲出したが、その範囲内で章段が変る場合には、章段ごとに掲出することとした。入りきらず次頁にわたる場合がある。
19　「御」「御坐」の訓みについては、「おはします」「おはす」両例が混在しており、本巻では確定できる場合にのみルビを付した。
20　脱落その他により解釈が困難な個所で、他の諸本が参考になる場合は、頭注にその本文を引用した。参照する諸本は以下の通りである。
長門本――『岡山大学本平家物語二十巻』福武書店刊（翻刻）
源平盛衰記――『源平盛衰記慶長古活字版』勉誠社刊（影印）
四部合戦状本――『日本文学研究大成平家物語Ⅰ』所収「四部合戦状本平家物語巻四」国書刊行会刊（翻刻）
覚一本――日本古典文学大系『平家物語上』岩波書店刊（翻刻）
21　本書は、延慶本の正しい理解に役立てるために、広範な学問領域からの究明を可能にすべく公刊するものである。大学・大学院の演習や講読、輪読会のテキストなどに活用され、多数の、また多様な分野からの吟味が行なわれることを望んでいる。

22 本巻は、櫻井陽子が担当した。校正、翻字点検などには栃木孝惟・松尾葦江・谷口耕一・平野さつき・高山利弘・久保勇・小番達が協力した。

23 出版をお許し頂いた大東急記念文庫に、御礼を申し上げる。

本巻における異体字一覧（通行の字体に改めたもの）

○亞→亜　○惡→悪　○伊→伊　○㕥→以　○違→違　○㔟・異→異　○引→引　○回→因　○咽→咽
○陰→陰　○隠→隠　○裔→裔　○烏→烏　○叡→叡　○苑→苑　○淵→淵　○薗・苣→園　○恩→恩
○怨→怨　○穏→穏　○哥→歌　○卧→臥　○界→界　○恠→怪　○害→害　○草→革　○隔→隔
○鶴→鶴　○乹→乾　○漢→漢　○榦→幹　○寛→寛　○舘→館　○噐→器　○喜→喜　○鬼→鬼
○逆→逆　○朽→朽　○亰→京　○强→強　○競→競　○胷→胸　○脇→脇　○恐→恐　○局→局
○棘→棘　○僅→僅　○覌→観　○勤→勤　○瑾→瑾　○區→区　○契→契　○傾→傾　○稽→稽
○隙→隙　○兼→兼　○憲→憲　○權→権　○絹→絹　○獻→献　○劔→剣　○壺・壺→壺　○互→互
○沍→沍　○弘・弘→弘　○功→功　○尻→尻　○岡→岡　○綱→綱　○輿→興　○剛→剛
○コト　○鎖→鎖　○座→座　○坐→坐　○最→最　○歳→歳　○鞍・鞍→鞍　○殺→殺
○雜→雑　○參→参　○絲→糸　○似→似　○執→執　○膝→膝　○シテ　○釋→釈　○囚→囚
○衆→衆　○就→就　○葺→葺　○酬→酬　○獸→獣　○叔→叔　○熟→熟　○庶→庶　○称→称
○嘗→嘗　○賞→賞　○昇→昇　○承→承　○職→職　○寢→寝　○雖→雖　○勢→勢　○聟→聟

○潟→潟　○籍→籍　○節→節　○摂→摂　○船→船　○遷→遷　○蘇→蘇　○葱→葱　○装→装
○騒→騒　○体→体　○第→第・弟　○醍醐→醍醐　○脱→脱　○奪→奪　○壇→壇　○秩→秩
○着→着　○胄→胄　○腸→腸　○珍→珍　○沈→沈　○庭→庭　○低→低　○剃→剃　○程→程
○敵→敵　○等・ホ→等　○逃→逃　○島→島　○洞→洞　○遁→遁　○敦→敦　○南→南　○爾→爾
○弐→弐　○脳→脳　○廃→廃　○発・発→発　○撥→撥　○髪→髪　○抜→抜　○罰→罰　○斐→斐
○美→美　○備→備　○畢→畢　○氷→氷　○憑・憑→憑　○賓→賓　○浜→浜　○鬢→鬢　○叛→叛
○稟→稟　○負→負　○符→符　○富→富　○阝→部　○凡→風　○聞→聞　○閉→閉　○匍→匍
○放→放　○亡→亡　○忘→忘　○畝→畝　○井→菩薩　○丼→菩提　○本→本　○凡→凡
○广→摩・磨　○慢→慢　○曼→曼　○弥→弥　○密→密　○無→無　○務→務　○冥→冥　○妄→妄
○網→網　○役→役　○勇→勇　○融→融　○余→余　○様→様　○覧→覧　○嵐・嵐→嵐　○掠→掠
○留→留　○旅→旅　○両→両　○涼・涼→涼　○涙→涙　○广→暦　○瀲→瀲　○ノ→郎　○鹿→鹿
○勒→勒

本巻に見られる主な当字（改めなかったもの）
○浅猿・浅増（浅まし）　○油黄（硫黄）　○伊与（伊予）　○王子（皇子）　○穴倉ナシ（覚束なし）
○借ス（貸す）　○加様（斯様）　○鬼海（鬼界）　○猿程（さる程）　○塩（潮）　○師子（獅子）
○信乃（信濃）　○震襟（宸襟）　○信読（真読）　○震筆（宸筆）　○節度（節刀）　○詫宣（託宣）
○大刀（太刀）　○大政（太政）　○朝庭（朝廷）　○天王（天皇）　○共（供）　○幡磨（播磨）

○火縅（緋縅）　○兵杖（兵仗）　○掘ル（掘ル）　○万ダラ（曼陀羅）　○御門（帝）　○目出シ（めでたし）

○本鳥（髻）　○良タシ（らうたし）　○狼籍（狼藉）

平家物語 四

1　「禍虫」は書き入れ。下に擦り消しの跡あり。

一　法皇鳥羽殿ニテ送月日坐事

治承四年正月ニモ成ヌ。鳥羽殿ニハ元三《ぐわんざん》之間、年去年来《としさりとしきた》レドモ、相国モ不レ許、法皇モ怖レサセマシ〳〵ケレバ、事問《こととひ》参ル人モナシ。被二閉籠《とぢこめられ》一サセ給タルゾ悲シキ。藤中納言成範卿、左京大夫修範《ナガノリ》兄弟二人ゾ被レ免《ゆるされ》テ参ゼラレケル。古ク物ナド被二仰合《おほせあはせられ》一シ大宮大相国、三条内大臣、按察大納言、中山中納言ナド申《まうし》シ人々モ失《うせ》ラレニキ。古キ人トテハ、宰相成頼、民部卿親範、左大弁宰相俊経計《ばかり》コソオハセシカドモ、此《この》世ノ中ノ成行《なりゆく》有様ヲ見ルニ、「[1]トテモカウテモ有ナム。朝廷ニ仕ヘテ身ヲ扶ケ、三公九卿《けい》ニ昇テモナニカハセム」トテ、適《タマ〳〵》余殃《よあう》ヲ免《まぬか》レ給シ人々モ忽《たちまち》ニ家ヲ出、世ヲ遁レテ、或ハ高野ノ雲ニ交リ、或ハ醍醐ノ霞ニ隠レ、仁和寺ノ閑居ニ閉籠《とぢこもり》テ、一向大原ノ別所ニ居ヲト《し》[2]メ、後生菩提ノ営ヨリ外ハ無二一心《ふたごころなく》一行ヒスマシテゾオハシケル。昔商山四皓《カウ》、竹林

1　「世の中はとてもかくてもありぬべし宮も藁屋もはてしなければ」（蟬丸）を踏まえる。
2　ト　シム（類聚名義抄）

ノ七賢、是豈博《ハク》[1]覧清徹《テツ》ニシテ世ヲ遁レタルニ非《あらず》ヤ。中ニモ成頼卿此事共ヲ聞伝テハ、「哀、心トウモ世ヲ遁《のがれ》ニケル者哉。カクテ聞《きく》モ同事ナレドモ、世ニ立交リテ親《まのあた》[2]リ見《み》聞《きか》マシカバ何計《いかばかり》カ心憂カラマシ。保元平治ノ乱ヲコソ浅猿《アサマシ》ト思シニ、世ノ末ニナレバマス[3]〳〵ニノミ成行《なりゆく》メリ。此《この》後又イカバカリノ事カ有ンズラン。雲[4]ヲ別ケ土ヲ堀テモ入ヌベクコソ覚《おぼゆ》レ」トゾ宣ケル。世末ナレドモユ、シカリシ人々也。[5]「廿八日ニ、春宮ノ御袴着、御[6]マナキコシメスベシ」ナド、花ヤカナル事共、世間ニハ詈《ののし》リケレドモ、法皇ハ御耳ノヨソニ聞召《きこしめす》ゾ哀ナル。

1　「博覧清徹」、長門本「はくらんせいてつ」
2　親マノアタリ（類聚名義抄）
3　「マス〳〵ニノミ」、長門本「いやましく〳〵にのみ」
4　「雲ヲ別ケ」、長門本「くもをわけてものほり」
5　「廿八日」、長門本・盛衰記・四部本「廿日」
6　「マナ」の右に「メシソメナリ」と傍訓あり。削除した。「マ」に声点⑤、「ナ」に声点⑤

二　春宮御譲ヲ受御ス事

二月十九日ニ春宮御譲ヲ受サセ給フ。今年纔《わづか》ニ三歳ニゾナラセ給フ。「イツシカ」ト人思ヘリ。先帝モ殊[1]ナル御ツヽガモヲハシマサヌニ、ヲシオロシ奉ラル。是ハ大政入道万事思フサマナルガ所《とこ》ロレ致ス也。

「老子《らうし》経《きやうにいはく》云、『飄[2]風《ヘウ》朝ヲオヘズ、驟雨《シユう》ハ日ヲオヘズ』ト云ヘリ。飄風トハ疾《トキ》風也。驟[3]雨トハ　　雨也。言《イフコ、ロハ》、『疾《とく》スルモノハ長ズル事アタハズ。頓[4]《にはか》ニスルモノハ久《ひさしきこと》事不レ能ハ』ト云ヘリ。此《この》君疾ク位ニ即《つか》セ給テ、疾ク位ヲヤ退セ給ハムズラム」ト、人サ、ヤキアヘリ。

即位元服事《そくゐげんぶくのこと》、吾朝《わがてう》ニ二歳三歳ノ例ナシ。仍《よつて》江中納言ニ被レ問二漢家之例一ヲ。中納言、以二消息一ヲ被レ申。其状《そのじやうにいはく》云、

冢[5]宰荷《チヨサイニナテ》以聴レ政ク、周ノ成王是也。大后抱《イダイテ》以臨レ朝ニム、晋《シンノ》穆帝是也。成王三歳ニシテ即レ位、穆帝二歳ニシテ即レ位也云々。

冢宰《ちよさいにな》荷って以て政を聴く、周の成王是《これ》なり。大后抱いて以て朝《てう》に臨む、晋の穆帝是なり。成王三歳にして位に即《つ》き、穆帝二歳にして位に即くなりと云々。

爰[6]《ここに》俊憲以二勘文一申二鳥羽院一云、「成王三歳《さんさいにして》即位元服之由、江中納言《がうちうなごんの》

1 「殊」、下に字（判読不能）を書き、すりけして「殊」を上書き。
2 「飄風……」、「飄風不終朝。驟雨不終日。孰為此者。天地。天地尚不能久。而況於人乎」（『老子』二十三）
3 「驟雨トハ」の下、三字分空白。「驟雨ハニワカ雨」（京大本『老子経抄』二十三）。長門本「霓雨とはあらしの雨也」
4 頓ニハカニ、タチマチニ（類聚名義抄）
5 底本でもここで改行。
6 底本でもここで改行。

中条《まうすでう》、極《きはめ》タル僻事《ひがこと》也。一切所見無シ。十二歳ニシテ元服ナリ」云々。

大和進士友業、内々聞二此事一ヲ申ケルハ、「俊憲一切猿事《さること》ナシト申切之条《まうしきるでう》、尊《たふ》トキ万巻之渡書《トショ》[1]、併《しかしなが》[2]ラ見尽《みつくし》テケリト被二覚悟一。但《ただし》江中納言ノ被レ申事、様《やう》コソ有《あ》ラメト可レ閣《さしおく》[3]歟」ト云々。

上詩披緑ト云文ハ江中納言之一品書《いっぽんのしょ》也。余家ニ無レ之。件《くだんの》書ニ成王三歳ニシテ即位之由、在レ之。俊憲、「不レ知也」ト被レ申、尤《もっとも》可レ然。史記ニ、「成[4]王幼《をさなく》シテ繦緥中」云々。見二是等一ヲ被レ申歟。成王ハ三歳ニシテ即位、穆帝ハ二歳ニシテ即位元服也。冢宰ハ周公旦也。

或人、大政入道ノ小舅、平大納言時忠卿ノ許へ行向テ、「京都ニコザカシキ仁《ひと》[5]共ノ集テ、内々申候ナルハ、『此《この》君ノ御位余リニ早シ。イカヾワタラセ給ハムズラム』ト謗《そし》リ、沙汰仕リ候ナルハ」ト申ケレバ、時忠卿腹立《ふくりふ》シテ被レ申ケルハ、「ナニシカハ此御位ヲイツシカナリト人思ベキ。竊《ひそか》ニ伺二先規一ヲ、遥ニ尋《たづぬる》ニ二傍例一ヲ、異国ニハ周ノ成王三歳、晋《シン》ノ穆帝二歳、各《おのおの》繦緥ノ中ニツ、マレテ、衣冠ヲ正シクセザリシカドモ、或ハ摂政負テ位ニ即キ、或ハ母后抱テ朝ニ莅《のぞむ》[6]ト云ヘリ。就《なかんづくに》[7]レ中後漢ノ孝煬皇帝[8]ハ、生レテ百余日之後ニ践祚アリキ。吾《わが》朝《てう》ニハ又近衛院三歳、六条院二歳、皆天子ノ位ヲ践《つ》ギ、万乗ノ君ト仰ガレ給フ。先蹤《せんしよう》、和漢如レ此《かくのごとし》。人以テ強《あながち》ニ可二傾申一《かたぶけまうすべき》様《やう》ヤハ有《ある》」トテ、平大納言大《おほき》ニシカラレケレバ、其《その》時ノ有職《いうそく》ノ人々ハ、「穴《あな》オソロシ、モノイハジ。サレバ夫《それ》ハヨキ例《ためし》ニヤハ有」トゾツブヤキアハレケル。

春宮御譲ヲ受サセ給ニケレバ、外祖父、外祖母トテ、入道夫妻共ニ三后ニ准《じゆんず》ル宣旨ヲ被《かうぶり》テ、年官年爵ヲ賜テ、上日《じやうにち》ノ者ヲ被二召仕一ケレバ、絵書《かき》花付《つけ》タル侍出入シテ、偏《ひとへ》ニ院宮ノ如《ごとく》ニゾ有ケル。出家入道ノ後モ、栄耀ハ尽セザリケリト見《みえ》タリ。出家ノ人ノ准三后ノ宣旨ヲ被《かうぶ》ル事ハ、法興院ノ大入道殿ノ御例也。「其《それ》モ一ノ人ノ御例、准《なずら》ヘガタクヤ」トゾ人申ケル。

加様《かやう》ニ花ヤカニ目出《めでた》キ事ハ有ケレドモ、世中《よのなか》ハヲダシカラズ。

1 「渡」に声点⑦、「書」に声点⑤
2 併シカシナガラ（色葉字類抄）
3 閣サシヲク（色葉字類抄）
4 「昔周王初立、未離襁褓、周公旦負王、卒定天下」（『史記』蒙恬列伝）
5 仁ヒト（類聚名義抄）
6 莅ノゾム（類聚名義抄）
7 就中ナカムツクニ（類聚名義抄）
8 「孝煬皇帝」、正しくは「孝殤皇帝」

三　京中ニ旋風吹事

廿九日申尅計《ばかり》ニ、京ニ旋《セン》風大《おほき》ニ吹テ、一条大宮ヨリ初テ東へ十二町、富小路ヨリ初テ南へ六町、中御門ヨリ東へ一丁、京極ヲ下リニ十二町、四条ヲ西へ八丁、西洞院ワタリニテ止《やみ》ヌ。其《その》間ニ殿舎ノ門々、雑人《ざふにん》ノ家々、築垣、筒井ヲ吹倒《タヲシ》、吹散スアリサマ、木葉ノ如シ。馬、人、牛、車ナドヲ吹上テ、落着《おちつく》所ニテ死ヌル者多シ。昔モ今モタメシナキ程ノ物怪《もつけ》トゾ人々申アヒケル。

四　新院厳島へ可有御参事

三月十七日、新院、安芸ノ一宮厳島社へ御幸ナルベキニテ有ケルガ、東大寺、興福寺、山門、三井ノ大衆、京へ可二打入一之由聞テ、京中騒ケレバ、御幸俄《にはか》ニ思召止《とどま》ラセ給ニケリ。「帝王位ヲサラセヲハシマシテ後、諸社ノ御幸初《ごかうのはじめ》ニハ、八幡、賀茂、春日、平野ナドへ御幸有テコソ、何《いづれ》ノ社《やしろ》へモ御幸アレ。イカニシテ西ノハテノ島国ニワタラセ給《たまふ》社へ御幸ナルヤラム」ト人アヤシミ申ケレバ、又人申ケルハ、「白河院ハ位ヲサラセ給テ後、先《まづ》熊野ヘ御幸有キ。法皇ハ日吉ヘ参ラセ給。先例如レ此《かく》ノ。既ニ知《しん》ヌ、叡《エイ》慮[1]ニ在《あり》ト云《いふ》事ヲ。其《その》上御心中ニ深キ御願アリ。又、『夢想ノ告モ有』ナムドゾ仰《おほせ》有ケル。

此《この》厳島社ヲバ入道相国頻《しきり》ニ崇《あが》メ奉ラレケリ。彼《かの》社ニ内侍トテ有ケル巫女《みこ》マデモモテナシ愛セラレケリ[2]。

1 「叡」、底本「睿」

2 以上の発言は一五頁「カヽリケレバ」に続く。発話の中に「入道厳島ヲ崇奉由来事」がはさみ込まれている。

五 入道厳島ヲ崇奉由来事

入道殊ニ厳島ヲ崇給ケル由来ハ、鳥羽院御宇《ぎよう》、安芸守タリシ時、「彼《かの》国ヲ以テ高野ノ大塔ヲ造進スベシ」ト院ヨリ被レ仰下一タリケレバ、渡部党ニ遠藤六頼賢ト云ケル侍ニ仰テ、六个年ニ事終テ、供養ヲ遂畢《とげをはん》ヌ。

爾《その》時、首《かうべ》ニハ雪ニ似タルシラガヲイタヾキ、額ニハ四海ノ波ヲタヽミ、眉ニハ八字ノ霜ヲタレ、腰ニハ梓ノ弓ヲハリテ、鳩杖《はとのつゑ》ニスガレル八十有余ノ老僧アリ。平左衛門尉家貞ヲ呼出シテ宣ケルハ、「ヤヽ、左衛門殿。御辺《ごへん》ノ主ノ安芸守殿ハ、哀レ、ユ、シキ人哉《かな》。此《この》僧見参ニ入ヌ給ヘ[1]」ト宣ケレバ、家貞、安芸守ニ此《この》由申ス。清盛、「直人《ただひと》ニ非《あらず》」トヤ思ハレケム、莚《むしろ》畳《たたみ》ヲシカセ、装束タヾシクシテ出逢テ見参シタマフ。此老僧宣ケルハ、「ヤ、、安芸守殿。此山ノ大塔造進ノ事コソ無レ限ウレシケレ。見給《みたまふ》ガ如ク、日本広シト云ヘドモ、密宗ヲ引《ひか》ヘテ長日《ちやうじつ》ノ勤メ懈《おこた》ラヌ事ハ此山ニ無ゾレ所《とこ》ロレ過ル。但《ただし》又、様《やう》ノ有ンズルハイカニ。越前国気比社《けひのやしろ》ハ金剛界神《こんがうかいのかみなり》也。北陸道ハ畜生国ニシテ、荒血《あらち》ノ中山ガ畜生道ノ口ニテ有ゾ。サレバ気比大菩薩是《これ》ヲ愍《あはれ》ミ給テ、敦賀津ニ垂レテ跡ヲ、和光同塵[2]ノ力ヲソヘ、『我ニ値遇《ちぐ》セム者ヲ導《みちびけ》』ト云願ヲ立テヲハシマス。其《その》願既ニ成就シテ、気比社ハ盛ニ御坐ス。御辺ノ国務ノ所《とこ》ロ、安芸国厳島大明神ハ胎蔵界《たいざうかいの》神也。サレバ、気比、厳島社ハ両界ノ神ニテオハシマス。厳島ノ社既ニ破壊《はゑ》シ畢《をはん》ヌ。御辺任ヲ申延《まうしのべ》テ造進シ給ヘ。造進シツル者ナラバ、官位、一門ノ繁昌肩ヲ並《ならぶ》ル人有マジキゾ」ト宣ヘバ、清盛、「畏テ」ト御返事申ス。老僧大《おほき》ニ悦テ、衣ノ袖ヲ顔ニ押当テ、感涙ヲ流テ立給ヌ。

安芸守、直人《ただひと》ニイマサズト奉レテ見、家貞ヲ招寄テ、「此老僧ノ入給ハム所、見置奉リテ帰レ。僧ニハ不レ可レ奉レ見エ」ト宣ケレバ、家貞、老僧ノ御後《うし》ロニ付テ、カクレ〳〵行程《ゆくほど》ニ、三町バカリ行テ後、老僧立帰テ宣ケルハ、「ヤ、、平左衛門殿。ナカクレソ。我ハ和殿ノ見送リ給《たまふ》ヲバ知タルゾ。近クヨレ。云ベキ事アリ」ト宣ヘバ、平左衛門不レ及レ力シテ参テ畏《かしこまり》テ候処ニ、老僧宣ケルハ、「御辺ノ主ノ安芸殿ハ、哀レ、イミジキ人哉。厳島社造進シツル者ナラバ、官位、一門ノ繁昌、肩ヲ並ル人有マジ。ソモ一期《いちご》ゾヨ」トテ、カキケツ様ニ失給《うせたまひ》ヌ。

家貞此由ヲ安芸守ニ申セバ、清盛、「サテハ一期ゴサムナレ。子孫相継《あひつぐ》マジカムナルコソ心ウケレ。当山ニテ後生菩提《ごしやうぼだい》ノ祈リノ為、善根ヲ修セバヤ」トテ、ヤガテ西曼ダラ、東万ダラトテ、二《ふたつ》ノ万ダラヲ奉レ書。東万ダラヲバ、法皇ノ召仕ハセ給ケル静妙、是ヲ奉レ書。西万ダラヲバ、清盛、「自筆ニ奉レ書」トテ、八葉《はちえう》ノ九尊ヲバ、我脳《わがなづき》[3]ノ血ヲ出シテ奉リレ書、万ダラ堂ヲ造テ納進《をさめまゐら》セケリ。

1 「ヌ」、底本のまま。「セ」の誤写か。
2 「ノ」、残画によって判断した。
3 脳ナヅキ（色葉字類抄）

其後京ヘ帰リ登テ、大師ノ老僧ニ現ジテ被レ仰之旨《おほせらるるむね》、具《つぶさ》ニ奏聞シケレバ、「厳島社可二造進一」トテ、任ヲ延《のべ》ラレテ、長任[1]ノ国務トシテ社ヲ造進シ給《たまふ》。三个年ノ中ニ、百廿間之廻廊幷ニ小神々々ノ鳥居々々ヲ立並《たてならべ》、御遷宮有[2]ケルニ、大明神、内侍ニ移テ御託宣有ケルハ、「汝知レリヤ否ヤ、一年《ひととせ》高野ノ弘法《こうぼふ》ヲ以テ告シメキ。我社《わがやしろ》破壊《はゑ》スル間、可二造進一之由仰含キ。甲斐々々敷《かひがひしく》造進シタル事、返々《かへすがへす》神妙也。此悦《このよろこび》ニ夕去《ゆふさ》リ剣ヲ与ヘムズルゾ。朝《てう》ノ御守リト成《なる》者ハ、節度ト二云一剣ヲ給ハル。我《わが》与ヘタラム剣ヲ持《もつ》ナラバ、王ノ御守リトシテ、司位《つかさくらゐ》、一門ノ繁昌、肩ヲ並《ならぶ》ル人有マジ。ソモ一期《いちご》ゾヨ」トテ、権現上《あ》ガラセ給ニケリ。

清盛ハ、「只大方ノ物付《ものつき》ノ詞ゾ」ト思テ、強《あながちに》信ヲ不レ致サリケルニ、其《その》夜ノ夜半[3]計《ばかり》ニ、厳島大明神ヨリ銀《しろかね》ノ蛭巻《ひるまき》シタル小長刀《こなぎなた》ヲ賜テ、枕ニ立《たつ》ルト夢ニ見テ、打驚キ、枕ヲ捜給ヘバ、覚《うつつ》[4]ニ銀ノ蛭巻シタル小長刀、枕ノ壁ニ有ケリ。サテコソ安芸守大明神ノ験変ノ新《あらた》ナル事ヲ仰テ信ヲ取給ヒ、敬奉事《うやまひたてまつること》怠《ヲコタ》ラズ。子息兄弟ニ至マデ、大臣、大将ニ上リ、朝恩ニ飽キ満《みち》給ヘリ。カ、リケレバ、上ニハ御同心ノ由ニテ、下ニハ、『明神ノ御計《おんぱからひ》ニテ入道謀叛ノ心モ和《やはら》ギヤスル』ト思召テ、御祈請ノ為ニ、八幡、賀茂ヨリモ先ニ、厳島へ参セ給《たまふ》」トモ云ヘリ。是ハ法皇ノイットナク打籠《うちこめ》ラレテ渡《わたら》セ給御事ヲ、歎思召ケル余《あまり》ニヤ。

猿程《さるほど》ニ、山門、南都ノ大衆モ静《しづま》リニケレバ、厳島御幸遂《とげ》サセヲハシマスベシト聞《きこえ》ケリ。

1 「長任」、底本のまま。正しくは「重任」
2 「ヲ」の上に「有」を重ね書きしている。
3 「夜半」、底本は「々半」。訂正した。
4 覚ウッツ（類聚名義抄）
5 一一頁「愛セラレケリ」より続く。

六　新院厳島へ御参詣之事

十八日、兼テ思食儲《おぼしめしまうく》ル事ナレドモ、日来《ひごろ》ハ御詞ニモ出サセ給ハザリケルガ、俄《にはか》ニ思食出ル様ニテ、其《その》宵ニ成テ、前右大将ヲ召テ、「明日便宜《びんぎ》ニテモアレバ、鳥羽殿へ参バヤト思食《おぼしめす》ハイカニ。相国ニハ知セズシテハ悪《あし》カリナムヤ」ト仰《おほせ》モアヘズ御涙ノ浮《うかび》ケレバ、大将モ哀ニ思奉テ、「ナニカハ苦ク候ベキ」ト被レ申ケレバ、ヨニ悦《よろこば》シゲニオボシメシテ、「サラバ鳥羽殿へ其気色《そのけしき》申セ」ト仰《おほせ》有ケレバ、大将忩《いそ》ギ被レ申タリ。法皇不レ斜メ悦《よろこび》思食《おぼしめし》テ、「余《あまり》ニ思ツル事ナレバ、夢ニ見ルヤラム」トマデ被二思食一ケルゾ悲キ。

十九日、大政入道ノ西八条ノ宿所ヨリ、未ダ夜深《よぶか》ク出サセ給ヒ、弥生ノ十日余ノ事ナレバ、霞ニクモル有明ノ月ノ光モ朧《おぼろ》ニ、雲路《くもぢ》ヲ指テ帰鴈《かへるかり》ノ遠ザカリ行《ゆく》声々モ、折カラ殊ニ哀也。御共ノ公卿ニハ、五条大納言邦綱、藤大納言実国公教息、前右大将宗盛、土御門宰相中将通親、四条大納言隆房[1]隆季息、右中弁兼光資長息、宮内少輔棟範範家息トゾ聞エシ[2]。御船二十艘ト聞ユ。鳥羽殿ニテハ、門ヨリ下《おり》テ入ラセ給。春景既ニ晩《くれ》ナムトシテ、夏木立ニモ成ニケリ。残花色衰テ宮鶯音[3]老《こゑ》タリ。故宮ノ物サビシキ気色ナレバ、門ヲ指入ラセ給《たまふ》ヨリ御涙ゾ進ケル。去年ノ正月四日、朝覲ノ為ニ、七条殿へ御幸ナリ[4]事思召出テ、世中ハ只皆夢ノ如クナリケリ。諸衛《しよゑ》陣ヲ引《ひき》、諸卿烈[5]ニ立《たち》、楽屋ニ乱声《らんじやう》ヲ奏シ、院司ノ公卿参向シテ幔門ヲ開キ、掃部寮莚道ヲ敷《しき》、正シカリシ儀式一モナシ。

成範中納言参リ向ヒ進《まゐら》セテ気色被レ申ケレバ、上皇入セ給ニケリ。法皇モ上皇モ御目ヲ御覧ジ合テ、物ヲバ無二仰《おほする》事一、只御涙ニノミ咽《むせ》バセ給フ。少シ指《さし》ノキテ、尼前《あまぜ》一人候ケルモ、両所ノ御有様ヲ奉レ見《テ》、ウツブシテ涙ヲ流ス。良《やや》暫有テ、法皇御泪《なみだ》ヲ押拭《おしのごは》セ給テ、「猿《さる》ニテモ、是ハイカナル御宿願有テ、遙々《はるばる》ト思食立《おぼしめしたつ》ニカ」ト申サセ給ケレバ、上皇、「深ク思《おもひ》キザス旨候」ト計《ばか》リ申サセ給テ、如レ初《はじめのごとく》御泪ノ浮《うかび》ケレバ、「哀《あはれ》、サレバコソ、我事ヲ祈申サセ給ハムトテヨ」ト御得心有ケルニ、イトヾ悲ク思召テ、法皇モ御泪ニ咽《むせば》セ給。御《おん》衣《ぞ》ノ袖モ御浄衣ノ袖モ絞ル計ニゾミエサセ給ケル。昔今ノ御事共、互ニ申通《まうしかよ》ハセ給ホドニ、日ヲ重ネ夜ヲ明ストモ不レ可レ尽、万《よろ》ヅ御余波惜《なごりをし》ク思召テ、トミニモ立セ給ハズ。上皇ハ御対面ノ御事ヲ能々《よくよく》悦申サセ給フ。今年ハ廿《はた》チニ満《みた》セ給フ。御物思《ものおもひ》、月日重《かさなつ》テ少シ面《おも》ヤセテワタラセ給ニ付テモ、御冠際《ぎは》ヨリ始テ、アテニウツクシク、御面影サヤカナラヌ月影ニハエテ、イト清ゲナル御鬢茎《びんぐき》ホコラカニ愛敬《あいぎやう》ヅキテ、御浄衣ノ袖サヘ朝露ニシホレニケルモイトヾ良《ラウ》タク、

1 「四条大納言」、長門本・盛衰記は「右中将」。右中将が正しい。
2 「エ」、底本「ヘ」と書き、「エ」を重ね書き。
3 音コヱ（類聚名義抄）
4 「ナリ」、底本のまま。「ナリシ」の「シ」脱か。長門本「行幸なりし」
5 「烈」、「列」の当字。

故女院ニ似マイラセサセ給タレバ[1]、昔ノ御面影被㆓思召出㆒テ、哀ニゾ被㆓思食㆒ケル。「今一度見マイラセズシテ、イカナル事モヤト心憂《こころうく》候ツルニ」トテ、上皇立セ給ヘバ、法皇ハ御余波《なごり》尽セズ思召ケレドモ、日景《ひかげ》[2]モ高クナレバ、「シバシ」トモ申サセ給ハズ、何トナキ様ニモテナサセ給ヘドモ、御泪ノ双眼ニウカバセ給テ、御袖モシホレケレバ、シルクゾミエサセ給ケル。人々モ皆袂ヲカヘシ涙ヲ拭ハル。上皇ハ法皇ノ離宮ノ故亭、幽閑ノ寂寞《せきばく》[3]タル御スマヰヲ御心苦ク見置キマイラセ給ヘバ、法皇ハ又上皇ノ旅泊ノ行宮《あんぐう》、船ノ中、波ノ上ノ御有様ヲ労《いたは》シク、誠ニ宗廟ノ八幡[4]、賀茂ヲ奉㆑テ閣《さしおき》、都ヲ立離レ、八重ノ塩路ヲ凌《シノギ》ツヽ、遙々ト安芸国マデ思食立《おぼしめしたち》ケム御志ノ深サヲバ、争《いかで》カ神明ノ御納受モ無《なか》ラム。御願成就無㆑疑トゾ覚エシ。

法皇ハ閑《しづか》[5]ニ立セ給テ、中門連子《ちうもんのれんじ》ヨリ、御後ノ隠《かくれ》サセ給マデノゾキ進《まゐら》セヲハシマス。成範、修範二人ノ卿、門マデ参リ給テ、御輿ノ左右ニ候ハレケレバ、上皇ヒソカニ、「人コソ多《おほく》アレ、加様《かやう》ニ近ク仕リ給コソ本意ナレ。御祈ハ可レ申」ト仰有ケレバ、各《おのおの》畏《かしこまり》テ狩衣ノ袖ヲ絞《シボ》リテ帰参セラレニケリ。南門ニ御船儲《まうけ》タリケレバ、無レ程移ラセ給ニケリ。御送ノ人々ハ、是ヨリ帰リ給ヌ。安芸国マデ参ル公卿、殿上人ハ、各浄衣ニテ参リ儲タリ。前右大将ノ随兵、殊ニ浄《きよ》ゲニ出《いだ》シ立テヽ、数百騎ニ及ベリ。

廿六日ニ厳島ニ御参着。一日逗留有テ、法花会《ほつけゑ》被レ行。舞楽ナド有キ。勧賞《けんじやう》[6]被レ行テ、神主佐伯景弘、安芸国司藤原有経、当社別当尊叡、皆官共成《なされ》ニケリ。神慮ニモ相応シ、入道ノ心モ和ギヌトゾ見エシ。サテ還幸成《なり》ニケリ。

四月七日、新院厳島ノ還御之次《ついで》ニ、大政入道ノ福原へ入セ給。八日、勧賞被レ行テ、入道ノ孫右中将資盛従四位上、養子丹波守清邦上[7]五位下ニ叙《ジヨ》ス。今日ヤガテ福原ヲ出サセヲハシマス。寺江ニ御留《とどま》リ有テ、九日京へ入セヲハシマス。御迎ノ人々ハ鳥羽ノ草津ヘゾ被《まゐられ》レ参ケル。公卿ニハ右大臣公能公御息右宰相中将実盛一人也。[8]神主始テ大内へ遷幸アリケレバ、公卿皆ソレヘ参《まゐりたまふ》給トテ、只一人トゾ聞エシ。其外《そのほか》殿上ノ侍臣五人ゾ参リタリケル。厳島へ参ツル人

1 「夕」、「ケ」に斜線を入れて消し、右に「夕」と傍書。
2 「日景」、「景」は「影」の略体か。
3 寂寞セキハク（色葉字類抄）
4 「ノ」、底本のまま。長門本は「ノ」なし。
5 閑シヅカナリ（類聚名義抄）
6 ケンジャゥ Qenjǒ（日葡辞書）
7 「上五位下」、「正五位下」とあるべきか。
8 「神主」、「新主」の誤りか。長門本「新皇《主》」、盛衰記「新帝」

々ハ、船津ニ留テ、サガリテ京へ入給ニケリ。

七　新帝御即位之事

廿二日、新帝御即位アリ。御即位ハ大極殿ニテ被レ行《おこなはるる》事《こと》ナレドモ、去々年焼《やけ》ニシカバ、後三条院御即位、治暦四年ノ例ニ任《まかせ》テ、官庁ニテ可レ被レ行ニテ有ケルヲ、右大臣計《はからひ》申サセ給ケルハ、「官庁ハ凡人《ぼんにん》[1]ニ取ラバ公文所《くもんじよ》也。大極殿無ラム上ハ、紫宸殿[2]ニテ」御即位[3]アリ。「康保四年十一月十一日、冷泉院御即位、紫宸殿ニテ有シ事ハ、御邪気《おんじやけ》ニ依テ大極殿へ御幸叶ハザリシ故也。其例イカヾ有ベカルラム。只目近《まちかくは》、後三条院ノ佳例ニ任テ、大政官庁ニテ可レ有者ヲ」ト被レ申人々ヲハシケレドモ、右大臣被二計申一《はからひまうさるる》之旨《むね》無二左右一《さうな》カリケレバ、不レ及二子細一《しさいにおよばず》。

中宮、弘徽殿ヨリ仁寿殿へ移ラセ給テ、高御倉《たかみくら》へ進《まゐら》セ給ケル御アリサマ、無二謂方一《いふかたなく》目出《めでた》シ。サレドモ、ヒソカ事《ごと》ニサマ〴〵ノサトシドモ有ケルトカヤ。

1　ボンニン Bonnin（日葡辞書）。長

平家ノ人々ハ、宗盛卿ハ御幸供奉セラレヌ。[4] 小松大臣ノ君達ハ、重盛失給《うせたまひ》ニシカバ、惟盛、資盛、清経ナド、皆重服《ぢうぶく》ニテ籠居シ給ヘリ。無リシ二本意一事也。右兵衛督知盛卿、蔵人頭重衡朝臣計《ばかり》ゾ出仕セラレタリケル。

後朝《ごてう》ニ蔵人右衛門権佐定長、昨日ノ御即位ノ事ニ、無二違乱《ゐらんなく》一目出カリシ由、細々《こまごま》ト四五枚ニ書ツヾケテ二位殿ヘ進ラセラレタリケレバ、相国、二位殿ハ咲《エミ》[5]ヲ含テゾオハシケル。

八　頼政入道宮ニ謀叛申勧事　付令旨事

一院第二ノ御子《ミコ》以仁王ト申ハ、御母ハ加賀大納言季成卿《スエナリきやうの》御娘トカヤ。三条高倉ノ御所ニ渡ラセ給ケレバ、高倉ノ宮トゾ申ケル。去永万元年十二[1]月六日、御年十五ト申《まうし》シニ、皇太后宮ノ近衛河原ノ御所ニテ、忍《しのび》テ御元服有シガ、御年卅ニナラセ給ヌレドモ、未《ダ》親王ノ宣旨ヲダニモ蒙《かうぶ》ラセ給ハズ。御手跡ナドウツクシクアソバシテ、和漢ノ才秀給《ひいで》ヘル仁ニテヲハセシカバ、「位ニモ

門本「およそ人に」

2　「紫震殿」、本来は「紫宸殿」

3　長門本は、「紫しん殿にてこそをこなはるへけれと左大臣申させ給ひけり。その故ありとて、紫震殿にてそ御即位ありける。」とあり、底本には、目移りによる一行分の脱落がある。

4　「セラレヌ」、長門本「供奉せらる」。但し、「セラレス」の誤写と見るべきか。盛衰記「宗盛……出仕ナシ」

5　咲ヱム（類聚名義抄）

1　「十二月六日」、他本及び『顕広王記』は「十二月十六日」

即《つかせ》マシ[1]〳〵タラバ、末代ノ賢王トモ申ベシ」ナド、申《まうす》人々有ケレドモ、此《この》世ニハ継子《けいし》ニテ打籠ラレサセ給テ、花[2]ノ下《もと》ノ春ノ遊ニハ、震筆下《くだし》テ手《てづ》カラ御製ヲ書キ、月ノ前ノ秋ノ宴ニハ、玉笛ヲ吹テ自《みづ》カラ雅音《がいん》ヲ操《アヤツ》リ、詩歌管絃ニ御心ヲナグサメテゾ過サセ給ケル。

四月十四日、夜深《よふけ》人定《しづまり》[3]テ、源三位入道頼政密《ひそか》ニ参テ申ケルハ、「君ハ天照太神四十八代之御苗裔《ベウエイ》[4]、太上法皇第二ノ皇子也。太子ニモ立《たち》、帝位ニモ即《つか》セ給ベキニ、親王ノ宣旨ヲダニモ免《ゆる》サレ給ハデ、既ニ三十ニナラセ給ヌ。心憂《うし》トハ思食《おぼしめ》サヌカ。平家《へいけの》栄花既ニ身ニ余リ、悪行年久ク成テ、只今滅ビナムトス。倩[5]ラ案二ニ事心一ヲ、物盛[6]ニシテ而衰フ、月盈《ミチテ》[7]而虧《カク》[8]。此レ天ノ道ナリ、非二人事一ニ。爰清盛入道偏ニ振二テ武勇之威一ヲ、忽ニ忘二ル君臣之礼一ヲ。不レ恐レ二万乗尊高之君一ヲモ、不レ憚ラ二三台重任《テウ》之臣一ニモ。只任二テ愛憎之心一ニ、猥[9]ク取二断割《カツ》之刑一ヲ。所レ悪ハ亡ム二三族一ヲ、所レ好ハ光《テラス》[10]ル二五宗一ヲ。逞《タクマシウス》二思於一身之心腑[11]一ニ、懸二毀《ソシリ》於万人之脣吻《シンホツ》[12]一ニ。天ノ譴《セメ》已ニ至リ、人望早ク背ク。量レテ時ヲ立レルハ制ヲ、文之道也。乗レテ間《ヒマ》[13]ニ討レハ敵ヲ、兵之

1 「〳〵」は「シタ」の右傍にある。本行に入れた。
2 「花下之春遊、揮二神筆一以手書二御製一、月前之秋宴、吹二玉笛一以自操二雅音一」（『本朝文粋』「一条院四十九日御

術也。頼政依レテ非ニ二其器一ニ、雖レモ迷ヘリト二其術一ニ、武略稟レケ家ニ、兵法伝レフ身ニ。倩顧テ二六戦之義一ヲ、今案ニ二必勝之法一ヲ、加テ[14]二於己一ニ、不レ得レ止コト、謂フ二之ヲ応兵一ト。争ヒ恨テ小ルガ故ニ不レシテ勝タ憤怒トス、謂フ二之ヲ忿兵一ト。利シテ二土地一ヲ、求ムクハ二貨宝一ヲ、謂フ二之ヲ貪兵一ト。恃タノンデ二国家之太一ナルヲ、矜ヲコル二民之衆一ヲ、謂フ二之ヲ驕ケウ兵一ト。此類皆背キレ義背クレ礼ヲ。必ズ敗レ必亡ブ。救ヒレ乱ヲ誅スレ暴ボウヲ、謂二之ヲ義兵一ト。此類已叶ヒレ道ニ叶レフ法ニ。百ビ戦テ百ビ勝ツ。上ハ応ジ二天意一ニ、下ハ得ウ二地利一ヲ。挙アゲテ二義兵一ヲ討テ二逆臣一ヲ、奉リレ慰メ二法皇之叡慮一ヲ、被レンコトレ択エラ[15]バ二群臣之怨望一ヲ、専ラ在リ二此時一ニ。不レ可レ経レ日ヲ。忩ギ被テレ下二令旨一ヲ、早可シレ召二源氏等一ヲ。

倩《つらつ》ら事の心を案ずるに、物盛《さか》んにして衰ふ、月盈《み》ちて虧《か》く。此《これ》天の道なり、人事に非《あら》ず。爰《ここ》に清盛入道偏《ひとへ》に武勇の威を振《ふる》ひて、忽《たちまち》に君臣の礼を忘る。万乗尊高の君をも恐れず、三台重任《てうにん》の臣にも憚らず。只《ただ》愛憎の心に任せて、猥《みだりがは》しく断割の刑を取る。悪《にく》む所は三族を亡ぼし、好める所は五宗を光《てら》す。

3 願文」大江匡衡）
4 定シヅム（類聚名義抄）
5 「茁」に声点⑥
6 倩ツラ〳〵（類聚名義抄）
7 「夫月満則虧、物盛則衰、天地之（以下欠）」（『明文抄』四）
8 盈ミツ（類聚名義抄）
9 虧カク（類聚名義抄）
10 猥ミダリガハシ（類聚名義抄）
11 光テラス（色葉字類抄）
12 シンプ Xinpu（日葡辞書）
13 「吻」に声点⑧
14 間ヒマ（類聚名義抄）
以下、「相上書陳曰、臣聞レ之、救レ乱誅レ暴、謂二之義兵一、兵義者王。敵加二於己一、不レ得レ已而起者、謂二之応兵一、兵応者勝。争二恨小故一、不レ忍二憤怒一者、謂二之忿兵一、兵忿者敗。利二人土地貨宝一者、謂二之貪兵一、兵貪者破。恃二国家之大一、矜二民人之衆一、欲レ見二威於敵一者、謂二之驕兵一、兵驕者滅。此五者非二但人事一、乃天道也」（『漢書』魏相丙吉伝）による。
15 「択」、盛衰記「釈」。底本は「釈（トク）」を「択」と誤写し、更に「エラハ」と付訓したか。

思ひを一身の心腑に逞《たくま》しうす、毀《そし》りを万人の脣吻《しんふん》[1]に懸く。天の譴《せ》め已《すで》に至り、人望早く背《そむ》く。時を量りて制を立つるは、文の道なり。間《ひま》に乗じて敵を討つは、兵の術なり。頼政其《そ》の器に非ざるに依りて、其の術に迷へりと雖《いへど》も、武略家に稟《う》け、兵法身に伝ふ。倩《つらつ》ら六戦の義を顧みて、今必勝の法を案ずるに、己《おのれ》[2]を加《をか》して止《や》むことを得ず、之《これ》を応兵と謂《い》ふ。小故[3]を争ひ恨みて憤怒に勝《た》へず、之を忿兵と謂ふ。土地を利して貨宝を求む、之を貪兵と謂ふ。国家の太《おほい》なるを恃《たの》んで、民の衆《おほき》[4]を矜《ほこ》[5]る、之を驕兵と謂ふ。此の類《たぐひ》皆義を背き礼を背く。必ず敗れ必ず亡ぶ。乱を救ひ暴を誅す、之を義兵と謂ふ。此の類《たぐひ》已《すで》に道に叶ひ法に叶ふ。百《もも》たび戦ひて百たび勝つ。上は天意に応じ、下は地利を得《う》。義兵を挙げて逆臣を討ちて、法皇の叡慮を慰め奉り、群臣の怨望を釈《と》られむこと、専《もつぱ》ら此の時に在り。日を経《ふ》べからず。忩《いそ》ぎ令旨を下されて、早く源氏等を召すべし。

就レ中相尅相生《さうこくさうじやう》ヲ考《カンガヘ》タルニ、平党可二滅亡一。機嫌純熟、時ヲ得タリ。其《その》故ハ、年号治承ノ二字共ニ三水《さんずい》也。中ニモ承ノ字ヲ見ルニ、三水ト書ケリ。方《かた》ノ様《やう》ニモ宮ノ御共申テ逆徒ヲ退ンズル入道、又水性也。入道静海、右大将宗盛父子共火性也。七水ヲ以テ、ナドカ両火ヲ消《けさ》ザルベキ」ト申ケレバ、[6]

「此事身上ノ至極、天下ノ珍事也。偏ニ信ジテ二浮言一ヲ似レレ無二思慮一ドモ、今所二宣説一ル、已ニ得二テ兵法一ヲ、能弁二ヘリ人理一ヲ。文武事異ナレ共、通達旨同ジ。欺《アザケツ》[7]テ無レシ益。昔、微《ビ》[8]子去レテ殷ヲ而入レ周、項《キヤウ》伯叛《ソム》イテ二楚一ニ而帰レ漢ニ。周勃《ボツ》[9]迎二テ代王一黜[10]二少帝一、雲光[11]尊二孝宣一廃二昌邑一。是皆覩二存亡之符一、見二廃興之事一。イカヾセム[12]」

「此《こ》の事身上の至極、天下の珍事なり。偏《ひとへ》に浮言を信じて思慮無きに似たれども、今宣説する所、已《すで》に兵法を得て、能《よ》く人理を弁《わきま》へり。文武の事異なれども、通達の旨同じ。欺《あざけ》つて益無し。昔、微子殷を去りて周に入り、項伯楚に叛《そむ》いて漢に帰す。周勃代王を迎へて少帝を黜《しりぞ》け、霍光孝宣を尊びて昌邑を廃す。

1 唇吻シンフン（文明本節用集）。底本ルビ「シンホツ」。改めた。
2 「己を加して」、主語「敵」が脱けている。
3 「小故……憤怒に勝へず」、底本「争ヒ恨テ小ルガ故ニ不レシテ勝タ憤怒トス」を改めた。
4 衆オホキ（類聚名義抄）
5 矜ホコル（類聚名義抄）。底本ルビ「ヲコル」。改めた。
6 底本改行せず。
7 欺アザケル（類聚名義抄）。底本「アサケツ」は書き込みか。
8 「微」に声点⑧、「子」に声点⑤
9 「勃」に声点⑧
10 「黜」の左に、「本マ、」とある。
11 「雲光」、正しくは「霍光」
12 底本改行せず。

是《これ》皆存亡の符を観《み》、廃興の事を見る。いかがせむ」

ト被二思食《おぼしめされ》一ケルニ、入道重《かさね》テ申ケルハ、「此《この》時イカニモ御計《おんぱから》ヒ無《なく》ハ、イツヲカ期《ご》セサセ給ベキ。トク〳〵思食立《たつ》ベシ。ツヽミ過サセ給《たまふ》トモ、遂ニ安穏ニテハテサセ給ハム事有ガタシ。若左様《もしさやう》ニモ思召立《たた》バ、入道モ七十ニ余リ候ドモ、ナドカハ御共仕ラザルベキ。悦ヲ成《なし》テ参ラムズル者コソ多ク候ヘ」トテ、申ツヾク。「京都ニハ、出羽判官光信子伊賀守光基、出羽蔵人光重、源判官光長、出羽冠者光義。熊野ニハ、為義子十郎蔵人義盛。摂津国ニハ、多田蔵人行綱、多田次郎知実、同三郎高頼。大和国ニハ、宇野七郎親治子宇野大郎有治、同二郎清治、同三郎義治、同四郎業治。近江国ニハ、山本、柏木、錦古利、佐々木一党。美乃、尾張ノ両国ニハ、山田二郎重弘、河辺大郎重直、同三郎重房、泉太郎重満、浦野四郎重遠、葦敷《あじきの》二郎重頼、其子太郎重助、同三郎重隆、木田三郎重長、開田《かいだの》判官代重国、八島先生《せんじやう》斉時、同八島時清。甲斐国ニハ、辺見冠者義清、同太郎清光、武田大郎信義、加々見次郎遠光、安田次郎義定、一条次郎忠頼、板垣次郎兼信、武田兵衛有義、同五郎信頼、小笠原次郎長清。信乃国ニハ、岡田冠者親義子岡田太郎重義、平賀冠者盛義、同太郎義延、帯刀先生《たてはきのせんじやう》義賢子木曾冠者義仲。伊豆国ニハ、兵衛佐頼朝。常陸国ニハ、為義子義朝養子三郎先生義憲、左竹冠者昌義、同太郎義季。陸奥国ニハ、義朝末子九郎冠者義経。是等ハ皆六孫王苗裔《ろくそんわうのべうえい》、多田新発《しんぼち》[1]満仲ガ後胤也。大衆《だいしゆ》ヲモ防キ凶徒ヲモ退ケ、朝賞ニ預《あづか》リ宿望ヲモ遂シ事ハ、源平両氏無二勝劣《なかり》一シカ共、当時ハ雲泥交《まじはり》ヲ隔テ、主従ノ礼ヨリモ甚シ。纔《わづか》ニ無二甲斐《かひなき》一命ヲ生タレドモ、国々ノ民百姓ト成テ、所々ニ隠居《かくれゐ》タリ。国ニハ目代ニ随ヒ、庄ニハ預所《あづかりどころ》ニ仕《つかへ》、公事雑役《くじざふえき》ニ駈リ立ラレテ、夜モ昼モ無二安事《やすきこと》一。何計《いかばかり》カハ心憂《こころうく》候覧。君思召立テ令旨ヲダニ被レ下《くだされ》候ハヾ、皆夜ヲ日ニ継デ打上リ、平家ヲ滅サム事、日尅[2]ヲ不レ可レ廻。平家ヲ滅《ほろぼし》テ法皇ノ打籠ラレテ御坐ス御心ヲモヤスメ奉ラセ給ナバ、孝ノ至ニテコソ候ハメ。神明《しんめい》モ必ズ恵ヲ垂《たれ》給ベシ」ナド、細々《こまごま》ト申ケレバ、「此事イカヾ

1 シンボチ Xinbochi（日葡辞書。但し見出しは「新発意」）
2 「日尅」、「日」は「時」の略体か。長門本・盛衰記「時日」

有ベカルラム」ト返々《かへすがへす》思召サレケレドモ、少納言伊長ト申ケル人ハ、アコ丸ノ大納言宗通卿ノ孫、備後前司季通ノ子也。目出《めでた》キ相人《さうにん》ニテヲハシケレバ、時ノ人、「相少納言」トゾ申ケル。其《その》人ノ、此宮ヲバ、「位ニ即給《つきたまふ》ベキ相ヲハシマス。天下ノ事不レ可二思召放一」ト申シカバ、「可レ然《しかるべき》事ニテコソ有ラメ」ト思食テ、令旨ヲ諸国へ思召立給ニケリ。彼《かの》令旨ニ云、

下、東山東海北陸三道諸国軍兵等所

早可レ被三追二討清盛法師幷従類叛逆輩一事

右、前伊豆守正五位下行《カウ》源朝臣仲綱、奉ルニ二最勝親王勅宣一称ク、清盛法師幷宗盛等、以二威勢一滅シ二帝王ヲ一、起シテ二凶徒ヲ一亡シ二国家ヲ一、悩二乱シテ百官万民ヲ一、掠二領ス五畿七道ヲ一。閉二籠シ皇院ヲ一、流二罪ス臣公ヲ一。奸ニ二奪テ官職ヲ一、恣ニ盗ム二超昇ヲ一。依レ之、巫女ハ不レ留ラ二宮室ニ一、忠臣ハ不レ仕ヘ二仙洞ニ一。或誡二修学之僧徒ヲ一、囚二禁シ于獄舎ニ一、或以二叡山之絹米ヲ一、宛ツ二謀叛之粮ニ一。于時天地悉ク悲ミ、臣民皆愁フ。仍一院第二ノ

皇子、且為《ハ》レ奉《ンガ》レ休《メ》二法皇之幽居《ヲ》一、且依《ハ》三思《テ》二食《ニ》万民之安堵《ヲ》一、昔上宮太子、如三破《ク》二滅《セシガ》於守屋《ノ》逆臣《ヲ》一、誅《テ》二叛逆之一類《ヲ》一、治二無何之四海一也。然則源家之輩、兼《ハ》三道諸国《ノ》武勇之族《ラ》、宜《ク》《ベシ》下加《テ》二与力《ヲ》一於厳命《ニ》一致《ス》中誅罰於清盛《ニ》上。若於レ有《ランニ》二殊功一之者、御即位之後、可レ被二宛行一也。者《レバ》依レ宣《ニ》行《ヲ》レ之。

治承四年四月　日

伊豆守正五位下源朝臣

謹上[2]　前右兵衛佐殿

下す、東山東海北陸三道諸国の軍兵等の所

早く清盛法師幷びに従類叛逆の輩を追討せらるべき事

右、前伊豆守正五位下行源朝臣仲綱、最勝親王の勅宣を奉《うけたまは》るに称《い》はく[3]、清盛法師幷びに宗盛等、威勢を以て帝王を滅ぼし、凶徒を起こして国家を亡ぼし、百官万民を悩乱して、五畿七道を掠領す。皇院を閉籠し、臣公を流罪す。奸《かだま》[4]しく官職を奪ひて、恣《ほしいまま》に超昇を盗む。之《これ》に依り、采女[5]は宮室に留まらず、忠臣は仙洞

1　「テ」、「〻」と「テ」を重ね書きか。
2　令旨の宛先は他本にはなし。なお底本では、「佐殿」の次、改行せず。
3　称イハク（類聚名義抄）
4　底本の返り点の位置を改め、「奸奪二官職一」として書き下した。奸カタマシ（類聚名義抄）
5　「采女」、底本「巫女」。訂正した。

に仕へず。或いは修学の僧徒を誡め、獄舎に囚禁し、或いは叡山の絹米を以て、謀叛の粮に宛つ。時に天地悉《ことごと》く悲しみ、臣民皆愁ふ。仍《よ》つて一院第二の皇子、且《かつ》は法皇の幽居を休め奉らむが為、且は万民の安堵を思食《おぼしめ》すに依りて、昔上宮太子、守屋の逆臣を破滅せしがごとく、叛逆の一類を誅して、無何の四海を治めむとなり。然れば則ち源家の輩、兼ねては三道諸国の武勇の族《やから》、宜しく与力を厳命に加へて誅罰を清盛に致すべし。若《も》し殊功有らむに於ては、御即位の後、宛て行はるべきなり。てへれば宣に依り之を行ふ。

治承四年四月　日　　　伊豆守正五位下源朝臣

謹上　前右兵衛佐殿

トゾ被レ下ケル。

新宮ノ十郎ヲ召テ、「令旨ヲ持テ頼朝ガ許ヘ下ベシ」ト被二仰下一ケレバ、「勅勘ノ身ニテ候ヘバ叶候マジ」ト申セバ、「其謂有《そのいはれ》」トテ、新宮十郎ヲ蔵人ニナサレテ、義盛ト名乗ケルヲ改名シテ、行家ト名乗ラセケリ。仍《よつて》新宮十郎蔵人行家、高倉宮ノ令旨ヲ給《たまはり》テ、治承四年四月廿八日ニ潜《ひそか》ニ都ヲ出《いで》ニケリ。

同《おなじき》五月八日、伊豆ノ北条ヘ下着《くだりつき》テ、兵衛佐ニ宮ノ令旨ヲ献《たてまつ》ル。兵衛佐、此《この》令旨ヲ給テ、国々ノ源氏等ニ被㆓施行《せぎやう》㆒セ。其状《そのじやうにいはく》云、

被ルニ㆓最勝親王ノ勅命㆒ヲ称ク、召㆘具テ東山、東海、北陸道堪ン㆓武勇㆒ニ之輩ラ㆖、守テ㆓令旨㆒ヲ可㆑致㆓用意ヲ於洛陽㆒ニ。者レバ近国之源氏等、定奉㆓参加㆒歟。北陸道之勇士等ハ、令メテ㆔参㆓向勢多之辺㆒ニ、相㆓待テ上洛ヲ㆒、可㆑被㆔供㆓奉セ洛中㆒ニ也。依㆓親王御気色㆒ニ、執達如㆑件。

治承四年五月　日

前右兵衛権佐源朝臣

最勝親王の勅命を被るに称《い》はく、東山、東海、北陸道の武勇に堪へむ輩《ともがら》を召し具して、令旨を守りて用意を洛陽に致すべし。てへれば近国の源氏等、定めて

1　「下べシ」、底本は「下シ」とあり、捨て仮名に「シ」をふる。「へ」の脱とみなし補った。

参り加はり奉らむか。北陸道の勇士等は、勢多の辺に参向せしめて、上洛を相待ちて、洛中に供奉せらるべきなり。親王の御気色に依り、執達件《しつたつくだん》のごとし。

治承四年五月　日　　前右兵衛権佐源朝臣

九　鳥羽殿ニイタチ走廻事

一院ハ、「成親、成経ガ如ク、遠国《とほきくに》遙島《はるかのしま》ニモ被二放遷《はなちうつされむ》一ズルヤラム」ト思食《おぼしめし》ケル程ニ、城南ノ離宮ニ被レ閉テ、春モ過ギ夏モ半《なかば》ニ闌《たけ》[1]ニケリ。

五月十二日、法皇常ヨリモ御心澄渡テ、イツモノ御勤ナガラ御経ヲアソバシケレバ、八巻普賢品ニカ、ラセ給ケル時、イヅクヨリ来《きたり》ケルヤラム、イタチ御前ニ二三返バカリ走廻テ、ギヾメキ啼テ、法皇ヲ守《まぼ》ラヘ進《まゐら》セテ失《うせ》ニケリ。是ヲ御覧ゼラル、ニ、弥《いよいよ》御心細テ、「禽獣鳥類之中ニ、善悪先表《せんぺう》ヲ示《しめす》物多シ。彼ハ悪ニ象《カタド》[2]レル先相ヲ示ス獣也。此上《この》ニ我身何《いか》ナルウキ目ヲ見ンズラム。実ニ遠国遼海《はるかのうみ》[3]ヘモヤ放《はなた》レムズラム。願《ねがは》クハ普賢大士、十羅刹女、今生後生助サセ給ヘ」ト、御涙ヲ浮《うかべ》テ御祈念有ケル程ニ、トノモンノ守光遠、其《その》時ニ源蔵人中兼ト申ケルガ、余リニ穴倉思進《おぼつかなくおもひまゐら》[4]セテ、忍テ鳥羽殿ヘ参タリケレバ、御前ニハ人一人モ候ハズ。中兼ヲ召テ、「只今カヽル事有ツ。何様《いかやう》ナル事ヤラムト、泰親ニ、有ノマヽニ巫《カンナギ》[5]仕テ奏スベシ」ト御定有テ、其占形《うらかた》ヲ賜タリケレバ、中兼ヤガテ仰《おほせを》承テ都ヘ馳返テ、陰陽頭泰親ニ是ヲ忩《いそぎ》語リケレバ、泰親、晴明相伝ノ種々ノ秘書ヲ開テ、卜巫《ぼくぜい》[6]シテ、打エミタル気色シテ申ケルハ、『今三个日ノ中ニ御悦《よろこび》』ト奏聞シ給ベキ」由ヲ申ケリ。中兼又鳥羽殿ヘ参テ此由ヲ奏聞シケレバ、「一道ノ者ハ無キ㆓憍慢㆒コソウルハシケレ。何事ノ吉《よき》事カ有ベキ。我《わが》心ヲナグサメムトテ、加様《かやう》ニ申《まうす》ヤラム」ト法皇被㆓思召㆒ケル程ニ、同《おなじき》十五日ニ、鳥羽殿ヨリ例ノ軍兵多ク前後左右ニ打囲テ、八条烏丸ノ御所ヘ御幸ナシ奉ル。此ハ右大将宗盛頻《しき》リニ歎《なげき》申サレケレバ[7]ニヤラム、入道漸《やうや》ク思直リテ加様ニ返シ入《いれ》奉リケルナリ。「理《ことわり》ヤ、此《この》泰親ハ晴明五代ノ跡ヲ受テシカバ、卜巫《ぼくぜい》露《つゆ》モ不㆑可㆑違」トゾ被㆓思食《おぼしめされ》㆒ケル。

1 闌タケヌ（類聚名義抄）
2 象カタトル（類聚名義抄）
3 遼ハルカニ（類聚名義抄）
4 窘ヲボツカナシ（黒本本節用集）
5 巫カムナキ（類聚名義抄）
6 卜筮ホクセイ（色葉字類抄）。「巫」は「筮」の略字か。
7 「ニヤラム」、「ニヤアラム」とあるべき。

去十二日ニ此事有テ、幾程モ無ク両三日之間ニ還御、中テモ〱イミジカリケルト巫哉。

十　平家ノ使宮ノ御所ニ押寄事

同日ニ高倉宮ノ御謀叛ノ事顕ハレ御ス。去《いん》ジ四月廿八日ニ、十郎蔵人行家、高倉宮ノ令旨ヲ潜《ひそか》ニ給《たまはり》テ、伊豆国ヘ下テ兵衛佐ニ奉リ、案ヲ書テ、義経ニ見セムトテ、其《それ》ヨリ奥州ヘ趣キケリ。行家ハ平治ヨリ以来《このかた》、熊野ニ居住シケレバ、新宮ニ与力スル者多カリケレバ、何ト無ク其《その》用意ヲゾシケル。此事《このこと》世ニ披露有ケレバ、那智執行《しゆぎやう》、権寺主、正寺主、覚悟法橋[1]、羅睺羅法橋、鳥居法橋、高房《たかばう》ノ法橋等申ケルハ、「新宮十郎義盛コソ高倉宮ニ語《かたら》ハレ奉テ、平家ヲ討《うた》ムトテ源氏共ヲ催《もよほさ》ムガ為ニ、東国ヘ下向シケル由聞《きこ》ユレ。サ様《やう》ノ悪党ヲ熊野ニ籠《こめ》タリケリト平家ニ聞エ奉ラム事甚《はなは》ダ恐アリ。当時義盛コソ無レドモ、新宮ヲ一矢射バヤ」トテ、那智ノ衆徒ヲ始トシテ、熊野上綱等悉《ことごと》ク出立ケリ。

是ヲ聞テ新宮ノ衆徒等一味同心シテ、城墎ヲ構テ相待ケリ。本宮ノ衆徒ハ思《おもひ》々《おもひ》ニ付《つき》ニケリ。田辺法橋ヲ大将軍トシテ、那智ノ衆徒幷《ならび》ニ諸《もろもろの》上綱《じやうかう》等《ら》会《くわい》合《がふ》シテ、二千余騎ノ軍兵ヲ卒[2]シテ、五月十日新宮ノ湊ニ押寄テ、平家ノ方ニハ覚悟ヲ前《さき》トシテ責《せめ》戦フ。源氏ノ方ニハ、「覚悟ヲ切レ」トテ、梓ノ真弓ノ弦《つる》ダリモ無ク、三目《みつめ》ノ鏑ノ鳴ラヌ間《ま》モ無ク、一日一夜ゾ戦ヒケル。那智《なち》衆徒《のしゆと》等《ら》多ク被レ誅テ、疵《きず》ヲ被ル者其数《そのかず》ヲ不レ知。悉《ことごと》クカケチラサレテ、自《おのづか》ラウタレヌ者ハ只山ヘノミゾ逃入ケル。是ヲ見テ新宮ノ衆徒等申ケルハ、「源氏ト平家トノ国諍《あらそ》ヒノ軍始《いくさはじめ》ニ、神軍《かみいくさ》ニ平家ハ負テ源氏ハ勝ヌ」トゾ一同ニ悦アヘリケル。

其《その》コロ、熊野別当覚応法眼ト云ケル者ヲバ、オボエノ法眼トゾ申ケル。此《これ》ハ六条判官為義ガ娘ノ腹ニテ有ケレバ、母方源氏ナリケレドモ、世ニ随フ事ナレバ、平家ノ祈師《いのりのし》ト成タリケル故ニヤ、覚応法眼、六波羅ヘ使者ヲ立テ申ケルハ、「新宮十郎義盛コソ高倉宮ニ被レ語《かたら》ハ進《まゐらせ》テ、謀叛起サムトテ源氏催サムガ為ニ、東国ニ下テ候ナレ。然《しかる》間《あひだ》カノ余党等ヲ責ントシテ、君ニ知レヌ宮仕《みやじ》

1 「橋」、左に傍線を付し、右に「眼イ」と傍書。
2 「卒」、「率」の通字として用いている。

ト御方人《おんかたうど》仕《つかまつり》テ、新宮ニ押寄テ合戦数剋《すこく》仕リ候ヌ。而ニ寄手多ク被レ討テ軍ニ負テ、上綱幷ニ那智衆徒等山林ニ可レ交ニテ難二安堵一《あんどしがたく》候。其由《そのよし》忩《いそぎ》御尋候へ。新宮ノ衆徒等、義盛ニ同意之条、勿論ノ上ハ、余勢ヲ給《たまはり》テ新宮ヲ可レ責」之由ヲゾ申ケル。

入道相国是《これ》ヲ聞テ大ニ驚テ、一門ノ人々各《おのおの》周章騒《あわて》[1]テハセ集ル。池中納言頼盛、中宮亮知盛、蔵人頭重衡、権亮少将維盛、舎弟左少将資盛、右少将清経、左馬頭行盛、薩摩守忠度。侍ニハ、飛驒守景家、同大夫判官景綱、摂津判官盛澄、上総太郎判官忠綱、越中前司盛俊。関ヨリ東ノ侍ニハ、畠山庄司重能、小山田別当有重、宇津宮弥三郎朝綱。党ノ者ニハ、那須御房左衛門。是等ヲ始トシテ平家ノ家人[2]、従類等、其《その》数ヲ不レ知ハセ集《あつまり》ケリ。

入道相国、此《この》人々ニ向テ宣ケルハ、「哀レ、新ノ[3]十郎女《め》ヲ平治ニ失フベカリシヲ、入道ガ青道心《あをだうしん》ヲシテ捨置タレバ、今カヽル事ヲ聞《きく》ヨ。頼朝ガ事ハ、池尼御前《あまごぜん》イカニ申《まうし》給《たまふ》トモ、入道不レ宥《ユルサ》ハ、争《いかで》[4]カ命ヲ生《いく》ベキ。安《やすか》ラヌ事哉」トテ怒給ケリ。後悔先ニ不レ立トハ、加様《かやう》ノ事ヲ云《いふ》ニヤ。上総守忠清、入道ノ御前ニ進出テ申ケルハ、「源氏ノ方人《かたうど》ハ誰ニテ候ヤラム」。「高倉宮ゾカシ」。「サ候ハヾ、勢《せい》ノ付《つか》ヌ先ニ、宮ヲ生取進《いけどりまゐら》セテ、何《いづれ》ノ国ヘモ流罪シ奉リ候バヤ」。「尤可レ然《もつともしかるべし》」トゾ宣ケル。

高倉宮御謀叛ノ御企有《あり》トテ相構《あひかまへて》生取進《いけどりまゐら》セテ、土佐ノ畑《はた》ヘ可レ奉レ遷之由《うつしたてまつるべきよし》議定アリ。上卿《しやうけい》ハ三条大納言実房卿、職事ハ蔵人右少弁行隆トゾ聞エシ。別当平大納言時忠卿、仰《おほせ》ヲ奉《うけたまはり》テ、検非違使源大夫判官兼綱、出羽判官光長ヲ大将軍トシテ、彼《かの》宮ノ御所ヘゾ被二指向一《さしむかはれ》ケル。

法皇ハ鳥羽殿ニテ御耳ノヨソニ被二聞食一《きこしめさるれ》バ、「イカヾハセム。是《これ》、人ノ上ノ事ナラズ。今更此御事ヲ親[5]《まのあた》リ奉レ見事コソ初テ悲シケレ」ト、御歎ノ色一《ひと》キハ深クゾ被二思食一《おぼしめされ》ケル。

十七日ノ朝、大政入道ノ門ノ前ニ札ヲ書テ立タリケリ。「山門ノ大衆、高倉宮ノ御語《かたらひ》ヲ得テ、平家ノ一門ヲ追討ノ為ニ京ヘ打入《うちいら》ムトス」ト云事也。平家

1 周章アワテ（類聚名義抄）
2 「家」、底本「々」。訂正した。
3 「新ノ十郎」、「新宮十郎」の「宮」脱か。
4 争イカテカ（色葉字類抄）
5 親マノアタリ（類聚名義抄）

ノ一門大《おほき》ニサハギテ、武士ヲ三条京極ノ辺ヘハセ向ハセタリケレドモ、法師原一人モ不レ見《みえず》。無二跡形《あとかたなき》一虚事《そらごと》也。[1] カヽリケレバ、「宮ヲサテ置奉レバコソ、加様《かやう》ニ虚事ヲモ云ヒ出シ、我等モ肝ヲモツブス事ナレ。宮ヲ生取奉テ、流罪シ奉リヌルモノナラバ、ソノ恐《おそれ》有[2]ベカラズ。忩《いそ》ギ以仁宮ヲ土佐国ヘ可レ奉レ配流二」之由、両将ニ被二仰含《おほせふくめらる》一。

サテモ源大夫判官兼綱、出羽判官光長等、三千余騎ノ軍兵ヲ引率シテ三条高倉ヘ参テ、彼《かの》御所ヲ打巻テ、「宮御謀叛ノ由ヲ奉《うけたまはり》テ、御迎ニ光長、兼綱参テ候。[3] 忩《いそ》ギ六波羅ヘ御幸ナルベキニテ候」ト申入ル。雖レ然《しかりといへども》、先立《さきだち》テ此由《このよし》被二聞召《きこしめされ》一ケレバ、兼テ失《うせ》サセ給ニケリ。

爰《ここ》ニ前左兵衛尉長谷部信連トテ天下第一ノ甲《かう》ノ者、ソバヒラミズノ猪武者アリ。年比御主居打《としごろおんとのゐうち》シテ朝夕ニ候ケレバ、参ルベカリケルガ、「忩《いそ》ギ出サセオハシマシヌレバ、御所ニ見苦事《みぐるしき》ナドモ有ラム」トテ、「下進《サガリまゐら》セテ見廻ラム」ト思テ留《とどまり》タリケルガ、薄青ノヒトヘ狩衣ノ戸[4]前アゲタル着《キ》ツヽ、三尺五寸ノ太刀脇ニハサミテ指出《さしいで》ツヽ、サハガヌ体《てい》ニテ光長ニ向テ申ケルハ、「此程《このほど》ハ、是《これ》ハ御所ニテハ候ハヌゾ。トク帰テ、其由《そのよし》ヲ可レ被レ申」[5]ト云ケルハ、兼綱ガ申ケルハ、「御所ハ何《いづ》クニテ候ヤラム。参テ宣下《せんげ》之趣ヲ可レ申」ト云ケレバ、光長ガ申ケルハ、「子細ニヤ及ブ。御所ヲ打巻テ求進《もとめまゐ》ラセヨ」ト下知シケレバ、信連ガ云《いはく》、「君ハワタラセ給ハヌト云上《いふうへ》ヲ、カク狼籍ナル様《やう》ヤハアル。物モ覚エヌ田舎検非違使哉」ト云程コソアレ、狩衣ノ帯紐引切リツヽ、脱捨テ、下腹巻ヲ着タリケルガ、ハカマノソバ高クハサミ、大太刀ヲサト抜《ぬく》トゾミル程ニ、光長ガ前ヘ飛テカヽリケレバ、金武ト云ケル究竟《くきやう》[6]ノ方ベム[7]ノ有ケルガ、打刀《うちがたな》ヲ抜合テ中ニヘダヽリケレバ、其《それ》ヲバ打捨テ、御所ヘ乱登タリケル郎等十余人ガ中ヘ走入テ、散々ニ戦ケレバ、木葉《このは》ノ風ニ吹レテ散《ちる》ガ如ク、サト庭ヘオリヌ。電《いなづま》[8]ノ如《ごとく》ニ程ナシト思ケレド、七八人計《ばかり》ハ疵《きず》ヲ被《かうぶ》リヌ。庭ニ[9]追散テ、御秘蔵ノ御笛ノ御寝所ノ御枕紙[10]ニ被レ置タリケルヲ取ツヽ、腰ニ指テ、小門ヨリ走出テ、「此向《このむかひ》[11]ヘ宮ノ入セ給ヌルゾ。ニガシ進《まゐら》スナ」トテ、片織戸

1 虚言ソラコト（色葉字類抄）
2 「ベ」、底本は虫損。補った。
3 「候」、底本には、上に一字分空白あり。つめた。
4 「戸前」、長門本「しりまへ」。「尻」の異体字「戹」の「九」を書き忘れたか。
5 「云ケルハ」、底本のまま。「云ケレハ」とあるべきか。
6 究竟クキヤウ（黒川本色葉字類抄）
7 「方ベム」、底本の「ベム」の右に「本マヽ」とあり。盛衰記「放免」
8 電イナツマ（色葉字類抄）
9 「庭ニ」の下、七、八字分空白。四部本「庭倒伏有二死者一如レ是追散」
10 「紙」の左に傍線を付し、行頭の上の空白部分に「上」とあり。
11 「向ヘ」、底本「向ヘ」。四部本「迎《ヘニ》」とあり。あるいは底本は「向ヘ二」の「二」の脱落か。

ノ有ケルヲフミアケテ、尻ヘツイトホリツヽ、中垣ヲ飛コエテ六角面《ろつかくおもて》へ出テ東ヲ指テ行ケレド、打留《うちとどむ》ル者無リケリ。

惣《そうじ》テ此《この》信連ハ、弓矢ヲ取テ命ヲ惜マズ、度々高名シタリシ者也。中ニモ二条高倉ニテ強盗入テ散々ニ狼籍ヲス。番衆《ばんしゅ》留メカネテアマス所ヲ、三条坊門高倉ニテ、此信連ガ六人ニ行合《ゆきあひ》テ、四人ヤニハニ切臥セ、二人生取ニシテ、其《その》時ノ勧賞《けんじやう》ニ今ノ左兵衛尉ニ被レ成《なされ》シ者也。

サテモ兼綱、光長ハヨモスガラ、御所ノ内幷《ならび》ニ近辺ノ家々ヲ穴《あな》グリ求進《もとめまゐら》セケレドモ、渡ラセ給ハズ。兼綱ガ父入道ガ許《もと》へ夢見セタリケルトカヤ。

源三位入道ノ申勧《まうしすすむ》トモ平家ハ不レ知シテ、源大夫判官ヲシモ被二指副一《さしそへられ》ケル、不思議也。宮ハ少《すこし》モ思食《おぼしめし》ヨラズ、五月雨ノ晴間ノ月ヲ御覧ジテ、御心ヲ澄シツ、オハシマシケルニ、「源三位入道ノ許ヨリ御文アリトテ、使周章《あわて》タル気色

十一　高倉宮都ヲ落坐事

ニテ走リタリ」ト申ケレバ、「何事ヤラム」トテ、忩《いそ》ギ御覧ジケレバ、「君世ヲ乱《みだら》セ給ベキ御企有《あり》トテ、取進《とりまゐら》セニ検非違使アマタ参テ候ナルゾ。兼綱モ其《その》内也《うちなり》。一《ひと》マドナリトモ、トク〳〵立忍バセ給ヘ。入道モ可参候。京中ハイヅクモ悪《あし》ク候ナム。イカニモシテ、三井寺マデダニ無事故《ことゆゑなく》渡ラセ給ナバ、サリトモ」ト申タリ。是ヲ御覧ジテ浅猿《あさまし》トモ無云量《いふはかりなし》。佐大夫《すけのたいふ》宗信ト云《いふ》人ヲ召テ、「コハイカヾセムズル」ト仰有《おほせあり》ケレドモ、其モアハテワナヽクヨリ外《ほか》、憑気《たのもしげ》ナシ。信連ヲ召テ仰有ケレバ、御本鳥《もとどり》ヲ乱シテ女房ノ薄ギヌヲキセマイラセツヽ、一目笠《いちめがさ》ト云物ヲ奉ラセテ走リ出サセ給ヌ。御所中ノ人々モ知マイラセズ。黒丸ト云中間《いふちうげん》、佐大夫宗信計《ばかり》ゾ参ケル。宗信ケシカル直垂《ひたたれ》、小袴キテ、唐笠《からかさ》持タリ。黒丸ニ袋一《ひとつ》持セテ、青侍体《あをさぶらひてい》ノ者ノ、女迎テ行《ゆく》ト見《みえ》タリ。五月雨ノ比《ころ》[1]ナレバ、雲晴テ月クマナシ。溝ノ広カリケルヲ、シヤクト越サセ給タリケレバ、相奉《あひたてまつ》リタリケル人ノ、「女房ト思ヘバ、ハシタナクモコユル者哉」ト思《おもひ》ゲニテ、立留テ、怪《あやし》ゲニ見マイラセケルコソ、佐大夫ハイトヾ膝フルヒテ

1 「ナレバ」、長門本「なれとも」

歩マレザリケレ。

昔、景行天皇ノ第二御子小雄皇子《をうすの》、異国ヲ平《たひら》ゲニ下リ給ケルニコソ、ヲトメノ形《すがた》[1]ヲカリテ、賊ノ三[2]河上ノ武智ヲバ滅シ給タリケレ。ナドヤ是ハ、昔今コソ異ナラメ、我《わが》御身ヲ滅シ給ケム。先世之御宿業ヲ奉《うけたまは》ルレ察シコソ哀ナレ。

宮ハ七八丁バカリ延《のび》サセ給ヌラムト覚《おぼゆ》ル程ニゾ、検非違使参《まゐり》タリケル。小[3]枝ト云《いふ》秘蔵ノ御笛有ケリ。夜モ昼モ御身ヲ不リ二放《はなち》給ハ一ケルヲ忘レサセ給タリケルヲ、口惜《くちをしき》事ニ思食《おぼしめし》テ、立《たち》モ帰ラセ給ヌベク思召ケレドモ、云《いふ》ニ甲斐ナシ。其《それ》ニ信連ガ追付《おひつきまゐらせ》進テ、近衛東ノ河原ノ程ニテ、「御笛取テコソ参タレ」ト申ケレバ、「実《まこと》カヤ」トテ、不レ斜メ悦《よろこば》シゲニ思召タリケレバ、腰ヨリ抜出《ぬきいだし》テ進セタリケリ。佐[4]大夫宗信、六条宰相家保ノ御孫、左衛門佐宗保ガ子也。

「高倉ノ宮失《うせ》サセ給ヌ」ト云ケルヨリ、六波羅モ京中モ走騒《はしりさわぎ》ケル上ニ、山ノ大衆、既ニ三条京極辺ニ下ル由聞エケレバ、平家ノ人々、大将已下《いげ》ノ軍兵ハセコミテ、騒ギアハル、事不レ斜メ。サレドモ僻事《ひがこと》ニテゾ有ケル。天狗ノ能《よ》ク荒《あれ》ニケルトゾ覚《おぼえ》シ。高倉ノ宮ト申モ、法皇ノ御子ニテオハシマセバ、余処《よそ》ノ御事ニ非ズ、イツシカ軈《やがて》カヽル浅猿事出《あさましきこといで》タレバ、「只鳥羽殿ニ閑《しづか》ニテオハシマサデ、無レ由《よしなく》都へ出ニケル哉」トゾ思召ス。「大政入道ノ嫡子小松内大臣重盛、去年八月ニ失《うせ》給ニシカバ、次男前右大将宗盛ニワク方ナク世間ノ事譲テ、入道福原へ下給タリシ手合《てあは》セニ、大将不覚シテ宮ヲ逃シマイラセタル事、口惜《くちをし》」トゾ人申ケル。

1 形スカタ（色葉字類抄）
2 「三河上ノ武智」、長門本「川上郡にたけるといふもの」。『日本書紀』には「川上梟帥（かはかみのたける）」
3 「小枝」、長門本「さえた」
4 「佐大夫宗信」以下の一文、盛衰記では邸脱出時の、長門本では宮の死後の、宗信についての記事に連続する。

十二　高倉宮三井寺ニ入ラセ給事

十九日、高倉宮三井寺ニ逃籠《にげこも》ラセ給由聞《きこえ》ケリ。御馬ニダニモ奉ラザリケリ。人一両人ゾ御共ニ候ケル。東山ニ入ラセ給テ、通夜《よもすが》ラ[1]如意山ヲ越サセ給ケリ。イツ歩[2]マセ給タル御歩《アユミ》ナラネバ、夏草ノシゲミガ下ノ露ケサ、サコソ所セク、御足皆損ジテ疲レヨハラセ給ツヽ、深山ノ中ヲ心アテニタドリ渡ラセ給ケレバ、白クウツクシキ御足ハ荊《むばら》[3]ノ為ニ赤クナリ、黒ク翠《みど》リナル御頭《ミグシ》ハサヽガニノ糸

1 通夜ヨモスカラ（色葉字類抄）
2 「歩マセ」、底本には右に「習ハセ歟」と傍書あり。四部本「何習《ノヒネハ》不二御歩《ユミ》一」
3 荊ムハラ（色葉字類抄）

ニ纏ハレヌ。折シモ時鳥ノ一声幽《かす》[1]カニ聞ケレバ、御心ノ中ニカクゾ思食《おぼしめし》ツヾケサセ給ケル。

ホト、ギスシラヌ山路ニ迷フニハナクゾ我身《わがみ》ノシルベナリケル

昔、天武天皇、大伴ノ王子ニヲソハレテ吉野山ヘ入ラセ給ケムモ、今更思食《いまさらおぼしめし》出《いだ》サレテ哀ニゾ被㆓思食㆒ケル。御伴ノ人々、御手ヲ引《ひか》ヘ肩ニ懸進《かけまゐら》セテ、相構《あひかまへ》[2]テ三井寺ヘカ、グリ着《つか》セ給テ、「我《われ》平家ニ被レ責テ、難レ遁《のがれがた》カリツル間、無㆓甲斐《かひなき》㆒命ノ惜サニ衆徒ヲ憑《たのみ》テ来レリ。助《たすけ》テムヤ」ト、泣々被レ仰ケレバ、衆徒蜂起シテ、甲斐〴〵シク御所シツラヒ入レ参《まゐら》セ、様々イタハリ奉ル。

1　幽カスカナリ（類聚名義抄）
2　「相構」、二字とも左に傍線を付す。訂正するはずであったか。

十三　源三位入道三井寺へ参事
付競事

廿日、源三位入道、同《おなじく》子息伊豆守仲綱、源大夫判官兼綱、六条蔵人仲頼、其子蔵人大郎仲光、渡辺党等ヲ相具シテ、夜ニ入テ近衛河原ノ宿所ニ火ヲ懸テ、三井寺ヘハ参リニケリ。源大夫判官兼綱ハ入道ノ甥ヲ養テ次男ニ立タリ。依

レ之謀叛ノ議ハ兼綱ニハ不レ知セ。此時ニコソ兼綱ハ、「他人ハセザリケリ。父入道ノシワザヨ」ト思ケレ。

渡部党ノ中ニ、競《きほふ》ノ瀧口ハ入道ノ共ニハ漏ニケリ。同僚共ガ申ケルハ、「競ニ此《この》事ヲ知セ候ハデ、イカサマ我等ハ恨《うらみ》ラレ候ヌ」ト申《まうす》。伊豆守宣ケルハ、「吉々《よしよし》、苦シカルマジ。宗盛ノ宿所近ケレバ、此事聞《きこえ》ナバ悪《あし》カリナム。不レ知《しらせず》トモ、競、サル者ナレバ、参ラムズラム」ト宣フ。競ハ此事《このこと》聞テ、「ウタテクモ此事ヲバ知セ給ハヌ者哉。只今参ラムト思ヘドモ、右大将宗盛ノ向ヒ也。馬ヨ鞍ヨトセム程ニ、聞エナバ悪シカリナム」トテヤスラフ。宗盛ハ下人ヲ呼給テ、「向ノ宿所ニ競ハ有歟《あるか》、見テ帰レ」ト宣ケレバ、無レ程帰[3]テ、「其《その》ケモナクテ候也」ト答フ。「イカニ。猶見ヨ」トテ遣ス。又走帰テ、「同様《やう》ニテ候」ト申。「競召セ」トテ被レ召ケリ。瀧口参リタリケレバ、「イカニ。三位入道殿ハ三井寺ヘト聞《きく》ニ、己《おの》レハユカヌカ」。「サ候。日来《ひごろ》ハ随分人ニモ超テコソ候ツレドモ、今ハカク残シ留《とどめ》ラレヌル上ハ、追テ参ルニ不レ及」ト申。

1 「源大夫判官兼綱ハ……次男ニ立タリ」、盛衰記「次男源大夫判官兼綱甥ヲ養子ニス」
2 甥ヲヒ（類聚名義抄）
3 「帰」、行頭の字であるが、上の空白右側部分に、小さく「ニ」とあり。

「サラバ我ニ仕ヘヨカシ」。競、「サ承ヌ」ト申《まうす》。宗盛兼テヨリ哀レト被レ思ケル便宜《びんぎ》ニ、折ヲ悦テ、「競ニ酒飲《のま》セヨ」トテ、酒取出シテ、種々ノ引出物シタリ。中ニモ黒革威《をどし》ノ鎧ニ、弓箭、大刀共被レ引タリ。其《その》上猶、遠山トテ秘蔵シタル馬ニ鞍置テ被レ引タリ。競、「カクテ有《あら》バヤ」トハ思ヘドモ[1]、「賢人ハ[2]二君ニ不レ仕ヘ、貞女ハ両夫ニ不レ見《マミエ》」ト云事ナレバ、日比《ひごろ》ノ重恩ヲ忘ル、ニ不レ及。宗盛、「競ハ有歟」。「候」ト度々申ナガラ、夜深《ふけ》人定《しづまり》[3]ケレバ、得タリケル鎧着《き》、甲《かぶと》ノ緒ヲシメ、馬ニ打乗テ、鞭ヲ揚テ三井寺へ馳参ル。

同僚共ニ合《あひ》テ、「イカニ、殿原ハ捨置テ、知セ給ハザリツルゾ」ト恨ケレバ、同詞《おなじことば》ニ申ケルハ、『知セム』ト申ツレドモ、守殿ノ、『宗盛ノ宿所ノ近ケレバ悪《あし》カリナム。競、サル者ナレバ、不レ知《しらせず》トモ参ラムズラム』ト被レ仰ツレバ、不レ及レ力」ト申ケレバ、競、「サテハ上ニモ未二思食放《おぼしめしはな》タセ給一ハケリ」ト悦ビ、入道殿、伊豆守ノ前ニ参テ、「競コソ以外僻事《もつてのほかのひがこと》シテ候へ。大将殿ノ鎧、甲、馬、共ニ取テ参タリ」トテ、事ノ子細語リ申テ、「人ノタバヌ物ヲ取タラバコソ

1　「思ヘドモ」、底本「有ハヤトハ○賢人」とし、補入の印の右に補書。
2　「賢人ハ二君ニ不レ仕、貞女ハ両夫ニ不レ見」、「忠臣不レ事二二君一。貞女不レ更二二夫一」（『史記』田単列伝）
3　定シツム（類聚名義抄）

僻事ナラメ」ト申ケレバ、入道、伊豆守ヲ始《はじめ》トシテ、上下諸人一度ニハト咲《わらひ》[4]ケリ。

十四　三井寺ヨリ山門南都へ牒状送事

猿《さる》程ニ衆徒僉議《せんぎ》シテ、山門幷《ならび》ニ南都へ送ル二牒状一ヲ。其状ニ云《いはく》、

園城寺牒　延暦寺衙

欲《オフ》下殊ニ致シテ二合力ヲ一被ント上レ助ケ二当寺ノ仏法破滅[1]ヲ一状

右、入道静海恣ニ失二皇法一、又滅二仏法一ヲ。愁歎無レ極之間、去十五日夜、一院第二皇子[2]不慮之外所下令二入寺一給上也。爰号二院宣一、雖レ有下可レ奉レ出之責上、令二固辞一之処、可三放二遣ス官軍ヲ一之旨、有二其聞一。当寺之破滅将ニレ当[3]二此時一。延暦、園城両寺者、門跡二雖二相分一、所レ学是同二円頓一味教文一也。縦如二鳥之左右翅一、又似二車ノ之二輪一。於二一方闕ニ一者、争無二其歎一。者、特致二合力一、被レ助二

1 「滅」に声点⑦

2 「子」と「不」の間右に「為遁」と傍書。「外」の右に「難ィ」と傍書。傍書に従うと、「為遁不慮之難」となる。次の「園城寺牒興福寺衙」には、「第二皇子忽為免不慮之難」とある。

3 「当」、底本「将○此時」とし、補入の印の右に「当」を補書。長門本「将当此時」

4 咲ワラフ（色葉字類抄）

仏法破滅ヲ二者、早忘テ二年来ノ遺恨ヲ一、複セン二住山之昔ニ一。衆徒之僉議如レ此。仍牒送如レ件。

治承四年五月十七日

小寺主法師成賀[1]

都維那大法師定算

寺主大法師永慶

上座法橋上人忠成[2]

園城寺牒す、延暦寺の衙

殊に合力を致して当寺の仏法の破滅を助けられむと欲《おも》ふ状

右、入道静海恣《ほしいまま》に皇法を失ひ、又仏法を滅ぼす。愁歎極まり無き間、去《い》んじ十五日の夜、一院第二の皇子不慮の外《ほか》に入寺せしめ給ふ所なり。爰《ここ》に院宣と号し、出し奉るべき責め有りと雖《いへど》も、固辞せしむる処、官軍を放ち遣はすべき旨、其の聞こえ有り。当寺の破滅将《まさ》に此の時に当たらむとす。延暦、園城両寺は、門跡二つに相ひ分かつと雖も、学する所は是《これ》円頓一味の教文を同じくするなり。縦《たと》へば鳥の左右の翅《つばさ》のごとく、又車の二つの輪に似たり。一方の闕けむに於ては、争《いかで》か其《そ》の歎き無からむ。てへれば、特に合力を致し、仏法の破滅を助けられば、早く年来の遺恨を忘れて、住山の昔に復せむ[3]。衆徒の僉議此《かく》のごとし。仍《よ》つて牒送件《くだん》のごとし。

治承四年五月十七日[4]

小寺主法師成賀
都維那大法師定算
寺主大法師永慶
上座法橋上人忠成

園城寺牒ス　興福寺ノ衙《ガ》

請下蒙二殊合力一被上レ助二当寺仏法破滅一ヲ状

右、仏法殊勝事者、為レ守二皇法一、々々又長久事者[5]、則依二仏法一也。然項《キヤウ》年

1 「成」に声点⑦
2 「成」に声点⑦
3 「復せむ」、底本「複」。改めた。
4 「十七日」、長門本・盛衰記・四部本「廿一日」、覚一本「十八日」
5 「長」に声点⑦

以降《コノカタ》、入道前ノ大政大臣平清盛、恣ニ盗ニ国威一ヲ乱ニ朝制一ヲ、付レ内付レ外、成レ恨成レ歎之間、今月十五日ノ夜、一院第二ノ皇子忽チニ為レ免レンガ二不慮之難一ヲ、俄ニ令ニ入寺一給フ。然ニ号シテ二院宣一ト、可レ奉キ出二当寺一ヲ之由雖モレ有レ責メ、不レ能ハレ奉ルニレ出シ。衆徒一向ニ奉ルレ惜ミレ之。彼ノ禅門、欲レ入二武士ヲ於当寺一。云ニ皇法一ト云ニ仏法一ト、一時ニ正ニ欲ス二破滅一ント。諸衆盍《ザラン》ゾ二愁歎一セ。昔唐ノ恵性天子、以テ二軍兵一ヲ令シレ滅サ二仏法一ヲ之時、青霊山之衆[2]、於テ二合戦一ヲ防クレ之ヲ。皇憲《ワウ》[3]猶如レ斯、何ニ況ヤ於テ二謀叛八逆之輩一ニ哉。誰人可キ二協猜《ケフセイス》[4]一哉。就レ中南京者無クテレ例無キレ罪被ル二配二流長者一ヲ。定[5]位田内動ラム。非二今度一ニ者何日遂ニ会稽一ヲ。願ハ衆徒、内助ニ仏法之破滅一ヲ、外ニハ退ハ二悪逆之伴類一ヲ、同心之至、可レ足二本懐一ニ。衆徒僉議如レ斯。仍牒状如レ件。

治承四年五月十七日

園城寺牒す、興福寺の衙

殊に合力を蒙り、当寺の仏法の破滅を助けられむと請ふ状右、仏法の殊勝なる事は、皇法を守らむが為、皇法の又長久なる事は、則ち仏法に依るなり。然るに頃年《きやうねん》[6]より以降《このかた》、入道前大政大臣平清盛、恣《ほしいまま》に国威を盗みて朝政[7]を乱り、内に付け外に付け、恨みを成し歎きを成す間、今月十五日の夜、一院第二の皇子忽《たちま》ちに不慮の難を免れむが為に、俄《には》かに入寺せしめ給ふ。然るに院宣と号して、当寺を出し奉るべき由責め有りと雖《いへど》も、出し奉るに能《あた》はず。衆徒一向に之《これ》を惜しみ奉る。彼の禅門、武士を当寺に入れむとす。皇法と云ひ仏法と云ひ、一時に正《まさ》に破滅せむとす。諸衆盍《なん》ぞ愁歎せざらむ。昔唐の会昌[8]天子、軍兵を以て仏法を滅ぼさしめし時、清涼山[9]の衆徒[10]、合戦をして之を防く。皇憲猶斯《かく》のごとし、何《いか》に況むや謀叛八逆の輩に於てをや。誰人か恊猜すべきや。就中《なかんづくに》南京は例無くて罪無き長者を配流せらる。定めて位田の内動《とよ》むらむ。今度に非ずは何《いつ》れの日にか会稽を遂げむ。願はくは衆徒、内には仏法の破滅を助け、外には悪逆の伴類を退けば、同心の至り、本懐に足んぬべし。衆徒の僉議斯《かく》のごとし。仍《よ》つて牒状件《くだん》のごとし。

1 「盗」、左に傍線を付し、行頭の上、空白部分に「偸《ヒソカニシ》」とする。長門本・盛衰記・四部本「盗」、覚一本「ひそかにし」
2 「衆於合戦」、長門本・盛衰記「衆徒合戦」
3 「憲」に声点①
4 「恊猜」、四部本同じ。長門本「協猜」、盛衰記「諛順」。「協」は「愶」の略字か。
5 「定位田内動」、長門本も同じ。底本には「内」に返り点「二」がつくが削除した。盛衰記「意念動二胸中一」、四部本「定位殿内騒動」
6 「頃年」、底本「項年」。改めた。
7 「朝政」、底本・長門本「朝制」。改めた。
8 「会昌」、底本・長門本・四部本「恵性」。改めた。
9 「清涼山」、底本「青霊山」。改めた。
10 「衆徒、合戦をして」、底本「衆於合戦」。注2に従って改めた。

治承四年五月十七日[1]

南都ヨリノ返牒《へんでうにいはく》云、

興福寺牒　園城寺衙

被載来牒一紙、為清盛入道静海、欲滅貴寺仏法由事

牒。今月廿日牒状、同廿一日到来。披閲之処、悲喜相交。如何者、互可伏調達之魔障。抑清盛入道者平氏之糟糠、武家之塵芥也。祖父正盛仕蔵人五位之家、執《トル》諸国受領之鞭。大蔵卿為房、賀州刺史《シシ》之古、補検非違所、修理大夫顕季《アキスヘ》、為幡磨大守之昔、任厩別当職。而且于親父忠盛朝臣聴昇殿[2]之時、都鄙老少、皆惜蓬壺之瑕瑾、内外英豪、各泣《ク》馬台之籤文《シンモン》。忠盛雖刷《フト》青雲之翅、世人猶軽[3]白屋之種《タネ》。惜名之青侍、無臨《コト》其家。而去《ジ》平治元年、太上天皇感一戦之功、授《ショリ》不次之賞以降、高昇相国、兼賜兵

杖一《ヲ》。男子、或忝《シ》[4]二台階一《ヲ》、或列《ル》二羽林一《ニ》。女子、或備《リ》二中宮職一《ニ》、或《ハ》蒙《ル》二准后宣一《ヲ》。群弟庶子、皆歩《ミ》二棘路一、其孫、彼甥、悉割《ク》二竹符一《ヲ》。加之綸[5]二領《シ》九州一《ヲ》、進二退《シテ》百司一《ヲ》、皆為《ス》二奴婢僕従一《ト》。一毛違《ヘバ》レ心、則雖レ云二王侯一《ト》擒《トラヘ》レ之《ヲ》、片言逆《レバ》レ耳、亦雖レ云二公卿一《ト》搦レ之。是以、若《ハ》[6]為レ延《ガ》二一旦之身命一《ヲ》、若欲[7]レ遁二片時之陵辱《ジョクヲ》[8]一、万乗聖主、尚成《シ》二面展之嬌一《ヲ》、重代家君、還致《ス》二膝行之礼一。雖レ奪《ト》二代々相伝之家領一、上宰[9]恐《モ》而巻レ舌《ヲ》、雖レ取二宮々相承之庄園一《ヲ》、権威[10]憚《ニテ》而無レ言《シコト》。乗レ勝之余、去年冬十一月、追《シ》二捕太上皇之陬《スミカヲ》一、押二流《シ》博陸侯之身一《ス》。叛[11]逆《ギャク》之甚《キコト》、誠《ニ》絶《タリ》二古今一《ニ》。其時我等、須《ク》行二向《フ》賊衆一《ニ》、可レ問二其罪一也。然而或《ハ》相二量神慮一、或《ハ》依レ称二王言一《ト》、抑《ヘテ》二欝陶一《ヲ》、送《ル》二光陰一之間、重《テヲ》発《シテ》二軍兵一《ヲ》、打二囲一院第二親王宮一之処《ヲ》、八幡三所、春日権現、速垂《テ》二影向一、撃《サ、ゲ》二仙蹕一《ヲ》、送二附《リテ》貴寺一《ニ》、奉レ預《ル》二新羅《ケノ》扉一《ニ》。王法不レ可レ尽《キ》之由明《ケシ》矣。随又、貴寺捨《テ、》二身命一《ヲ》、奉二守護一之条、含識之類、誰不二随喜一《ヒ》。我等在《テ》二遠域一《ニ》感《ケヲ》二其情一之処、清盛入道猶起《シテ》二凶器一《ヲ》、欲《スル》二入《ント》貴寺一之由、側以承及、兼致二用意一。十七日辰剋《ニ》発《シ》二大衆一《ヲ》、十

1 「十七日」、長門本は日付ナシ。盛衰記・四部本「廿一日」、覚一本「十八日」
2 「且」、左に傍線を付し、行頭の上空白部分に「暨《カネテ》」とする。「而且于」の部分、長門本「次」、盛衰記「暨二于」、四部本「次聞二」。覚一本「しかるを」
3 「人」、左に傍線を付し、右に「民」と傍書。「世人」、長門本・盛衰記・四部本「世ノ人」、覚一本「世の民」
4 「台」に声点⑦、「階」に声点⑤
5 「綸」に声点①
6 「若」、右に「或」と傍書。長門本・盛衰記には該当する語句はなし。四部本・覚一本「或」
7 「若」、右に「或」と傍書。長門本・盛衰記には該当する語句はなし。四部本・覚一本「或」
8 「辱」に声点④
9 「上」に声点①、「宰」に声点⑤か。
10 「権威二憚テ」、底本は、「園」と「権」の間に補入の印と、「憚」の左上に反転印あり。指示に従うと、「憚権威」となる。
11 「叛」に声点①

八日牒二送シ諸寺ニ一、下二知シテ末寺ニ一、得テ二軍士ヲ一後チ、欲レ達二案内ト一之処、青鳥飛来投二芳緘ヲ一。数日ノ[1]蓄念一時ニ解散ス。彼ノ唐家[2]清涼之苾蒭、猶返二武宗之官兵ヲ一。況ヤ和国南北両門[3]之衆徒、盍ゾレ擺ハラハ二謀臣之邪類ヲ一。能ク固テ二梁園左右之陣ヲ一、宜シクレ待ツ二我等進発之告ヲ一。者バ、衆議如レ此。仍牒送如レ件。察レ状勿レ成二疑殆ヲ一。以牒ス。

治承四年五月廿一日

興福寺牒す、園城寺の衙

来牒一紙に載せらるる、清盛入道静海が為に、貴寺の仏法を滅ぼさむとする由の事

牒す。今月廿日の牒状、同じき廿一日到来す。披閲の処、悲喜相交《こもごも》なり。如何となれば、互ひに調達の魔障を伏すべし。抑《そもそ》も清盛入道は平氏の糟糠、武家の塵芥なり。祖父正盛蔵人の五位の家に仕へて、諸国の受領の鞭を執る。大蔵卿為房、賀州刺史[4]の古《いにしへ》、検非違所に補し、修理大夫顕季、播磨[5]の大守たりし昔、厩

別当職に任ず。而るに且つ[6]親父忠盛朝臣に昇殿を聴《ゆる》されし時、都鄙《とひ》の老少、皆蓬壺《ほうこ》の瑕瑾を惜しみ、内外《ないげ》の英豪、各《おのおの》馬台の讖文《しんもん》に泣く。忠盛青雲の翅《つばさ》を刷《かいつくろ》[7]ふと雖《いへど》も、世の人猶白屋の種を軽《かろ》くす。名を惜しむ青侍、其《そ》の家に臨むこと無し。而るに去んじ平治元年、太上天皇一戦の功を感じ、不次の賞を授け給ひしより以降《このかた》、高く相国に昇り、兼ねて兵仗[8]を賜はる。男子、或いは台階を忝《かたじけな》くし、或いは羽林に列《つら》なる。女子、或いは中宮職に備はり、或いは准后の宣を蒙る。群弟庶子、皆棘路《きよくろ》に歩み、其の孫、彼の甥、悉《ことごと》く竹符を割く。加之《しかのみならず》九州を統領[9]し、百司を進退して、皆奴婢《ぬび》僕従とす。一毛心に違へば、則ち王侯と云ふと雖も之を擒《とら》[10]へ、片言耳に逆《さか》ふれば、亦《また》公卿と云ふと雖も之を搦む。是を以て、若《も》しは一旦の身命《しんみやう》を延べむが為、若しは片時の陵辱を遁《のが》れむと欲《おも》ひ、万乗の聖主、尚《なほ》面展の媚《こび》[11]を成し、重代の家君、還りて膝行《しつかう》の礼を致す。代々相伝の家領を奪ふと雖も、上宰も恐れて舌を巻き、宮々相承の庄園を取ると雖も、権威に憚りて言ふこと無し。勝つに乗る余り、去年の冬十一月、太上皇の陬《すみか》[12]を追捕し、博陸

1　「蓄」、左に傍線を付し、右に「鬱」と傍書。「蓄念」、長門本・盛衰記・四部本・覚一本「鬱念」
2　「清凉之」、底本「清凉○之」とし、補入の印の右に「一山」と補書。長門本「清凉山」、盛衰記・四部本・覚一本「清凉一山」
3　「両」、底本「北」と記し、みせけち。右に「両」と傍書。長門本・盛衰記・四部本・覚一本「南北両門」
4　「刺史」、底本「刺吏」。改めた。
5　「播磨」、底本「幡磨」。改めた。
6　「且つ」、底本の注記に従い「曁」とすると、「親父忠盛朝臣にいたりて」と読むことになる。
7　刷カイツクロフ（類聚名義抄）
8　「兵仗」、底本「兵杖」。改めた。
9　「統領」、底本「摠領」。改めた。
10　擒トラフ（類聚名義抄）
11　媚コビ（類聚名義抄）。長門本・盛衰記・四部本「媚」
12　陬スミカ（類聚名義抄）

侯の身を押し流す。叛逆の甚しきこと、誠に古今に絶えたり。其の時我等、須《すべから》く賊衆に[1]行き向かうて、其の罪を問ふべきなり。然《しかれ》而《ども》或いは神慮を相量《あひはか》り、或いは王言と称するに依り、欝陶を抑へて、光陰を送る間、重ねて軍兵を発《おこ》して、一院第二の親王の宮を打ち囲む処に、八幡三所、春日権現、速《すみや》かに影向《やうがう》を垂れて、仙蹕を[2]擎《ささ》げ、貴寺に送り附けて、新羅の扉《とぼそ》に預け奉る。王法[3]尽くべからざる由明《あきら》けし。随ひて又、貴寺身命を捨てて、守護し奉る条、含識の類《たぐひ》、誰か随喜せざらむ。我等遠域に在りて其の情けを感ずる処に、清盛入道猶凶器を起こして、貴寺に入らむとする由、[4]側《ほのかに》以て承り及び、兼ねて用意を致す。[5]十七日辰剋に大衆を発し、[6]十八日諸寺に牒送し、末寺に下知して、軍士を得て後、案内を達せむとする処に、青鳥飛来して芳緘を投じたり。数日の蓄念一時に解散《げさん》す。彼の唐家清涼の苾蒭《ひつしゆ》、猶武宗の官兵を返す。況むや和国の南北両門の衆徒、盍《なん》ぞ謀臣の邪類を攘《はら》はざらむ。能《よ》く梁園左右の陣を固めて、宜《よろ》しく我等が進発の告を待つべし。てへれば、衆議此《かく》のごとし。仍《よ》つて牒送件《くだん》のごとし。状を察して、疑殆を成すこと勿《な》かれ。以て牒す。

治承四年五月廿[7]一日

トゾ書タリケル。

其上南都ニハ七大寺ニ牒状ヲ送ル。先《ま》ヅ東大寺へ牒状ヲ送ル。其状《そのじやうにいはく》云、

興福寺大衆牒　東大寺衙

欲下早駈二末寺末社一テ被ヲ共奉テ一今明ノ中ニ発二向洛陽一ニ、救中ハント園城寺ノ将レ滅状ヲ上

牒。諸宗雖レ異ト、皆出二一代之聖教一ヨリ、諸寺雖レ区ト、同安二三世之仏像一ヲ。就レ中園城寺者弥勒如来常住ノ霊崛也。我等受二阿僧之流一、慣二慈氏之教文一。貴寺者八宗ノ教法相並テ学レ之。豈不レ臆二彼寺一ヲ乎。而花洛之下有二一臣揖[8]一。平治元年以降、押二領於四海八埏一ヲ、奴二婢トス於百司六宮一ヲ。一毛違レ心ニ則雖レ云二王侯一ト以擒レ之ヘ、片言乖レ思則雖レ為二上卿一以醢レ之ヲ。是以相伝家君還テ成二膝行之礼一シ、万

1 「行き向かうて」、底本「行向フ」。覚一本「ゆき向て」
仮名遣いを改め、「て」を補った。覚

2 擎サヽク（類聚名義抄）

3 「尽く」、底本「尽キ」。改めた。

4 側ホノカニ（色葉字類抄）

5 「十七日」、長門本・盛衰記・四部本「廿二日」、覚一本「十八日」

6 「十八日」、長門本・盛衰記「廿三日」、四部本「同□二日」、覚一本は日付なし。

7 「廿一日」、長門本・盛衰記「廿三日」、四部本「廿二日」、覚一本「廿一日」

8 「揖」、底本「揖」。異体字として改めた。盛衰記「猜」

乗尊重之国王殆致二面展之嬌一。遂ニ廻二超高指レ鹿之謀ヲ一、弥滅二王法ヲ一。剰ヘ追二弗沙飛レ象之跡ヲ一、将ニレ失ト二仏家ヲ一。即今明之間欲三残二害園城寺一云々。未レ発以前ニ不二相救一者、我等独全有二何詮一乎。然則不日ニ調レ兵ヲ、欲レ向ント二京花ニ一。仏法興廃、只在二此綷一。且祈二請仏神ニ一可三降二伏ス魔軍ヲ一。且駈テ二末寺庄園ヲ一被二共奉一。者、宜下叶二天地之神慮ニ一、保中南北之仏法ヲ上而已。仍粗勒シテ二由緒ヲ一、牒送如レ件。乞也、察レ状勿レ令二遅引一。故牒ス。

治承四年五月　日

興福寺大衆等

興福寺大衆牒す、東大寺の衙

早く末寺末社を駈りて供奉せられて[1]、今明《こんみやう》の中《うち》に洛陽に発向し、園城寺の将《まさ》に滅びむとするを救はむとする状

牒す。諸宗異なると雖《いへど》も、皆一代の聖教より出で、諸寺区《まちまち》と雖も、同じく三世の仏像を安んず。就中《なかんづくに》園城寺は弥勒如来常住の霊崛なり。我等阿僧の流

れを受け、慈氏の教文に慣る。貴寺は八宗の教法相並びて之を学す。豈に彼の寺を憶《おも》[2]はざらむや。而るに花洛の下に一臣の擅有り。平治元年より以降《このかた》、四海八埏を押領し、百司六宮を奴婢とす。一毛心に違へば則ち王侯と云ふと雖も以て之を擒《とら》へ、片言思ひに乖《そむ》けば則ち上卿たりと雖も以て之を醢《ししびしほ》[3]にす。是を以て相伝の家君還りて膝行の礼を成し、万乗尊重の国王殆《ほとほ》と面展の嬌《こび》を致す。遂に趙高[4]鹿を指す謀《はかりこと》を廻らし、弥《いよいよ》王法を滅ぼす。剰《あまつさ》へ弗沙象を飛ばす跡を追ひ、将《まさ》に仏家を失はむとす。即ち今明《こんみやう》の間に園城寺を残害せむとすと云々。未だ発《おこ》さざる以前に相救はずは、我等独りとして全く何の詮有らむや。然れば則ち不日に兵を調《ととの》へて、京花に向かはむとす。仏法の興廃、只此の縡《こと》に在り。且《かつ》は仏神に祈請し魔軍を降伏すべし。且は末寺庄園を駈りて供奉[5]せられよ。てへれば、宜しく天地の神慮に叶ひ、南北の仏法を保つべきのみ。仍《よ》つて粗《あらあら》由緒を勒《しる》[6]して、牒送件《くだん》のごとし。乞ふなり、状を察して遅引せしむること勿《な》かれ。故に牒す。

1 「供奉」、底本「共奉」。改めた。
2 「憶」、底本「臆」。盛衰記「憶」を参考に改めた。
3 醢シ、ビシホ（類聚名義抄）
4 「趙高」、底本「超高」。改めた。
5 「供奉」、底本「共奉」。改めた。
6 勒シルス（類聚名義抄）

治承四年五月[1]　日　　興福寺大衆等

薬師寺等牒状、大底如㆓東大寺牒状㆒ノ。

[2]治承四年五月十七日ニ、殿下、大宰帥隆季、前大納言邦綱、別当時忠、新宰相中将通親、新院ニ被㆑参、高倉宮事議定アリ。[3]右中弁兼光朝臣、殿下ノ仰《おほせ》ヲ奉《うけたまはり》テ、御教書ヲ興福寺別当権僧正玄縁、権別当権少僧都蔵俊ガ許へ被㆑遣ケリ。「園城寺ノ衆徒[4]猥《みだりがはし》ク背㆓勅命㆒、延暦寺又同心《どうしんして》送㆑牒之由風聞。更不㆑可㆓同意㆒」之趣也。今夕、又園城寺ノ僧綱十人ヲ被㆑召。前大僧正覚讃、僧正房覚、権僧正覚智、前権僧正公顕、法印実慶、権大僧都行乗、権少僧都真円、法眼覚恵トゾ聞エシ。覚讃、実慶ハ不㆑参ラケリ。「各《おのおの》本寺ニ罷《まかり》向テ、高倉宮ヲ可㆑奉㆑出之由《いだしたてまつるべきよし》、衆徒ニ可㆓仰含㆒」之由ヲゾ被㆓仰下《おほせくだされ》㆒ケル。又座主明雲僧正ヲ被㆑召テ、「山門不㆑可㆓同心㆒」之由《どうしんすべからざるよし》ヲ被㆓仰下㆒ケリ。其状云《そのじやうにいはく》、

延暦、園城両寺ノ凶徒、日来有二計義一之由、雖レ令二風聞一、更無二信用一之処、三井ノ僧侶既招二寄テ勅勘人ヲ一入二居寺中ニ一了、結構之至忽以露顕ス。争被レ牽二一寺奸濫ヲ一、同可レ蒙二八虎之罪科ヲ一哉。且尋二実否ヲ一、且加ハ二禁遏ヲ一ベシ者レバ、依二院宣ニ一言上如レ件。

五月十六　日　　　　　　　　左少弁行隆

進上天台座主御房

延暦、園城両寺の凶徒、日来《ひごろ》[5]計議有る由、風聞せしむと雖《いへど》も、更に信用無き処に、三井の僧侶既に勅勘の人を招き寄せて寺中に入居し了《をは》[6]り、結構の至り忽《たちま》ちに以て露顕す。争《いかで》か一寺の奸濫[7]に牽かれて、同じく八虐[8]の罪科を蒙るべけんや。且は実否を尋ね、且は禁遏《きんあつ》を加ふべし。てへれば、院宣に依りて言上件《くだん》のごとし。

五月十六　日　　　　　　　　左少弁行隆

1 「日」、盛衰記「廿三日」
2 以下九行分、『山槐記』同日条に拠る。
3 「右中弁」、「右大弁」（『山槐記』）
4 猥ミダリガハシ（類聚名義抄）
5 「計議」、底本「計義」。改めた。
6 「了り」、底本「丁」を「了」の誤りと考え改めた。
7 「奸濫に」、底本「奸濫ヲ」。改めた。
8 「八虐」、底本「八虎」。改めた。

進上天台座主御房

山門ニハ、園城寺ヨリ牒状送リタリケルニハ「可レ奉二同心一」之由領掌シタリケル間、宮、力付テ被二思食《おぼしめされ》一ケルニ、「山門ノ衆徒心替リスル歟」ナド、内々披露シケレバ、「ナニトナリナムズルヤラム」ト、御心苦ク被二思食一ケリ。重テ又山門ヘ院宣ヲ被二成下一。其状云、

園城寺悪徒謀逆事

右、日来雖レ被二宥仰一、尚背シク二勅命ヲ一。於レ今者可レ被レ遣二追討使ヲ一也。一寺滅亡雖二歎思食一、万民之煩不レ可二黙止ス一歟。誠是魔縁ノ結構、盍レ仰ソ二仏境之冥助ヲ一哉。満山ノ衆徒一口同音ニ可レ令二祈申サ一。兼又逃レ去之輩、定向ン二叡山ニ一歟。殊ニ存ジテ二用心ヲ一可レ令二警衛一之由、可下令三告二廻三山ニ一給上。者、依二新院御気色ニ一上達如レ件。

五月廿二　日　　　　　　　　　左少弁行隆

園城寺の悪徒謀逆の事

右、日来《ひごろ》宥《なだ》め仰せらるると雖《いへど》も、尚し勅命を背く。今に於ては追討使を遣はさるべきなり。一寺の滅亡を歎き思食《おぼしめ》すと雖も、万民の煩ひを黙止すべからざるか。誠に是魔縁の結構、盍《なん》ぞ仏境の冥助を仰がざらむや。満山の衆徒一口同音に祈り申さしむべし。兼ねては又逃れ去る輩、定めて叡山に向かはむか。殊に用心を存じて警衛せしむべき由、三山に告げ廻らしめ給ふべし。てへれば、新院の御気色に依りて上達件《くだん》のごとし。

五月廿二[1]　日　　　　　　　　左少弁行隆

トゾ被《おほせくだされ》二仰下一ケル。

爰《ここ》ニ山門ノ衆徒ノ中ニ、出羽阿闍梨慶快トテ、三塔ニ聞エタル学生《がくしやう》悪僧ア

1　「廿二日」、蓬左本盛衰記同じ。古活字本盛衰記「廿四日」

リケルガ、申ケルハ、「抑《そもそも》園城寺ハ智証ノ建立也。我山《わが》ハ伝教ノ草創《サウ》[1]也。所レ学一《ひとつ》ニシテ宗義同ナリト云ヘドモ、本末岐《えだ》[2]異ニシテ、雲泥交リヲ隔ツ。而《しかる》ニ三井ノ衆徒等恣《ほしいまま》ニ例《タトヘ》二飛鳥之両翼一ニ、推テ類スル二牛車之二輪一ニ之条、所行之企、甚以《はなはだもつて》奇怪ナリ。以テ二恐惶之思一ヲ致サ二恭敬《くぎやう》[3]之詞一者《ば》、可シレ令二同心一。不レ然者《しからずんば》不レ可二与力一」由《よ》シ申ケルトゾ聞エシ。

1 「創」、底本「鄶」。改めた。
2 「岐」、「枝」の通字か。
3 恭敬クキヤウ（色葉字類抄）

十五　三井寺ヨリ六波羅ヘ寄トスル事

三井寺ニハ、「六波羅ニ押寄テ、大政入道ヲ夜討ニセム」トゾ僉議シケル。「物ノ用ニモアハザラム老僧達ニ松明《たいまつ》持《もた》セテ如意山ヘ差登《さしのぼ》セ、足軽二百余人ソロヘテ白河辺ヘ指向《さしむけ》テ家々ニ火ヲカケサセ、残ラム者共ハ岩坂、桜本ヘ馳向《はせむかひ》テ待ム程ニ、白河ニ火懸ナバ、焼亡《ぜうまう》[1]トテ、平家ノ軍兵《ぐんびやう》共、多《おほく》ハ火ノ許《もと》ヘコソ馳ムズレ。六波羅ニ残留《のこりとどま》ル者ハ希《まれ》ナルベシ。其《その》間ニ押寄テ、大政入道夜討ニセム事、イト安シ」トゾ計《はからひ》ケル。

爰《ここ》ニ一能房阿闍梨心海ト云者アリ。年来《としごろ》平家ノ祈師《いのりのし》ニテ有ケルガ、大衆ノ中ニ進出テ申ケルハ、「カク申セバ平家ノ方人《かたうど》ヲスルト被思食《おぼしめさる》ラメドモ、一《ひとつに》ハソレニテモ候ベケレドモ、又争《いかでかわが》我寺ノ名ヲモ惜ミ、衆徒ノ威ヲモ思ハデ侍ルベキ。当時平家ノ繁昌スルヲ見ルニ、吹《ふく》風ノ草ヲ靡《なび》カシ、降《ふる》雨ノ壌《つち》[2]ヲ砕クニ似タリ。東夷、南蛮、[3]西戎、北狄靡随《なびきしたが》ハザル者ヤアル。[4]『蟷螂ノ斧ヲ以テ立車ヲ返シ、[5]嬰児ノ蠡《れい》ヲ以テ巨海ヲ尽ス』ト申《まうす》事ハ有《あれ》ドモ、軍兵其数籠居《こもりゐ》テ候。六波羅ヲ夜討ニセム事イカヾ有ベカルラム。云甲斐《いふかひ》ナキ事引出《ひきいだし》タラバ、長《なが》ク南都北嶺ノ嘲リ、能々《よくよく》御計《はから》ヒアルベキ也」ト、夜ヲ深《ふ》カサムトヤ思ケム、長僉議《せんぎ》ヲゾシタリケル。

[6]乗因房阿闍梨慶宗《キヤウシウ》ハ、衣ノ上ニ打刀前《まへ》ダリニサシナシ、カセ杖ニカヽリ、指《さし》顕レテ申ケルハ、「例証ヲ外《ほか》ニ不レ可レ求ム。我寺ノ本願天武天皇、大伴ノ皇子ニ被レ襲《ヲソハ》テ吉野山ヘ籠ラセ給ケルニ、大和国宇多郡ヲ過サセ給ケルニハ、上下ワヅカニ七騎ノ御勢ニテ通ラセ給ケレドモ、終《つひ》ニハ和泉、紀伊国ノ勢ヲ召具

1 焼亡ゼウマウ（下学集）
2 壌ツチ（類聚名義抄）
3 「西戎」、底本「西戉」。改めた。
4 「蟷螂ノ斧ヲ以テ立車ヲ返シ」、「運蟷螂之斧、禦隆車之隧」（『後漢書』袁紹伝）。なお底本「立」の右に「流歟」と傍書あり。長門本・盛衰記「車をくつかへす」。四部本・覚一本には該当の表現なし。
5 「嬰児ノ蠡ヲ以テ巨海ヲ尽ス」、「以レ管闚レ天、以レ蠡測レ海」（『漢書』東方朔伝）。「蠡」は底本「蚤」。異体字として改めた。
6 「乗因房」、他本「乗円房」

シテ、伊賀、伊勢ヲ経テ、美乃与ト尾張ノ勢ヲ催シテ、美乃与ト近江ノ境ニ境河ト云所ニテ、河ヲヘダテ、大伴ノ皇子ト戦ハセ給シニ、河、黒血《くろち》ニテ流レタリ。是ヨリシテ彼《かの》河ヲ黒血河ト申ス。終《つひ》ニ大伴皇子ヲ亡《ほろぼ》シ、二度《ふたたび》位ニ即《つき》給フ。『人倫哀ミヲナセバ、宮[1]鳥懐ロニ入《いる》』ト云ヘリ。争《いかで》カ御力ヲ合セ奉ラザラム。余《よ》ヲバ不レ可レ知、慶宗ガ門徒共帰《かへる》ベカラズ。大政入道夜討ニシテ進《まゐら》セヨ」ト云モハテネバ、時ヲ作ル。

山ノ手へ向フ老僧ニハ、一能房阿闍梨心海、乗因房阿闍梨慶宗、乗南房阿闍梨覚勢、経修房阿闍梨、武士ニハ源三位入道頼政ヲ初メトシテ、物ノ用ニ叶《かなひ》ゲモナキ老僧五百余人、手々《てんで》ニ松明持テ、如意ガ峯へ登ル。足軽二百余人ソロヘテ白河ノ側《カタワラ》へ遣ス。其《その》外ノ悪僧ニハ、島阿闍梨、大輔公、法蓮房、伊賀公、角六郎房、六天宮[2]ニハ式部大夫、能登、加賀、備後、越中、荒土佐、鬼佐度、日尾定雲、四郎房、五重院但馬、円満院大輔、堂衆ニハ筒井浄妙明俊、一来法師、武士ニハ伊豆守仲綱、源大夫判官兼綱、六条蔵人仲頼、其子蔵人太郎長光、渡部党ヲ先トシテ七百五十余人、時ヲ作テ出立《いでたつ》。

園城寺ニ宮入進《いれまゐらせ》テ後ハ、堀ホリ、逆木《サカモギ》引タレバ、堀ニ橋ヲ渡シ、サカモ木ノケサセナドセシホドニ、五月ノ短夜《みじかよ》ナレバ、八音《やこゑ》ノ鳥モ鳴キ渡リ、シノ、メ次第ニ明《あか》リユク。伊豆守宣ケルハ、「今ハ叶ハジ。引《ひけ》ヤ」トゾ云ハレケル。円満院ノ大輔進出テ申ケルハ、「昔唐国ニ孟嘗君ト云者アリキ。孤白《コ》[3]ノ裘《カハギヌ》ト云物ヲ秘蔵シテ持テリ。秦照王此事ヲ聞給テ、『汝ガ所持ノ孤白裘、我ニ得サセヨ』ト云ケレバ、我身ニハ第一ノ宝ト思ケレドモ、『是ヲ惜テハ、我滅ビナムズ』ト思テ、此《この》裘ヲ照王ニ与ヘ奉ル。則《すなはち》官庫ニ納テケリ。此裘ヲ、キツレバ一天四海ヲ眼前ニ見、七珍万宝ヲ求出ス宝ナリ。サレバ孟嘗君、三千人ノ所従ニ金ノ沓ヲハカセテ朝夕召仕シモ、此裘ノ故也。孟嘗君、此事ヲ不レ安ラ思テ、日別《にちべつ》[4]ノ食事ヲ止テ、彼《かの》裘ノ惜事《をしきこと》ヲ歎居《なげきゐ》タリケルニ、孟嘗君、心底賢キ者ニテ、様々能《さまざまのう》アル者ヲ召仕《めしつかひ》ケリ。或ハ牛馬ノ吠ルマネヲシ、犬ノ吠ルマネヲシ、或ハ鶏ノ鳴クマネヲシ、盗ニ長ゼル者モアリ。其《その》中ニ李不提《リフテイ》ト云、盗能《ぬすみよ》クスル

1 「宮」、薄く消してある。「窮」と上書きする筈であったと思われる。
2 「六天宮」、長門本・盛衰記「金光院の六天狗」。七八頁では、「金剛院ノ六天狗」
3 「孤白裘」、「狐白裘」の誤写か。
4 日別ニチヘツ（易林本節用集）

者アリ。『孤白裘ヲ盗出シテ献《たてまつら》ム』ト云ケレバ、孟嘗君大ニ悦テ、李不提ヲ遣ス。不提、照王ノ許《もと》ニ行テ、宝蔵ヲ開テ彼《かの》裘ヲ盗出シテ孟嘗君ニ奉ル。孟嘗君、此裘ヲ得テ、『照王聞給ナバ、我ヲ滅《ほろぼし》ニ寄《よせ》給ハムズラム。サラバ未ダ天ノ不レ明ケ先ニ』トテ、子尅計《ばか》リニ秦国ヲ逃出ケルニ、彼《かの》函谷関ト申《まうす》ハ、鶏ノ不レ鳴前ニハ関戸ヲ開ク事ナシ。『イカヾハセム』ト歎ケルニ、三千人ノ客ノ中ニ鶏鳴ト云者、高木ノ末ニ登テ鶏ノ虚音《そらね》[1]ヲシタリケレバ、其《その》声ニ催サレテ関路ノ鶏鳴ケレバ、『夜曙《あけ》[2]ニケリ』トテ、関守《せきも》リ戸ヲ開《あけ》ケレバ、孟嘗君悦テ、無二事故一《ことゆゑなく》通《とほり》ニケリ。是モ敵ノ謀《はかりこと》ノ能《よ》キ故也。今モ我等ガ心ヲハカラムトテ、鳥ノソラ音《ね》ニテモヤ有ラム。只寄《よせ》ヨヤ」トゾ申ケル。伊豆守、「イヤ〳〵、叶《かなふ》マジ。引ケヤ」ト宣ケレバ、不二力及一引退ク。「是ハ心海メガ長《な》ガ僉議ニコソ、夜ハ深《ふけ》タレ」トテ、帰リサマニ心海ガ坊ヲ切払フ。心海ガ同宿共、命ヲ捨テ散々ニ防キ戦フ。寄手モアマタ被レ討ニケリ。心海ガ同宿八人被レ討ケリ。心海、虎口ヲ遁遁《のがれのがれ》[3]テ六波羅ニ馳参《はせまゐり》テ此由ヲ申ス。サレドモ軍兵ソノ数籠リタリケ

1　虚　空也（色葉字類抄）
2　「曙」、「アカツキ」とルビあり。削除した。
3　「遁遁テ」、行末と次行頭に「遁」がそれぞれ記される。或いは衍字か。

レバ、少《すこし》モ騒グ事ナシ。

十六　大政入道山門ヲ語事
付落書事

大政入道、忠清ヲ召テ宣ケルハ、「南都、延暦寺、三井寺、一《ひとつ》ニ成ナバ、ヨキ大事ニテコソ有ンズラメ。イカヾセムズル」。忠清申ケルハ、「山法師ヲスカシテ御覧候ヘカシ」。「可レ然」トテ、山ノ往来ニ近江米《あふみよね》三千石ヨス。解文《ゲぶみ》ノ打敷ニ織延絹《おりのべぎぬ》三千疋差副《さしそへ》テ、明雲僧正ヲ語《かたらひ》奉テ山門ノ御坊ヘ投入ル。一疋ヅヽノ絹ニバカサレテ、日来《ひごろ》蜂起ノ衆徒変改《へんがい》[1]シテ、宮ノ御事ヲ奉レ捨ケルコソ悲ケレ。山門ノ不覚、只此時ニアリ。

奈良法師是《これ》ヲ聞テ、実語教ニ作テゾ咲《わらひ》[2]ケル。其詞云《そのことばにいはく》、

山高ガ故ニ不レ貴カラ　以テレ有ルヲレ僧為スレ貴シト　人肥ルガ故ニ不レ貴カラ

以テレ有ルヲレ耻為レ貴ト　織延ハ一旦ノ財ラ　不ニレドモ身滅セ一即チ破ル

1　変改ヘンガイ（色葉字類抄）
2　咲ワラフ（色葉字類抄）

恥ハ是レ万代ノ疵　[1]不二身終マデ更ニ失一セ　玉瑩キ立レバ無レシ疵
無レキヲ疵為ス二頼政一ト　貪欲ノ者ハ無レシ恥　無レキヲ恥為ス二山僧一ト
倉ノ内ノ財ハ有レドモ朽ルコト　身ノ中ノ欲ハ無レシ朽コト　雖レドモ積二ト千両ノ金一ヲ
不レ如シカ二一日ノ恥一ニハ　四大日々ニ衰ヘ　三塔夜々ニ暗シ
敢テ読レニ書ヲ無レシ輩ラ　学文ノ方ニハ削レル跡ヲ　除レテ眠ヲ好ミ二夜討一ヲ
不レシテ忍ビレ飢ヲ損ズレ財ヲ　雖レモ遇フレト師ニ不レ恐レ　[2]雖レモ向二ト弟子一ニ恥
四等ノ船ニ不レドモレ乗ラ　海賊ノ道ニ得レ理ヲ　[3]八正ノ道チ雖レモ有リト
十悪ルガ故ニ不レ学セ　雖レモ有リト二無為ノ都一　為《タメ》二放逸一ノ不レ仕ヘ
唯《タヾ》畜生ニ全同ナリ　即チ不レ異ナラ二木石一ニ　父母ニハ常ニ向背シ
主君ニハ更ニ無レシ忠　園城敬ヘレ宮ヲ者バ　諸人敬フ二三井一ヲ
山僧変レバレ約者　国土普ク悪ムレ之ヲ　天下謗リ二叡山一ヲ
万人傾ケ二レバ四明一ヲ　山門悉ク滅失スルコト　宛如二霜下花一
代テ二身ヲ於織リ延ベ一ニ　為ス二妻子ノ相節一ト　常ニ安キハ罪業也リ

可レシ洗ニフ将来ノ恥一ヲ　故ニ万代ノ山僧　先ヅ可レ習ニフ此ノ書一ヲ

是レ学文ノ始也リ　終ルマデレ身ヲ勿ニレ忘失一ルコト

山高きが故に貴からず　僧有るを以て貴しとす

人肥ゆるが故に貴からず　恥有るを以て貴しとす

織延《おりのべ》は一旦の財《たから》　身滅せざれども即ち破る

恥は是《これ》万代の疵《きず》　身終ふるまで更に失せず

玉瑩《みが》き立つれば疵無し　疵無きを頼政とす

貪欲《とんよく》の者は恥無し　恥無きを山僧とす

倉の内の財は朽つること有れども　身の中《うち》の欲は朽つること無し

千両の金《こがね》を積むと雖《いへど》も　一日の恥には如《し》かず

四大日々に衰へ　三塔夜々に暗し

敢て書を読むに輩《ともがら》無し　学文の方には跡を削る

1　「不身終更失」、「不」を「更ニ」の下に入れるべき指示あり。「身終更不失」となる。

2　「雖向弟子恥」、この句は行末・頁末にあり、左側に若干の余裕あり。「雖」の左に傍線を付し、その左に「豈」と記す。その他、ルビをつける。「豈向《ニテモ》弟子恥《ハヂンャ》」となる。

3　「八正道雖有」、「八」の上に補入の印。「雖」と「有」の右上にそれぞれ反転の印。「雖有八正道」となる。

眠りを除きて夜討を好み　飢ゑを忍びずして財を損ず

師に遇ふと雖も恐れず　弟子に向かふと雖も恥ぢむや[1]

四等の船に乗らざれども　海賊の道に理を得《う》

八正の道有りと雖も　十悪なるが故に学せず

無為の都有りと雖も　放逸の為《ため》仕へず

唯《ただ》畜生に全同なり　即ち木石に異ならず

[2]父母《ぶも》には常に[3]向背《きやうはい》し　主君には更に忠無し

園城宮《みや》を敬へば　諸人三井《みゐ》を敬ふ

山僧約を変ずれば　国土普《あまね》く之を悪《にく》む

天下叡山を謗《そし》り　万人四明《しめい》を傾くれば

山門悉《ことごと》く滅失すること　[4]宛《あたか》も霜下の花のごとし

身を織延《おりのべ》に代へて　妻子の相節《さうせち》とす

常に安きは罪業なり　将来の恥を洗ふべし

故に万代の山僧　　先づ《ま》此《こ》の書を習ふべし
是《これ》学文の始めなり　　身を終ふるまで忘失すること勿《な》かれ

実語教一巻、是則《これすなはち》山僧経也。仍《よつて》陀羅尼《だらに》品《ほん》云《にいはく》、
唵《おん》[5]、山法師、ハラグロ〳〵、ヨクブカ〳〵、ハヂナヤ、ソハカ
トゾ書タリケル。

同《おなじく》 奈良法師ノ読ケル。
山法師織延絹ノ薄クシテ恥ヲバエコソカクサヾリケレ

同小法師原ノ読ケル。
山法師味噌カヒシホカ唐醤《からひしほ》[6]カヘイジノ尻ニ付テマハルハ

源三位入道カクゾ読ケル。
薪コルシヅガネリソノミジカキカイフ言ノ葉ノ末ノアハヌハ

山僧ノ中ニ、絹ニモアタラヌ小僧、此《この》歌共ヲ聞テ、カクゾ読ケル。

1 「恥ぢむや」、底本「恥」だが、傍書を参考に改めた。
2 ブモ bumo（日葡辞書）
3 向背キヤウハイ（色葉字類抄）
4 宛アタカ・アタカモ（色葉字類抄）
5 「唵……ソハカ」、底本は改行せず。
6 醤ヒシホ（和名類聚抄）

織延ヲ一キレモエヌ我サヘニウス恥ヲカク数ニ入《いる》哉

十七　宮蟬折ヲ弥勒ニ進セ給事

高倉宮ノ御前ニ参テ大衆申ケルハ、「山門ノ衆徒モ心替リシ候ヌ。南都ヨリモ御迎ニ参《まゐる》ト、今日ヨ明日ヨト申セドモ、未ダ見エ候ハズ。寺バカリニテハ叶マジ。何方《いづかた》ヘモ延《のび》サセオハシマスベシ」ト申ス。宮、御心細ゲニオハシマス。サレドモ金堂ニ御入堂アリ。此宮《この》、小枝、蟬折《せみをれ》ト云《いふ》秘蔵ノ御笛二《ふたつ》アリ。蟬折ヲ弥勒ニ奉ラセ給フ。此御笛ハ鳥羽院ノ御時、奥州ヨリ砂金千両奉リタリ。鳥羽院、「是ハ我朝《わがてう》ノ重宝ノミニアラズ、大国ノ宝ニテモアル物ヲ」トテ、時ノ主上ヘ進《まゐら》セ給タリ。唐土国王《とうどのこくわう》大ニ悦バセ給テ、御返報トオボシクテ幹《カン》竹ヲ一本献《たてまつ》ル。其竹中《そのたけの》ニ、笛ニエラセ給ベキヨヲ一《ひと》ヨ切《きら》セマシマス。口ノ穴ト節ト覚シキ所《とこ》ロニ、生身《しやうじん》[1]ノ蟬ノ様ナル物有ケリ。聖主、希代《きたい》ノ宝物ト被二思食《おぼしめされ》一テ、三井寺ノ覚祐僧正ニ仰《おほせ》テ、護摩壇ノ上、一七个日《いちしちかにち》加持セサセ給テ後、笛ニ鵆《エラ》[2]レタリケリ。天下第一ノ宝物ナリケル間、オボロケノ御遊ニハ不《とり》レ被《いだされ》ニ取出《ず》一。御賀ノ有ケルニ、高松中納言実平卿給《たまはり》テ吹《ふか》ントス。御遊ノ期《ご》、未ダ遅カリケレバ、普通ノ笛ノ如ク思ナシテ、膝ノ下ニ押カクシテ、其期《そのご》ニ取出シテ吹ントスレバ、笛トガメ思テ取ハヅシテ蟬ヲ打折《うちをり》タリ。其《それ》ヨリシテコソ、此御笛ヲバ、蟬折《せみをれ》トハ名付《なづけ》シカ。

鳥羽院ノ御物《ぎよぶつ》ナリケレドモ、其《その》御孫ノ御身トシテ伝持《つたへもた》セ給タリケルガ、イカナラム世マデモ御身ヲ放《はなた》ジト思食サレケレドモ、三井寺ヲ落サセ給トテ、「今生ニテハ拙クシテ失《うせ》ナムズ。当来《たうらい》ニハ必《かならず》助給ヘ」トテ、金堂ニ御座ス生身弥勒菩薩ニ手向《たむけ》奉テ、奈良ヘ落サセ給ベキニ定《さだまり》ヌ。小枝ト申《まうし》シ御笛ヲ最後マデ御身ヲ放タレズ。哀ナリシ御事也。

其後、或雲客《うんかく》[3]日吉社ヘ詣テ、夜陰ニ及テ下向シケルニ、三井寺ニ笛ノ音《ね》ノシケルヲ、暫クヤスラヒテ立聞《たちぎき》ケレバ、故高倉ノ宮ノ蟬折ト云シ御笛ノ音ニ聞ナシテ、子細ヲ尋ケレバ、金堂執行《しゆぎやう》慶俊阿闍梨、其比《そのころ》寵愛シケル小児ノ笛吹ヲ

1 生身シヤウシン（文明本節用集）
2 鵆エル（類聚名義抄）。「鵆」は「鳥が肥える、すぐれる」意だが、「鐫」に通わせたものか。
3 ウンカク Vncacu（日葡辞書）

持タリケルニ、時々取出シテ、此《この》笛ヲ吹セケリ。ユヽシクモ聞知《ききしり》タル人哉。大衆此由《このよし》ヲ聞テ、「此笛ヲイルカセニスル事、不レ可レ然《しかるべからず》」トテ、其時ヨリ始テ一和尚《いちのくわしやう》[1]ノ箱ニ被レ納テ、園城寺ノ宝物ノ其一《そのいち》ニテ今ニアリ。

1　和尚クワシヤウ（色葉字類抄）

十八　宮南都へ落給事　付宇治ニテ合戦事

廿三日、高倉宮ハ、大衆同心セバ、カクテモヲハシマスベキニ、山門心替リノ上ハ、園城寺バカリニテハ弱ケレバ、源三位入道頼政、伊豆守仲綱、大夫判官兼綱、渡部党ニハ、競《きほふ》、継《つづく》、与《あたふ》、丁七唱《テウじつトナウ》、寺法師ニハ円満院大輔、大加賀、矢切但馬、筒井浄妙[1]明俊等ヲ始トシテ、三百余騎ニテ落サセ給《たまふ》。宇治ト寺トノ間ニテ、六度マデ落馬セサセ給フ。此程御寝《このほどぎよしん》ナラザリケル[2]故也。宇治橋三間引テカイダテニカキ、其間《そのあひだ》、宮ヲバ平等院ニ入進《いれまゐら》セテ、御寝ナシ奉ル。

平家、此事ヲ聞テ、軍兵ヲ差遣《さしつかは》シテ追奉ル。大将軍ニハ、左兵衛督知盛[3]、蔵人頭重衡朝臣、権亮少将惟盛朝臣、小松新少将資盛朝臣、中宮亮通盛朝臣、

左少将清経朝臣、左馬頭行盛朝臣、三河守知盛[4]、薩摩守忠度。侍ニハ、上総守忠清、同大夫尉忠綱、飛驒守景家、同判官景高、河内守康綱、摂津判官盛経、以下《いげ》二万余騎トゾ聞エシ。

宇治路ヨリ南都ヘ向フ宮ノ御方、三百余騎也。宇治橋引テ平等院ニ御休ミ有ケルニ、「敵已ニ向《むかひ》タリ」ト云程コソアレ、河ノ向《むかへ》ニ雲霞ノ勢、地ヲ動《とよも》セリ。平等院ニ敵有《あり》ト目懸テケレバ、河ニ打臨テ時ヲ作ル。三位入道モ声ヲ合《あはせ》タリ。平家ノ方ヨリハ我《われ》先ニト進ケリ。

宮ノ御方ヨリ筒井ノ浄妙明俊、褐《カツ》ノ鎧直垂ニ火威《ひをどし》ノ鎧着テ、五枚甲《ごまいかぶと》居頸《ゐくび》ニ着ナシテ、重藤ノ弓ニ廿四指タル高ウスベヲノ矢ヲ後高《うしろだか》ニ負ナシテ、三尺五寸ノマロマキノ太刀ヲカモメ尻ニハキナシテ、好ム薙刀《ナギナタ》杖ニツキ、橋ノ上ニ立《たち》上《あがり》テ申ケルハ、「モノ其《その》者ニ候ハネドモ、宮ノ御方ニ、筒井ノ浄妙明俊トテ、[5]園城寺ニハ其《その》隠レナシ。平家ノ御方ニ、吾ト思召ム人、進《すすめ》ヤ、見参セム」トゾ申ケル。平家方ヨリ、「明俊ハ能《よ》キ敵。吾組《くま》ン〳〵」トテ、橋ノ上ヘザト上

1 「妙」、「明」を書き、すりけして「妙」と上書き。
2 「リ」、「ル」の上に「リ」を重ね書き。
3 「知盛」の次に二字分空白。「朝臣」を入れるべきか。
4 「知盛」、底本のまま。「知度」の誤写か。
5 「園城寺」、底本「園遠寺」。誤写とみなし、改めた。

ル。明俊ハツヨ弓勢兵《せいびやう》、矢ツギ早ノ手聞《てきき》ニテ有ケリ。廿四差タル矢ヲ以テ廿三騎射臥《いふせ》テ、一ハ残テ胡籙《やなぐひ》ニアリ。好ム薙刀ニテ十九騎切臥テ、廿騎ニ当ル度、甲《かぶと》ニカラリト打当テ折ニケレバ、河へ投捨ルマヽニ、太刀ヲ抜テ九騎切臥テ、十騎ニ当ル度、打《ちやう》[1]ド打折《うちをれ》、河ニ捨ツ。所レ憑《たのむ》ハ腰刀、ヒトヘニ死《しな》ムトノミゾ狂ケル。

「浄妙房ウタセジ」トテ、後中院ノ但馬、金剛院ノ六天狗、鬼佐渡、備中、能登、加賀、小蔵《ヲグラ》、尊月《グワツ》[2]、尊養、慈行、楽住、金拳ノ玄永《ヰヤウ》房等、命ヲ惜マズタヽカヒケリ。橋桁《ゲタ》ハセバシ、ソバヨリ通《とほる》ニ不レ及バ、明俊ガ後ニ立タリケル一来房、「今ハ暫クヤスミ給へ、浄妙房。一来進ムデ合戦セム」ト云ケレバ、明俊、「尤《もつと》モ可レ然《しかるべし》」トテ、行桁《ゆきげた》ノ上ニチトヒラミタル所ヲ、「無礼ニ候」トテ、一来法師菟《うさぎ》[3]ハネニゾ越タリケル。是ヲミテ、敵モ御方モ、「ハネタリ〳〵。能《よく》コエタリ」トゾホメタリケル。此《この》一来法師ハ普通ノ人ヨリハ長《た》ケヒキク勢《せい》[4]少シ。肝神《きもたましひ》[5]ノ太キ事、万人ニスグレタリ。サレバコソ甲冑ヲヨロヒ、弓箭兵杖ヲ帯シナガラ、身ヲカヘリミズ、アレホドセバキ行桁ノ上ニテ、大ノ法師ヲカケモカケズ、菟ハネニハコエタリケレ。太刀ノ影、天ニモ有リ、地ニモアリ。雷《いかづち》ナドノヒラメクガ如シ。切オトシ切フセラル、者、其《その》数ヲ不レ知ラ。上下万人目ヲスマシテゾ侍ケル。明俊、一来、二人ニウタル、者八十三人也。実《まこと》ニ一人当千《いちにんたうぜん》ノ兵《つはもの》ナリ。

「アタラ者共ウタスナ。荒手《あらて》ノ軍兵打寄《うちよせ》ヨヤ〳〵」ト、源三位入道下知シケレバ、渡部党ニハ、省、連、至、覚、授、与、競、唱、烈《ツラ》、配、早、清、遙ナドヲ始トシテ、我モ〳〵ト声々ニ、一文字名ドモ名乗テ、卅余騎馬ヨリ飛下リ、橋桁ヲワタシテ戦ケリ。

明俊ハ是等ヲ後《うし》ロニ従ヘテ、弥《いよいよ》力付テ、忠清ガ三百余騎ノ勢ニ向テ死生不《ししやうふ》[6]知《ち》ニゾ戦ケル。三百余騎トハミエシカド、明俊、一来、渡部党卅余騎ノ兵共ニ、二百余騎ハ打レテ、百余騎バカリハ引退ク。其《その》間ニ明俊ハ平等院ノ門内ヘ引テ休ム。立ツ所《とこ》ロノ箭ハ七十余、大事ノ手ハ五所ロ也。処《とこ》ロ々ニ灸[7]治シテ、頭《かし》ラカ

1　チャウド Chǒdo（日葡辞書。但し、見出しは「丁ど」）
2　「グワッ」、「ケ」と書き、その上に「クワ」と重ね書き。
3　菟ウサキ（類聚名義抄）
4　「少シ」、盛衰記「チイサシ」
5　神タマシヒ（色葉字類抄）
6　死生不知シシヤウフチ（色葉字類抄）
7　「灸」、底本「炎」。改めた。

ラゲ、浄衣着テ、棒杖ツキ、高念仏《たかねんぶつ》申テ南都ノ方ヘゾ罷《まかり》ニケル。

円満院ノ大輔慶秀、矢切ノ但馬明禅ト云者アリ。此《これ》又武勇ノ道《み》チ人ニ免サレタル者也。慶秀ハ白キ帷《かたび》ラノ脇カキタルニ、黄ナル大口ヲ着、萠黄ノ腹巻ニ袖ツケタリ。明禅ハ褐《かちん》ノ帷ニ白キ大口ヲ着《キ》、洗《あら》ヒ革《がは》ノ腹巻ニ射向《いむけ》ノ袖ヲゾ付タリケル。各《おのおの》薙刀ヲトリ、シコロヲ傾テ、又ユキ桁ヲワタシケルヲ、寄武者《よせむしや》共矢ブスマヲ作テ射ケレバ、射スクメラレテワタリ得ザリケルニ、明禅長刀《なぎなた》ヲフリアゲ、水車《みづぐるま》[1]ヲマハシケレバ、矢、長刀ニタ、カレテ四方ニチル。春ノ野ニ東方《とんばう》[2]ノ飛チリタルニ不レ異ナラ。[3]御方《みかた》モ興ニ入テゾホメノ、シリケル。橋ヲ引テケレバ、敵数千騎有ト云ヘドモワタリ得ズ。明禅等ニフセカレテ、合戦、時ヲゾ移シケル。矢切ノ但馬、円満院ノ大輔、一来法師、此等三人シテ、橋桁ワタル武者共[4]ヲ残《のこり》少ク切落シケレバ、後々ニハ我渡《わたら》ムトスル兵ナシ。

平等院ノ前《ま》ヘ、西岸ノ上、橋ノ爪ニ打立タル宮ノ御方《おんかた》ノ軍兵共、我モ〳〵ト扇ヲアゲテ、「ワタセヤ〳〵」トマネキテ、ドツト咲《わら》[5]ヒケリ。「ソレホド臆病ナルモノ、、大将軍スル事ヤハアル。大政入道殿、心オトリシ給タリ。アレホド不覚ナル者共ヲ、合戦ノ庭ニ指遣《さしつかは》ス事、ウタテアリヤ〳〵」ト云テ、舞カナヅル者モアリ。オドリハヌル者モアリ。カク咲《わらひ》、恥《はぢ》シムレドモ、橋渡ラムトスル者一人モナシ。

円満院ノ大輔ハ進出テ散々ニ戦ケルガ、敵アマタ打取テ、叶ハジトヤ思ケム、河ノハタヲ下リニ、シヅ〳〵ト落行《おちゆき》ケルヲ、敵追懸テ、「イカニ〳〵、カヘシアハセヨヤ〳〵。キタナクモ後《うしろ》ヲバミスル者哉」ト申ケレドモ、不ニ聞入一落テ行《ゆく》。敵間近ク責《せめ》ツケタリケレバ、不レ絶[6]シテ、河ノ中ヘ飛入ニケリ。水ノ底ヲクヾリテ向《むかへ》ノ岸ニアガリテ、「イカニヨキ冑《よろひ》モヌレテ重ク成テ、落ベシトモ覚ヌゾ。寄テ打《うて》ヤ、殿原」トマネキケレドモ、大将ニモアラネバ、ヨセテ討ニモ及バズ、目ニモカケズ。大輔ハ、「サラバ暇《いとまうし》申テヨ。寺ノ方ニテ見参セム」ト申テ、シヅ〳〵ト三井寺ノ方ヘゾ落行ケル。

平家ハ橋ノ中三間引タルヲモ不レ知シテ、敵計《ばか》リニ目ヲ懸テ、我先ニト渡リ

1 水車ミツクルマ（色葉字類抄）
2 「東方」、「蜻蛉（とんばう）」の当字。
3 「不異」の次に「競モ」と書いて擦り消し、空白のまま。盛衰記「敵モ御方モ皆興ニ入テ」より、「敵モ」と訂正を加える筈であったか。
4 「者」の右に「士」と傍書。
5 咲ワラフ（色葉字類抄）
6 「絶」、「堪」の当字。

ケレバ、ドシヲシニ押《おさ》レテ、先陣五百余騎、河ニ押入ラレテ流《ながれ》ケリ。火威《ひをどし》ノ鎧ノ、ウキヌシヅミヌ流ケルハ、彼《かの》神名備山ノ紅葉ノ、峯ノ嵐ニサソハレテ、龍田川ノ秋ノクレナヰ、ヰセキニカヽリテ流レモヤラヌニ異ナラズ。三位入道是ヲ見テ、「世ヲ宇治川ノ橋ノ下サヘ落入ヌレバ堪ガタシ。況ヤ冥途ノ三途河《さんづのかは》ノ事コソ思遣《やら》ルレ」トテ、

　思ヤレクラキヤミ路ノ三瀬河《みつせがは》瀬々ノ白浪ハラヒアヘジヲ

一来法師、ニハカニ弥陀《みだ》願力《ぐわんりき》ノ船ニ心ヲカケテ、

　宇治河ニシヅムヲミレバ弥陀仏《ほと》ケチカヒノ船[1]ゾイトヾ恋シキ

河ニ落入テ武者共ノ流ルヽヲ見テ、三位入道、

　伊勢武者ハ皆火威ノ冑キテ宇治ノ網代《あじろ》ニカヽルナリケリ

宮ノ御方ニ、法輪院ノ荒土佐鏡鑁ト云者アリ。異名《いみやう》ニハ雷《いかづち》房トゾ申ケル。雷ハ卅六町ヲヒヾカス声アリ。此《この》土佐モ卅六町ノ外ニアルモノヲ呼驚カス大音《だいおん》声《じやう》ナリ。「大勢ナレバサダカニハヨモキコエジ。木ニ上テ呼《よば》ハレ」ト云ケレ

バ、岸ノ上ノ松ノ木ニ上テ、一期《いちご》ノ大音声《だいおんじやう》、今日ヲ限トゾ呼《よばはり》タリケル。「一切衆生法界円輪、皆是身命為第一実トテ、生《しやう》アル者ハ皆命ヲ惜ム習ヒナレドモ、奉公忠勤ヲ至ス輩ハ、更以《さらに》テ身命《しんみやう》ヲ惜《をしむ》事有ベカラズ。況ヤ合戦ノ庭ニ、敵ヲ目ニカケナガラクツバミヲ押ヘテ、馬ニ鞭ウタザル条、大臆病ノ至ス所ナリ。平家ノ大将軍、心オトリシタリヤ〳〵。源家ノ一門ナラマシカバ、今ハ此《この》河ヲワタシテマシ。平家ハ徒《いたづら》ニ栄花ヲ一天ニ開《ひらき》テ、臆病ヲ宇治河ノ畔《ほとり》ニ現《あらは》ス。禁物好食[2]自在ニシテ、四百四病《しひやくしびやう》ハ無レドモ、一人当千《いちにんたうぜん》ノ兵ニアヒヌレバ、臆病計《ばか》リハ身ニアマリタリケリ。ヤ、平家ノ公達、聞給ヘ。此《これ》ニハ源三位入道殿、矢筈《ハズ》ヲ取テ待給《まちたまふ》ゾ。源平両家ノ中ニ撰《えらば》レテ、鵼《ヌエ》射給タリシ大将軍ゾヤ。臆スル所《とこ》ロ、尤《もつとも》道理ナリ。所以《ゆゑ》ニ一来法師大刀《たち》[2]ヲフレバ、二万余騎コソ引《ひか》ヘタレ。尾籠ナリ。見苦《みぐるし》〳〵。思切テ、ハフ〳〵モ渡スベシ」トゾ呼《よばは》リタル。

右兵衛督知盛此《この》事ヲ聞《きき》、「不《ヌ》レ安事哉。加様《かやう》ニ咲《わら》ハレヌル事コソ後代ノ恥辱ナレ。橋桁ヲ渡レバコソ、無勢ナル間《あひ》ダ射落サルレ。大勢ヲ河ニ打ヒタシ、一

1 「ゾ」、「ヲ」に重ね書き。
2 「禁物好食」、盛衰記「禁物好物」
3 「大刀」、盛衰記「太刀」

味同心ニシテ渡セヤ、者共」トゾ被二下知《げぢせられ》一ケル。上総守忠清申ケルハ、「此《この》河ノ有様《ありさま》ヲ見ルニ、輙《たやす》ク渡スベシトモ覚エズ。其《その》上、此程ハ五月雨シゲクシテ、河ノ水カサマサリタリ。此勢ヲ二手《ふたて》ニ分テ、一手ハ淀、蹲[1]枝洗《いもあらひ》、河内路ヲ廻テ、敵ノ先ヲ切テ中ニ取籠《とりこめ》バヤ」ト申ケレバ、東国下野国ノ住人足利ノ太郎俊綱ガ子ニ、足利又太郎忠綱ト云者アリ。赤地錦《あかぢのにしきのひたたれ》直垂ニ、火威《ひをどし》ノ鎧ニ、三枚《さんまい》甲《かぶと》居頸《ゐくび》ニ着ナシ、滋藤ノ弓ニ廿四指タル切符ノ矢ニ、足白ノ太刀ニ、白葦毛ノ馬ニ黄伏輪ノ鞍置テ乗タリケルガ、多《おほく》ノ武者ノ中ニ進出テ申ケルハ、「淀、イモ洗《あらヒ》[2]、河内路ヲバ唐土、天竺ノ武士ガ給《たまはり》テ寄《よせ》ンズルカ。其《それ》モ我等コソ責《せめ》ンズラメ。今無《なか》ラムガ、其時出来ベキニモ非ズ。昔、秩父ト足利ト中違《なかたがひ》テ、父足利、上野国新田入道ヲ語《かたらひ》テ搦手ヲ廻《めぐらし》シニ、新田ノ入道、『敵《かたきの》秩父ニ船ヲ被《わら》レ破《れ》テ、船無レバトテ此《これ》ニ引ヘタラムハ、弓箭取ル甲斐アルマジ。水ニ溺レテコソ死《しぬ》トモ死ナメ』トテ、トネ河ヲ五百余騎ニテザト渡シタル事モ有ゾカシ。サレバ此河、トネ河ニハ勝《まさ》リモセジ、劣リモセジ。渡ス人無クハ忠綱渡サム」トテ打入《うちいる》。

続ク者共ハ誰々ゾ。家子《いへのこ》ニハ、小野寺ノ禅師太郎、讃岐広綱四郎大夫、ヘヤコノ七郎太郎、郎等ニハ、大岡安五郎、アネコノ弥五郎、トネノ小次郎、オウ方二郎、アキロノ四郎、キリウノ六郎、田中ノ惣太ヲ初トシテ、三百五十騎ニハ過ザリケリ。忠綱申ケルハ、「加様《かやう》ノ大河ヲ渡《わたす》ニハ、ツヨキ馬ヲ面《おもて》ニ立《たて》、ヨハキ馬ヲ下ニ立テ、肩ヲ並ベ手ヲ取クミテ渡スベシ。其中《そのなか》ニ馬モ弱テ流レムヲバ、弓ノハズヲ指出《さしいだし》テ取付《とりつか》セヨ。余《あま》タガ力ヲ一ニ合スベシ。馬ノ足ノトヅカム程ハ、手縄《たづな》[3]ヲクレテ歩マセヨ。馬足浮《むまのあしうか》バ手縄ヲスクフテ游《およ》ガセヨ。我等渡スト見ルナラバ、敵矢ブスマヲ作テ射ンズラム。射ルトモ手向《てむかひ》ナセソ。射向《いむけ》ノ袖ヲカタキニ当テ、向矢《むかひや》ヲ防カセヨ。向《むかへ》ノハタミムトテ、内甲《うちかぶと》ノスキ間《ま》射ラルナ。サレバトテ、ウツブキスゴシテ手辺《てへん》ノ穴射ラルナ。馬ノ頭《かしら》サガラバ、弓ノウラハズヲ投懸テ引上ヨ。ツヨク引テ引カヅクナ。馬ヨリ落《おち》ントセバ、童《わらは》スガリニ取付テ、サウヅニシトヾ乗サガレ。カネニナ渡《わたし》ソ。押流サルナ。

1 「蹲枝洗」、「蹲鴟（そんし、芋のこと）」より、「蹲枝」と通用させたと考えられる。なお、ルビ「ヒ」は底本捨て仮名。ルビ行に移した。

2 ルビ「ヒ」、底本捨て仮名。ルビ行に移した。

3 縄ツナ（類聚名義抄）

スヂカヘサマニ、水ノ尾ニ付テ、渡セヤ〱」トテ、一騎モ流《ながさ》レズ向《むかへ》ノハタニ、マ一文字ニザト着ク。

向ノハタニ打上テ、忠綱ハ弓杖《ゆんづゑ》ヲツキ、左右ノ鐙踏張リ、鎧ヅキセサセ、物具《もののぐ》ノ水ヲ下シケル。門外近ク押寄テ申ケルハ、「遠《とほく》ハ音《おとに》モ聞ケ。今ハマヂカシ、目ニモ見ヨ。東国下野国住人足利ノ太郎俊綱ガ子ニ、足利又太郎忠綱、生年十七歳、童名《わらはな》王法師丸トハ、源平知食《しろしめし》タル事ゾカシ。無官無位ノ者ノ、宮ニ向《むかひ》奉テ弓ヲ引候ハ、恐《おそれ》ニテハ候ヘドモ、信モ冥加モ大政入道ノ御上ニテ候ヘバ」トテ、ザヾメカヒテゾ係《かけ》タリケル。

源三位入道頼政ハ長絹《ちやうけん》ノ直垂《ひたたれ》ニ、黒革威《をどし》ノ鎧ヲ着テ、甲ヲバ着ザリケリ。馬モワザト黒キ馬ニゾ乗タリケル。仲綱、兼綱ヲ左右ニ立テ、渡辺党ヲ前後ニ立テ、今ヲ限リト散々ニゾ戦ケル。宮ハ其間《そのひま》[1]ニ延《のび》サセ給ケリ。若干《そこばく》[2]ノ大勢セメ重ナリケル上、頼政入道矢射尽シ、手負《ておひ》テ後ハ、今ハ叶ハジトヤ思ケム、南都ノ方ヘゾ落ニケル。伊豆守仲綱モ討レヌ。

源大夫判官兼綱ハ、父ヲ延《のば》サムトテ引返《ひきかへし》〳〵戦ケリ。手負タリケレバ、鞭ヲ揚テ落ラレケリ。黄ナル生衣《スヾシ》ノ直垂ニ、赤威ノ鎧キテ、白葦毛馬《しらあしげの》ニゾ乗タリケル。上総太郎判官忠綱、「アレハ源大夫判官殿トコソ見奉ツレ。ウタテクモ後《うしろ》ヲバミセ給者哉。返サセ給ヘ」トテ追懸タリケレバ、「宮ノ御共ニ参ル」トゾ答ヘケル。無下《むげ》ニ近ク責寄《せめよせ》タリケレバ、今ハ叶ハジトヤ思《おもは》レケム、馬ノ鼻ヲ引返シテ、我身アヒトモニ十一騎、敵ノ中ヘヲメイテ懸ケルニ、一人モ組《くむ》者ナシ。ザトアケテゾ通シケル。十文字ニカケワリタル[3]ヲ、忠綱ガ射ル矢、兼綱《かね つな》内甲《のうちかぶと》ニ中《あた》リヌ。忠綱ガ小舎人《こどねり》童《わらは》二郎丸トテ勝《すぐれ》タル大力《だいぢから》[4]ナリケルガ、ムズト組デ落タリケリ。兼綱ハ下[5]ニナリ、二郎丸ハ上ニ成ケルヲ、兼綱郎等落合テ、二郎丸ガ鎧ノ草摺ヲ引上テ、上ゲサマニ指[6]テケリ。サテ兼綱ハ山ノ中ヘ引籠テ、鎧ヌギステ、腹カイ切テ死《しに》ニケリ。飛騨判官景高ガ郎等、追ツヾイテ、頸ヲバ取テ返リニケリ。

1 開ヒマ（類聚名義抄）
2 若干ソコバク（類聚名義抄）
3 「リ」、「リ」を重ね書き。
4 ダイヂカラ Daigicara（日葡辞書）
5 「下」、二画め重ね書き。
6 「指」、「刺」の当字。

十九　源三位入道自害事

源三位入道ハ、源八副[1]ヲマネキテ申ケルハ、[2]

「身ハ仕テ二六代之賢君一ニ、齢及二八旬之衰老一ニ。官位已越ヘ二列祖一ニ、武略不レ恥二等倫一ニ。為レ道為レ家有レ慶ハ無レ恨ハ。偏為二天下一ノ今挙二義兵一。雖レ亡ト二命於此時一ニ、可レ留二名於後世一ニ。是勇士ノ所レ庶[3]、非二武将ノ幸一ニ乎。

身は六代の賢君に仕へて、齢八旬《よはひはつしゆん》[4]の衰老に及ぶ。官位已に列祖[5]に越え、武略等倫に恥ぢず。道の為家の為慶《よろこび》は有れども恨《うらみ》は無し。偏《ひと》へに天下の為に今義兵を挙ぐ。命を此の時に亡ぼすと雖《いへど》も、名を後世に留むべし。是勇士《これゆうし》[6]の庶《こひねが》ふ所、武将の幸に非ずや。

各《おのおの》フセキ矢射テ、シヅカニ自害セサセヨ」トゾ申ケル。三位入道ハ右ノ膝《ひざ》節《ふし》ヲ射サセタリケルガ、木津河ノハタニテ高キ岸ノ有ケル隠《かくれ》ニテ、鎧ヌギステ、馬ヨリ下《おり》ツヽ、息ツギ居タリケルガ、念仏百返計《ひやつぺんばかり》唱《となへ》テ、和歌ヲゾ一首読レケル。

埋木《むもれぎ》ノ花サク事モ無《なか》リシニミノナルハテゾ哀《あはれ》ナリケル

此時歌ナド可レ読《よむべし》トコソ覚エネドモ、心ニ好《このみ》シ事ナレバ、加様《かやう》ノ折モセラレケルコソ哀ナレ。

渡部党ニ[7]長七唱《ちやうじつとなふ》ト云者ニ、「頸ウテ」ト被レ云《いはれ》ケレドモ、[8]生頸《いけくび》ヲ取《とら》ム事サスガニヤ覚ケム、「自害ヲセサセ給ヘカシ」ト申ケレバ、太刀ヲ腹ニサシ当テヽ、ウツ臥ニ伏タリケリ。其後頸《クビ》カイ切テ、穴ヲ深ク堀テ埋《うづ》ミタリケルヲ、平家ノ軍兵追懸リテ、コヽカシコ穴《あな》グリ求ケルホドニ、木津河ノハタニシテ求出シテ取畢《とりをはん》ヌ。

宮ハ御寝モナラセ給ハズ、御喉渇カセ給ケレバ、水マイリタク被二思食一《おぼしめされ》ケレドモ、敵軍《かたきのいくさ》多ク後ヨリ参リ重《かさな》リケレバ、御ヒマ無テ過ギサセ給ケリ。御共ニ参リケル信連、黒丸等ニ、「コヽヲバイヅクト云ゾ」ト御尋《おんたづね》ワタラセマシ〳〵

1 「副」、底本「嗣」。盛衰記「源八副」に従い、改めた。
2 底本改行せず。
3 「庶」、「ツキサカル」とルビあり、抹消されている。庶ネカフ、コヒネカハクハ（類聚名義抄）
4 ハッシュン Faxxun（日葡辞書）
5 「列祖」、底本「烈祖」。改めた。
6 ユゥシ Yǔxi（日葡辞書）
7 「ニ」、字（判読不明）をすり消して「ニ」と書く。
8 「生頸」、覚一本「いけくび」

ケレバ、「是ハ井出ノ里ト申《まうす》所ニテ候也。又此《この》河ノ事ニテ候、山城ノ水ナシ河ト申候ゾ」ト申ケレバ、宮ウチウナヅカセマシ〳〵テ、カクゾ思食ツヾケサセ給ケル。

山城ノヰデノワタリニ時雨シテ水無河ニ波ヤ立ラン

ト、ウチスサマセマシ〳〵テ、ニヱ野ノ池ヲ打過テ、梨間ノ宿ヲモ通ラセ給ケレバ、漸《やうや》ク奈良ノ京モ近付テ、光明山ヘゾカヽラセ給ケル。

廿　貞任ガ歌読シ事

昔モ合戦ノ庭ニテ加様《かやう》ノ歌ノ名ヲ上ル事ハ多ケレドモ、マノアタリ哀傷ヲ催ス事ハ無シ。源頼義朝臣[1]、安倍ノ貞任、宗任ヲ被レ責シ時、奥州信夫《しのぶ》ノ乱レニ年ヲ経テ、明《あけ》ヌ晩《くれ》ヌト諍《あらそひ》テ十二年マデセメ給フ。或年ノ冬ノ朝ニ、鎮守府[2]ヲ立《たち》テ秋田城ヘ移《うつりたまふ》給。雪ハ深クフリ敷《しき》、道スガラカツフルマヽノ空ナレバ、射《い》向《むけ》ノ袖、矢並《やなみ》ツクロフ小手《こて》ノ上マデモ、皆白妙ニ見エワタル。白符ノ鷹ヲ手ニ居《す》[3]ヘタレバ、飛羽《ひう》、風ニ吹ムスバル、雪、都ニテ見ナレシ花ノ宴ノ舞人、清涼殿ノ青海波ノ袂ニモ不レ劣ラコソミエラレケレ。楯ヲ載テ甲《かぶと》トシ、楯ヲ浮《うかべ》テ筏トシテ、岸高《きしたかく》峙《そばたち》[4]タル衣河城ヲバ、頭《かうべ》ヲタレ、歯ヲクヒシバリテ責落シ給シニ、貞任、城ノ後ロ《うし》ヨリクヅレオチテ逃ケルニ、一男八幡太郎義家朝臣、衣河ニ追下テ、責付《せめつけ》ツヽ、「ヤ、キタナクモ逃出ル者哉。暫ク引《ひか》ヘヨ」トテ、

衣ノタチ[5]ハホコロビ[6]ニケリ

ト云係《いひかけ》タリケレバ、貞任少シクツバミヲ引ヘ、シコロヲ振向ル形ニテ、

年ヲヘシイトノ乱レノクルシサニ

ト申タリケレバ、義家ハゲタル矢ヲ指《さし》ハヅシテ、被レ帰ラニケリ。優ナル事ニゾ其比《そのころ》ハ申ケル。

1　以下の挿話は『古今著聞集』巻九・三三六に同話がある。
2　「府」、底本「苻」。改めた。
3　居スフ（色葉字類抄）
4　峙ソバタツ（色葉字類抄）
5　「タチ」、『著聞集』「たて」。「館」と「経糸」とをかける意では「たて」のほうがよりよい。
6　「ニ」、「ヒ」と「ケ」の間の右傍に補入。

廿一　宮被誅給事

サテモ園城寺衆徒、源三位入道頼政等、皆散々《ちりぢり》ニ成テ、一ムレニテモ宮ノ御

共ニモ不レ参ラ、左兵衛尉信連、黒丸バカリゾ付参リタリケル。信連ハ浅黄ノ直垂、小袴ニ、洗革《あらひがは》ノ大荒目ノ腹巻ニ、膝ノ口タヽカセ、左右ノ小手指《さし》ツヽ、三枚甲居頸《さんまいかぶとゐくび》ニ着ナシテ、滋藤ノ弓ニ、高ウスベ尾ノ矢負ヒ、三尺五寸ノ太刀ハキタリ。源三位入道ノ秘蔵ノ馬、油鹿毛ニ乗テ、「宮ノ御共セヨ」トテ得タリケルニゾ乗タリケル。宮ヲ先ニタテマイラセテ落ケルガ、敵《かたき》ヲメイテ責カヽリケレバ、返シ合《あはせ》〳〵、戦ヒケリ。光明山ノ鳥居ノ前ニテ、流矢《ながれや》ノ御ソバ腹ニ立ヌ。馬ヨリ逆《さかさま》[1]ニゾオチサセタマフ。「コハイカヾセムズル」ト思アヘズ、信連馬ヨリ飛下テ、物ヘ進《まゐら》セタレドモ云甲斐《いふかひ》ナシ。御目モ御覧ジアケズ、物モ不レ被レ仰、消入ラセ給ニケリ。黒丸ト二人シテ、御馬ニカキノセ進セムトスレドモ叶ハズ。

猿程《さるほど》ニ敵已《すで》ニ責係《せめかかり》ニケリ。飛騨判官景高、此《この》御アリサマヲ見進セテ、鞭ヲサシテ、「アレ〳〵」ト云ヘバ、郎等落合テ、宮ノ御頸ヲカヽムトス。信連弓ヲステ太刀ヲ抜テ、踊リ上《あがり》テ景高ガ郎等ノ甲ノ鉢ヲムズト打ツ。被レ打テウツブシニ伏ヌ。信連申ケルハ、「飛驒判官トミルハヒガ目カ。争《いかで》カ、君ノワタラセ給ト申《まうし》、信連カクテ居タリ、馬ニ乗ナガラ、事ヲバヲキツルゾ。日本第一ノ尾籠《をこの》人哉」ト云ケレバ、「サナイハセソ」トテ、郎等七八人、サトオリアフ。信連少シモサハガズ中ヘ入テ、八方チ[2]ト打マハル。十余人ノ者共、皆打シラマサレヌ。チカヅク者無リケリ。「キタナシ。寄《よせ》テクメ、景高。オソロシキ歟、景高」トテ切廻《きりまは》ルニ、ハセ組ム者コソ無リケレ。只遠矢ニノミ射ケル程ニ、膝ノ節ヲカセギニ射貫カレテ、片膝ヲ地ニツケテ、腰刀ヲ抜ツヽ、腹巻ノ引合《ひきあはせ》押切テ、ツカ口マデ腹ニツキタテ、宮ノ御トノゴモリタル御跡ニ参テ伏シ、腸《はらわ》タクリ出シテ死《しに》ニケリ。宮ノ御頸ハ景高マイリテカキマイラス。此《この》マギレニ、黒丸ハ走失《はしりうせ》ニケリ。

治承四年五月廿三日、宇治ノ河瀬ニ水咽《むせび》テ、浅茅ガ原ニ露キエヌ。木津河イカナル流《ながれ》ゾヤ、頼政ガ党類皆ミジカ夜ノ夢ニ同ジ。光明山ハウラメシキ所《とこ》ロ哉、藩籬《ハンリ》ノ貴種長キ闇《やみ》ニ趣カセ給フ。宿習ノカギリアル事ヲ思遣《おもひや》ルト云ヘド

1 逆サカサマ（色葉字類抄）
2 「チ」、底本「チチ」。但し、二字めの「チ」はすりけしてある。

モ、運命ノ程無キ色ヲ歎キ悲ブ。南都ノ大衆末寺ヲ催シ、庄園ヲ駈《かり》テ、其勢《そのせい》都合《つがふ》三万余人ニテ宮ノ御迎《むかへ》ニ参リケルガ、已ニ先陣ハ泉ノ木津ニ着キ、後陣ハ興福寺ノ南大門ニ未ダ有ナド聞エケレバ、宮ハ憑シク被ニ思食《おぼしめされ》一、「イカニモシテ奈良ノ大衆ニ落チ加《くはは》ラム」トテ、駒ヲ早メテ打《うた》セマシ〱ケルニ、今四五十町ヲヘダテマシ〱テ、終《つひ》ニ被レ討サセ給ヌルコソ悲シケレ。

南都ノ大衆遅参シテ、空《むなし》ク道ヨリ帰リケル事ヲ、山法師聞テ、興福寺ノ南大門ノ前ニ札ヲ立タリケルトゾ聞エシ。

　ナラ法師クリコ山トテシブリ来テイカ物ノ具ヲムキトラレケリ

此《これ》ハ山法師、宮ニ御契約ヲ申テ後、[1]変改《へんがい》[2]シテ平家ニ語《かたら》ハレケル事ヲ、奈良法師実語教ヲ作リ、歌ヲ読テ咲《わらひ》ケルヲ不レ安ラ思テ、加様《かやう》ニ咲返シテケルトゾ聞エシ。

　抑《そもそも》以仁ノ王ト申ハ、正《まさし》キ太上法皇ノ御子ゾカシ。[3]位《くらゐにつ》即キ、世ヲ知食《しろしめす》トテモ難《かた》カルベキニ非ズ。其《それ》マデコソマシ〱[4]ザラメ、カヽル御事アルベシヤハ。

何《いか》ナリケル先世ノ御宿業ノウタテサゾト思奉ルモ、甲斐無カリシ事共也。

三井寺ノ悪僧 幷《ならびに》頼政入道ノ家子郎等、泉ノ木津ノワタリニテ皆討《うた》レニケリ。佐大夫《すけのたいふ》ハ馬ヨハクテ、宮ノ御共ニモ参リ着カズ、後《うし》ロニ敵馳係《はせかか》リケレバ、不二力及一シテ馬ヲ捨テ、ニエ野ノ池ノ南ノハタノ水ノ中ニ入テ、草ニテ面《おもて》ヲカクシテワナヽキ伏《ふせ》リケレバ、軍兵共、ノケ甲《かぶと》ニテ我先ニトハセ行《ゆく》オソロシサ、ナノメナラズ。「宮ハ、サリトモ今ハ木津河ヲバ渡テ、奈良坂ヘモカヽラセ給ヌラム」ト思ケル程ニ、浄衣《じやうえ》キタル死人ノ頸モナキヲ、舁《カキ》テ通リケルヲミレバ、宮ノ御ムクロ也。御笛御腰ニ被レ指タリ。「ハヤ被レ討サセ給ニケリ」ト見進《みまゐら》セケルニ、「ハヒ出テ懐《イダキ》付マイラセバヤ」トハ思ヘドモ、サスガニ走リモ出ラレズ。「命ハ能《よく》惜キ者哉」トゾ覚ケル。御笛ハ御秘蔵ノ小枝也。「此《この》笛ヲバ、『我《わが》死ニタラム時ハ、必ズ棺ニ入ヨ』トマデ被レ仰ケル」トゾ、佐大夫ハ後ニ人ニ語リケル。佐大夫ハ夜ニ入テ、池ノ中ヨリハヒ出テ、ハフ〳〵京ヘ帰リ上《のぼり》ニケリ。為方《センかた》モ無リケルガ、正治元年ニ改名《かいみやう》シテ、伊賀守ニ成テ、邦輔ト

1　変改ヘンガイ（色葉字類抄）
2　「シ」、底本六七丁裏のはじめにも「シ」とし、六七丁表の最後に「シ」とする。衍字とみなし、一字削除した。
3　「位」の次に「ヲ」と書き、すりけす。「ニ」が正しいと思われるので（「位ニ即キ」）、「ニ」と書き直すつもりですりけしたか。
4　「マシ〳〵ザラメ」、「マシマサザラメ」とあるべきか。

ゾ名乗ケル。

　宮ヨリ奉レ始テ、頼政父子三人、上下十余人ガ首ヲ捧テ、軍兵等都へ帰入《かへりいり》ニケリ。ユヽシクゾミエシ。此《この》宮ニハ人ノツネニ参リ仕ル人モ無リケレバ、分《ふん》[1]明《みやう》ニ見知リ奉ル人無リケリ。「誰カ可レ奉二見知一」ト被レ尋ケルニ、「典薬ノ頭定成朝臣コソ、去年御悩《ごなう》[2]ノ時、御療治ノ為ニ被レ召テ有シカ」ト申人アリケレバ、「サテハ」トテ、彼《かの》人ヲ可レ被レ召《めさるべ》之由《きよし》評定《ひやうぢやう》アリ。此《これ》ヲ聞テ典薬頭大ニ痛ミ申ケル処ニ、能々《よくよく》[3]可レ奉二見知一女房ヲ被二尋出《たづねいだされ》一ニケリ。女房御首ヲ奉レ見テヨリ、トモカウモモノハイハデ、袖ヲ顔ニヲシアテヽ、臥マロビ泣ヲメキケレバ、一定《いちぢやう》ノ御首トゾ人々知ラレケル。此《この》女房ハ年来《としごろ》ナレチカヅキ奉テ、御子ナドマシ〳〵ケレバ、疎《おろそか》[4]ナラズ思食《おぼしめさ》レケル人也。女房モ、「イカニシテ今一目《いまひとめ》見奉ラム」ト思ハレケル志ノ深サノアマリニ、参テ奉レ見タリ。中〳〵ヨシナカリケル事哉トゾ覚エシ。御首ニ疵ノマシ〳〵テ、マガフベクモ無リケリ。先年悪瘡ノ出サセ給テ、御命危《あやふ》ク、已ニカギリニ御《お》ハシマシケルヲ、定成朝臣勝《すぐれ》[5]タル名医ニテ有ケレバ、忠節ヲ至シ、メデタクツクロヒ奉テ、御命ノ恙《つつがも》マシマサヾリキ。中〱其時崩御アラバ、世ノ常ノ習ニテコソアラムズルニ、無レ由《よしなく》長ラヘサセマシ〱テ、今カヽル災ニ合セ給事、可レ然《しかるべき》先世《ぜんぜ》ノ御宿業トゾ覚エシ。サテモ彼《かの》典薬頭ハ難レ生《いきがたき》御命ヲ生《いけ》奉ル事、時ニ取テハ耆婆、扁昔[6]ガ如《ごとく》ニ人思ヘリ。

1　分明フンミヤウ（色葉字類抄）
2　ゴナゥGonō（日葡辞書）
3　「可」、「奉」の右上に補入。
4　踈オロソカナリ（類聚名義抄）
5　勝スクル（類聚名義抄）
6　「扁昔」、正しくは「扁鵲」

廿二　南都大衆摂政殿ノ御使追帰事

廿五日、摂政殿基通ヨリ有官《うくわんの》別当《べつたう》忠成ヲ南都ヘ遣シケリ。大衆ノ蜂起ヲ被レ制《せ》ケルニ、衆徒散々ニ陵礫《レウレキ》[1]シテ、着物ヲハギ取テ追下ス。勧学院ノ雑色《ざふしき》二人、本鳥《もとどり》ヲ被レ切。又、右衛門権助親雅ヲ御使ニ遣ス処ニ、木津河辺ニ大衆来《き》向《むかひ》ケレバ、色ヲ失《うしなひ》テ逃上ラレニケリ。衆徒ノ狼籍不レ斜《なのめならず》トゾ聞エシ。

伊豆国流人前兵衛佐頼朝、謀叛ノタメニ、諸寺諸山ノ僧徒ニ祈ヲ被レ付《つけられ》ケルニハ、寺ニハ[2]律浄房ヲ以テ祈師《いのりのし》ト憑ミケリ。即チ被レ憑《たのまれ》テ、八幡ニ千日籠《こもり》テ無

1　「礫」の左に「リヤクトモ云」と傍訓。削除した。凌轢レウレキ（色葉字類抄）
2　関連記事は『吾妻鏡』養和元年五月八日条にあり。

言ノ大般若ヲ奉レ読ケルニ、七百日ニ満ズル夜、「御宝殿ヨリ金《こがね》ノ甲《かぶと》ヲ給《たまはり》テ、兵衛佐ニ奉レ」ト示現《じげん》ヲ蒙《かうぶり》テ、伊豆国ヘ使者ヲ下《くだし》テ此由《このよし》ヲ申ケル。折節《をりふし》寺ニ騒動有《あり》ト聞エケレバ、寺ニ下《くだり》テ此事ニ組シテ討死シケリ。兵衛佐聞給テ、イカニ哀レト思給ケム、「サレバ律浄房ノ為ニ」トテ、伊賀国ニ山田郷ト云所ヲ園城寺ヘゾ被レ寄ケル。

大政入道ハ、忠綱ヲ召テ、「宇治河渡シタル勧賞《けんじやう》ニハ、庄園、枚カ、[1]靫負尉カ、検非違使、受領カ、乞《こふ》ニヨルベシ」ト被レ仰《せ》ケレバ、忠綱申ケルハ、「靫負尉、検非違使、受領ニモ成タクモ候ハズ。父足利太郎俊綱ガ上野国十条郡ノ大介ト、新田庄ヲ屋敷所《やしきどころ》ニ申シガ、叶候ハデ止《や》ミ候ニキ。同《おなじく》ハ其ヲ可レ賜」トゾ申ケル。「安事《やすき》也」トテ、御教書《みげうしよ》カキテ給《たまひ》ニケリ。足利ガ一門ノ者共十六人、連判ヲ以テ申ケルハ、「宇治河ヲ渡シテ候勧賞ヲ、忠綱一人ニ被レ行《おこなはれ》候事、歎入候。彼《かの》勧賞ヲ一門者共《いちもんのものども》十六人ニ配分セラレ候ベシ。不レ然者《しからずは》、君ノ御大事候ハム時ハ、忠綱一人ハ参候トモ、自余ノ者共ハ自今以後《じごんいご》[2]参候《まゐり》マジ」ト、一日ニ三度申タリケレバ、巳剋ニ成《なし》タル御教書ヲ申剋ニ被₂召返₁ニケリ。

晦日《くわいじつ》[3]、調伏ノ法行ヒ奉ル僧共勧賞蒙テ、官共成《なさ》レニケリ。権少僧都良弘ハ大僧都ニ転ジ、法眼実海ハ少僧都ニ上ル。阿闍梨勝遍ハ律師ニ任ズトゾ聞エシ。

1 「枚」、右に「本マ、」と傍書。「牧」か。
2 ジゴンイゴ Iigonigo（日葡辞書）
3 クヮイジッ Quaijit（日葡辞書）

廿三　大将ノ子息三位ニ叙ル事

大将ノ子息侍従清宗、今年十二ニ成給ヘルガ、三位シテ三位中将ト申ス。二階ノ賞ニ預給フ間、叔父蔵人頭ニ居給ヘル重衡卿ヨリ初テ、若干《そこばくの》[1]人々越ラレ給ニケリ。宗盛卿ハ、此人ノ程ニテハ兵衛佐ニテコソオハセシニ、是ハ上達部ニ至リ給コソ、世ヲ執給《とりたま》ヘル人ノ御子ト云ナガラ、一早《いちはや》[2]クオソロシケレ。「一ノ人ノ嫡子ナドコソ加様《かやう》ノ昇進ハシ給ヘ」ト、時ノ人傾《かたぶ》キアヘリ。父前右大将ノ、源以光高倉宮并《ならびに》頼政法師已下《いげ》追討ノ賞トゾ聞書《ききがき》ニハ有ケル。皇子ニハオハシマサズト云ナシテ、源以光ト号シ奉ル。正《まさし》キ法皇ノ御子ゾカシ。凡人《ぼんにん》[3]

1 若干ソコバク（類聚名義抄）
2 「早」、行頭の空白部分に「速ハヤシ」と記す。
3 ボンニン Bonnin（日葡辞書）

ニサヘ成シ奉ルコソ心憂ケレ。

頼政ハユ、シク申《まうし》シカドモ、遠国マデハ云《いふ》ニ不レ及、近国ノ者モ忩《いそ》ギ打上《うちのぼる》モナシ。語《かたらひ》ツル山門ノ大衆サヘ心替《こころがはり》シテシカバ、云甲斐ナシ。

登乗ト申相人《まうすさうにん》アリ。「帥ノ内大臣ハ通隆御子伊周公流罪ノ相ヲハシマス。宇治殿、二条殿、二所《ふたところ》ナガラ御命ハ八十、共ニ三代ノ関白」ト奉レ相《さうしたてまつり》タリシハタガハザリケル者ヲ。此《この》[1]少納言モ目出《めでた》キ相人トコソ聞エシニ、「悪《あし》ク奉レ相タリケル」トゾ人申ケル。聖徳太子ノ、崇峻天皇ヲ「横死《わうし》ノ相ヲハシマス」ト申サセ給ケルモ、馬子ノ大臣ニ被レ殺給。粟田[2]ノ関白不レ例《れいならず》ヲハシケルニ、小野宮右大臣実資ヲハシタリケレバ、御簾《ミス》ゴシニ見参シ給テ、「久ク世ヲ可二納[3]給一」之由、粟田殿被レ仰ケルニ、風ノ御簾ヲ吹上タリケルニ見タテマツリ給ケレバ、「只今失《うせ》給ベキ人」ト見給ケルニ、程ナク隠《かくれ》給ニケリ。御堂[4]ノ右馬頭顕信ヲ、「斎院ノ民部卿、聟ニ取給ヘ」ト人々申ケレバ、「只今出家ヲシテムズル人ヲバ、イカヾ」ト被レ申ケル程ニ、即《すなはち》出家シ給ニケリ。六条[5]ノ右大臣、白河院ヲ、

1　「此少納言」、相少納言伊長をさす。二八頁参照。
2　道兼の死は、『大鏡』巻四・道兼伝にある。
3　「納」、すりけして、うすく残る。盛衰記に「久世ヲ治給ベキ」とあり、「治」と書き直す予定であったと考え

「御命ハカナク渡ラセ給ベシ。頓死ノ相ヲハシマス」ト申サレタリケリ。又、「浅猿《あさましき》事哉。中宮ノ無下《むげ》ニ近クミエサセ給」ト北方ニ歎《なげき》申サセ給ケルモ不レ違ハケリ。サモ可レ然人ハ、必ズ相人《さうにん》ニ非《あらざ》レドモ、皆カクコソヲハスレ。

廿四　高倉宮ノ御子達事

此《この》宮ハ御子モ腹々ニアマタヲハシマシケリ。散々《ちりぢり》ニ隠レ迷《まど》[1]ハセ給キ。世ヲ恐《おそれ》サセ給テ、コヽカシコニテ、皆法師ニ成セ給《たまふ》トゾ聞エシ。

伊与守顕章[2]ノ娘ノ、八条院ニ三位殿ト申テ候給ケルニ、此《この》宮忍ビツヽ、通《かよは》セ給ケル。其《その》御腹ニ若宮、姫宮ヲハシマシケリ。三位殿ヲバ、女院殊ニ召仕ハセ給ツヽ、隔《へだて》ナキ御事ニテ有ケレバ、難レ去思食《さりがたくおぼしめし》ケリ。此宮達ヲモ、女院只御子ノ如《ごとく》ニテ、御衾《おんふすま》[3]ノ下ヨリオヽシタテマツラセ給ヘリ。糸惜《いとほしく》悲キ御事ニゾ被二思食一《おぼしめされ》ケル。高倉ノ宮謀叛ノ聞《きこ》エヲハシマシテ、失《うせ》サセ給ヌト聞召《きこしめし》ケルヨリ、「此宮達マデモイカニ」ト思食ケルヨリ、御心迷《まどひ》テ、供御《くご》モマイラズ、只御

られる。
4　顕信の出家は、『大鏡』巻五・道長伝にある。
5　以下の二話は『古事談』第六・四四三、四四五にある。

1　迷マトフ（色葉字類抄）
2　「顕章」、正しくは「盛章」
3　衾フスマ（色葉字類抄）

涙ノミセキアヘズ。御母ノ三位殿ハ肝心《きもこころ》モヲハシマサズ、アキレテヲハシマシケル程ニ、池ノ中納言頼盛ハ女院ノ御辺《あたり》ニウトカラヌ人ニテヲハシケルヲ、御使ニテ、「高倉宮ノ若宮ノヲハシマシ候ナル、可レ被レ奉レ出《いだしたてまつらるべき》」之由《よし》、前大将、女院ヘ被二申入一《まうしいれられ》タリケレバ、思食儲《おぼしめしまうけ》タル御事ナレドモ、イカヾ可レ被レ仰トモ思食ワカズ。日比《ひご》ロ朝夕仕ヘ奉《たてまつる》中納言モカク被レ申テ被レ参タル間、怖シク思食シテ、アラヌ人ノ様《やう》ニケウトク思食レケルコソ、責《せめ》テノ御事ト覚シカ。イカナル大事ニ及ブトモ、可レ奉レ出トモ思食レネバ、宮ヲバ御寝所ノ中ニ隠《かくし》置奉テ、池中納言ニ被レ仰ケルハ、「カヽル世ノ周章《さわぎ》[1]ノ聞エシヨリ、此《この》御所ニハオハシマサズ。御乳《おんち》ノ人ナドガ心少《こころをさな》[2]ク見進《まゐら》セテ、失《うせ》ニケルニコソ。イヅクトモユクヱモシラズ」ト被レ仰ケレドモ、入道憤リ深《ふかき》事ナレバ、大将モ等閑《なほざり》[3]ナラズ被レ申ケレバ、中納言情カケ奉ガタクテ、軍兵共門々ニ居《す》[4]ヘナドシテ、ハシタナキ事ガラニ成ケレバ、院中ノ上下、色ヲ失ツヽ、イトヾサハギアヘリ。世ノ世ニテアラバコソ、法皇ヘモ申サセ給ハンズレ、去年《こぞ》ノ冬ヨリハ被二打籠一《うちこめられ》ヲハシマシテ、心ウキ御アリサマナレバ、イトヾイカニスベシトモ思食《おぼしめ》サズ。事ノ有様叶マジトヤ少キ御心ニモ思食サレケム、「是程ノ御大事ニ及候ハム上ハ、只出《ただいだ》サセ給ヘ。マカリ候ハム」ト、宮申サセ給ケレバ、御母ノ三位殿ハ理《ことわり》也、女院ヲ奉レ始テ、女房達、老タルモ若キモ声ヲ調《ととの》[5]ヘテ泣アヒ給ヘリ。女官共、局々ノ女童部《めのわらはべ》ニ至ルマデ、此ヲ聞テ、袖ヲ絞ラヌハ無リケリ。今年ハ八《やつ》ニ成セ給ヘルニ、オトナシヤカニ申サセ給ケルコソ難レ有哀《ありがたくあはれ》ナレ。中納言モ石木《いはき》ナラネバ、打シメリテ候ハレケルニ、大将ノ御許《もと》ヨリ使頻《しき》リニハセ参リテ、「イカニ〳〵」ト被レ申ケレバ、ソレニ随テ、中納言モシキリニ責《せめ》奉ル。「[6]少シサモヤト聞食出事《きこしめしいだすこと》アリ、御尋有《たづねあり》」トテ、年《とし》程同様《おなじやう》ナル少者《をさなきもの》ヲ迎ヘ寄《よせ》ツヽ、「尋出シ奉リタリ」トテ、宮ヲツヰニ渡シ奉ラル。三位殿モ女院モ、後《おく》レ[7]奉ラジト歎悲ミ給事不レ斜《メ》。泣々御頭《みグシ》カキ撫《なで》、御顔カイツクロヒ、御直衣《なほし》奉ラセナド出シ奉ラセ給《たまふ》モ、只夢ノ様ニゾ被二思食一ケル。「イカニ成給《なりたまひ》ナムズラム」ト思食サレケルゾ悲シキ。池中納言奉レ見テハ、狩衣ノ袖モ絞ル計《ばかり》ニ

1 周章シウシヤウ、アハツ、又サハク（色葉字類抄）
2 少ヲサナシ（類聚名義抄）
3 等閑ナヲサリ（色葉字類抄）、ナヲザリ Nauozari（日葡辞書）
4 居スフ（色葉字類抄）
5 調トトノフ（色葉字類抄）
6 「少シサモヤ…」、以下、文意わかりにくい。盛衰記「女院ハ、少シサモヤト聞食御事有テ、同ジ御年程ナル少者ヲ尋サセ給ケレ共、大方ナカリケレバ、力及バセ給ハデ若宮ヲ奉レ渡ケリ」、四部本「少佐有《シテ》二聞食事一同様《シナルキ》少者有二御尋一被《レタリケレトモ》レ出二頼盛《ニ》一不レ用レ下之尚被《ヲケレハセメ》二迫申一宮《ヲ》終《ニ》被レ奉レ出《シ》」。
7 「奉ラジ」、底本「奉ララジ」。衍字と見なし、「ラ」を一字削除した。

テ、御車ノ尻ニ参テ六波羅ヘ奉レ渡《わたし》ラレニケリ。

宮出サセ給ケル後ハ、女院モ御母ノ三位殿モ、同枕《おなじまくら》ニ臥沈ミテ、湯水ヲダニモ御喉ヘモ不レ被レ入。「由無《よしな》カリケル人ヲ此《この》七八年手ナラシ奉テ、カヽルモノヲ思《おもふ》コソ返々《かへすがへす》モ悔シケレ。七八《なゝつやつ》ナド云ヘバ、サスガニ未ダ何事モ思分《おもひわく》ベキ程ニモワタラセ給ハヌニ、我故《われゆゑ》大事ノ出来《いできたる》事モ片腹痛《かたはらいた》ク思食テ、出《いで》サセ給ヌル難レ有サノ悲シサ」トテ、返々クドカセ給。大将モ奉レ見給テハ、涙ヲ押拭《おしのご》[1]ヒ給ヘバ、宮モナニト思食ケルヤラム、打涙グマセ給ケルゾラウタキ。女院ノ御懐《おんふところ》ヨリ奉レ養テ歎思食《なげきおぼしめさ》ル、心苦シサナド、中納言カキクドキ、細々《こまごま》ト被レ申ケレバ、大将モ入道ニ不レ斜被レ申《なのめならずまうされ》ケル間、後白河院ノ御子、仁和寺守覚法親王ヘ渡シ奉テ御出家アリ。御名ヲバ道尊ト申ス。後《のちに》ハ[2]東大寺ノ長者ニ成ラセ給ケルトカヤ。

院ノ御子達、皆御出家アリシニ、此《この》宮ノ心トク御出家ダニモアリセバ能《よか》リナマシ。無レ由《よしなき》御元服ノ有ケルコソ返々モ心ウケレ。

猶《なほ》御子ハヲハシマスト聞ユ。一人ハ高倉宮ノ御乳母ノ夫、讃岐前司重季奉レ具《ぐしたてまつり》テ北国へ落下給ヘリシヲバ、木曾モテナシ奉テ、越中国宮崎ト云所《いふところ》ニ御所ヲ立テ居奉《すゑ》リツヽ、御元服アリケレバ、木曾ノ宮トゾ申ケル。又ハ還俗《げんぞく》ノ宮トモ申ケリ。

1 拭ノコフ（色葉字類抄）
2 「東大寺」、盛衰記・覚一本「東寺」

廿五　前中書王事
付元慎之事

昔、延喜ノ帝ノ第十六ノ御子兼明親王、村上帝第八御子具平親王トテ、二人ヲハセシヲバ、前中書王、後中書王トテ、賢王聖主ノ御子ニテ、才智才芸目出《めでた》クワタラセ給シカドモ、王位ニ即《つか》セ給事ハ別《べち》ノ御事ナレバ、サテコソ止《や》ミ給シカ。サレドモ謀叛ヲヤ起シ給シ。

中ニモ前中書王ト申《まうす》ハ、漢才妙《かんざいたへ》ニ御坐シカバ、政務ノ道ニモ明《あきらか》ニ御坐ケレバ、源姓ヲ賜テ従二位右大臣[1]ニ成奉テ、万機ノ政ヲ助奉リ給シ程ニ、冷泉院御宇、此君《この》ノイミジク御坐ス事ヲ妬《ねたま》シクヤ思給ケム、時ノ関白ニ讒言セラレ

1 「右大臣」、正しくは「左大臣」

給テ、官位取返サレ給テ、只本《もと》ノ宮原ニテ御坐ケレドモ、更ニ恨《うらみ》トモ思給ハズ、只、「岩[1]ノカケ路《みち》」トノミ忩《いそ》ガレテ、深心《じんしん》[2]閑《しづか》ナラム事ヲノミ求給フ。遂ニ亀山ノ頭《ほとり》[3]ニ居《きよ》ヲ卜《しめ》[4]テ隠居シ給ヒ、菟裘賦《トキウのふ》ヲ作テ、朝夕詠ジ給ケリ。サシモ執《しつ》シ思食《おぼしめ》シ、名《な》ヲ得タル所ノ景気《けいき》ナレバ、御[5]河ヲ尋ヌル流《ながれ》白《しろく》シテ茫々タリ。詞海ヲ汲テ心ヲナグサメ、万歳ヲ喚《よば》[6]フ山青《あをく》シテ蔟々《ソク》[7]タリ。仙宮ニ入テ老ヲ休ム。岩根ヲ通ル瀧ノ音、嶺ニハゲシキ嵐ノミゾ、事問《こととふ》棲《スミカ》ト成ニケル。碧樹ニ鶯ノ鳴《なく》春ノ朝ニハ、羅幕ヲ撥《はらひ》[8]テ吟ジ、候山ニ猿叫[9]ブ秋ノ夜ハ、玉枕《たまの》ヲ攲《ソバタ》テ、閑ニ詠ズ。歳去歳来《としさりとしきたれ》ドモ、日ノ光、月光《つきの》、易《すぎやすき》ㇾ過事ヲ愁ヘ、昨日モクレ今日モ暮テ、心ノ闇晴ガタキ事ヲゾ悲給ケル。

或《ある》夕暮ニ山風アラ〳〵ト吹下《ふきおろ》シテ、雲ノケシキ常ヨリモ眼留《とどま》ル空ノ景気《けいき》ナリ。世ノ憂《うき》時ノカクヤハ物悲シキ事モ、痛ク覚給ハズ。御心ノ澄ムマヽニ、琴ヲカキナラシ給ケレバ、折節《をりふし》山オロシニタグフ物ノ音、例ヨリモ澄《すみ》ノボリテ、我カラ哀ㇾモ押ヘガタキ御袖ノ上也。調子大食調《だいじきてう》ナリケレバ、「秦王破陣楽」

ト云楽《がく》ヲ弾給《ひきたまひ》ケル程ニ、イト怖シク浅猿《あさまし》ゲナル鬼独《ひと》リ、御前ニ跪《ひざまづき》テ聞居タリ。「コハイカニ」ト驚思給ケレドモ、サラヌ様ニ御心ヲ抑ヘテ御琴ヲ弾給。良久《ややひさしく》アリテ、等閑《なほざり》ゲナル御声ニテ、「アレハ何者ゾ」ト問給ケレバ、鬼答テ申様《まうすやう》、「我是《われはこれ》大唐ノ文士、元稹《シン》[10]ト申《まうし》シ者ニテ侍リ。詞ノ花ニフケリ、思ノ露ニヌレテ、春ヲ迎ヘ秋ヲ送リテ侍シ程ニ、此ノ世ハカナク成侍《なりはべり》ニシカバ、狂言綺語《きぎよ》ノ心ヲ留《とどめ》タリシ罪ノ報《むくひ》ニヤ、今カヽル浅猿《あさまし》キ形《すがた》ヲ得タリ。我作置《われつくりおき》侍《はべり》シ詩賦共、唐国ニモ日本ニモ多ク口ズサミアヒテ侍リ。其《その》中ニ菊ノ詩ニ、

[11]不㆓是花中偏愛㆑菊　此花開尽更無㆑花

是《これ》花の中に偏《ひとへ》に菊を愛するのみにあらず　此の花開け尽きて更に花の無ければなり

ト作テ侍リシヲ、人皆、『此花開後』ト詠ジ侍リ。此《この》世ヲ去ヌル身ナレドモ、

1 「岩ノカケ路」、参考「世にふればうさこそまされみよしののいはのかけみちふみならしてむ」(『古今和歌集』雑・九五一)
2 深心ジンシン（文明本節用集）
3 頭ホトリ（類聚名義抄）
4 ト シム（類聚名義抄）
5 「御河ヲ尋ヌル流…簇々タリ」、「凝日暮山青簇々、浸天秋水白茫々」(『和漢朗詠集』巻下・山水・五〇一、『白氏文集』巻十六「登西楼憶行簡」)を踏まえる。
6 喚ヨハフ（類聚名義抄）
7 「簇」の左に「ムラカル」と傍訓あり。削除した。
8 撥ハラフ（類聚名義抄）。
9 「叫」、底本「叩」。「叫」として用いていると見て改めた。
10 「元慎」、正しくは「元稹」
11 「不是…」、『全唐詩』巻十五・元稹十六「菊花」、『和漢朗詠集』巻上・秋・二六七。なおこの詩を巡る説話は、朗詠注等に載る。

思《おもひ》ソミニシ事ナレバ、猶本意《ほい》ナク侍《はべる》也。其《その》道ヲ得ム人ニ示《しめし》タクハ思ヘドモ、サスガニカクト告《つぐ》ルマデノ人、世ニ少ク侍《はべれ》バ、思ワビテ過《すぐ》シ侍ツルニ、只今カケリ侍ガ、御琴ノ音ニ驚テ、暫《しばらく》サスラヒ侍リ。君ハイミジク目出《めでた》キ才人ニテ御坐セバ、相構《あひかまへて》々此《この》本意遂サセ給ヘ。菅家《くわんけ》此《この》詩ヲ序[1]トシテ侍ルニハ、『開尽《ひらけつき》テ』ト侍リ。サレバ其《それ》ハウレシク侍也」ト申セバ、親王聞食《きこしめし》テ、「イト安事《やすきこと》ニコソ侍メレ」トテ、日比《ひごろ》ナニトナク御不審ニ被《おぼしめされ》二思食一ケル事共問セ給ケレバ、細々《こまごま》ニ答申テ、誠ニウレシゲニテ涙ヲ流シ、手ヲ合テ、カキケツ様《やう》ニ失《うせ》ニケリ。サテコソ元慎《シン》ガ文章ニソメル色モ、親王ノ詩賦ニ秀《ひいで》給ヘル程モ、共ニ顕レテ、世人《よのひと》聞侍テ感涙ヲゾ流《ながし》ケル。

昔モ今モタメシ有ベシトモ覚《おぼえ》ヌ事共アマタ有ケリ。其《その》中ニ殊ニ不思議ナリケル事ハ、亀山ニスマセ給ヘドモ、水ノ無リケルヲ無二キ本意一事ニ思召テ、此親王祭リ出サセ給ヘリ。其祭文《そのさいもん》[2]ハ文粋《ズイ》ニ見ユ。依レ之神ノ感応アリケレバ、即《すなはち》飛泉涌出《わきいで》タリ。今ノ大井河ト申ハ彼《か》ノ水ノ流《ながれ》ナルベシ。嵯峨ノ隠君ト申ハ此宮ノ御事也。御年卅七ニシテ世ヲ背キ給ベキ事ヲ夢ニ御覧ジテ、其年ニ成《なり》シカバ、自《みづか》ラ一乗円頓ノ真文ヲ書写シ、閑ニ生死無常ノ哀傷ヲ観ジ給テ、只仏ヲノミゾ念ジ奉リ給ケル。

来而不レ留、[3]薤隴《カイロウ》[4]ニ有リ二払フレ晨之露一。去而不レ返、槿籬ニ無シ二投《ナゲ》ルレ暮《ベ》ニ之花一

来たりて留まらず、薤隴に晨《あした》に払ふ露有り。去りて返らず、槿籬に暮《ゆふべ》に投《いた》[5]る
花無し

[6]ト願文ヲアソバシテ、遂ニカクレサセ給ヌ。前代ニモイト不レ聞、未来ニモ又難レク有、哀《あはれ》ナリシ御事ナリ。

廿六　後三条院ノ宮事

後三条院第三皇子輔仁親王トテ御坐キ。目出《めでた》キ賢人ニテ坐《ましまし》ケレバ、「春宮

1 「序」、「暮秋、賦二秋尽翫一レ菊、応レ令。并序」（『菅家文草』三八一）に用いている。
2 「祭文ハ文粋ニ見ユ」、「祭二亀山神一文」（『本朝文粋』三九〇）を指す。
3 「来而不留…」、『和漢朗詠集』巻上・秋・二九二、「供二養自筆法華経一願文」（『本朝文粋』四〇八）。
4 「薤」に声点⑧
5 「投る」、底本は「ナグル」とふる。『朗詠集』を参考に改めた。
6 底本改行せず。

御位ノ後ニハ、必ズ御弟輔仁ノ親王ヲ太子ニ立《たて》マイラセ給ベシ」ト、後三条院、白河法皇ニ申サセ給ケレバ、慥《たしか》[1]ニ御事請《おんことうけ》有ケリ。宮モ、「当《たう》春宮御即位ノ後ハ、我御身《わがおんみ》御譲《ゆづり》ヲ受サセ御坐スベキ」由、被思食《おぼしめされ》ケル程ニ、春宮実仁、永保元年八月十五日、御歳十一ト申《まうし》シニ、小野宮亭ヨリ照陽舎[2]ニ移ラセ給テ、御元服アリシ程ニ、応保[3]二年二月八日、御歳十五ニシテ、敢ヘナク失給《うせたまひ》ニシカバ、後三条院申置《まうしおか》セ給シガ如ク、三宮、太子ニ立給フベカリシヲ、其《その》沙汰無リケリ。承保元年十[4]一月十二日、白河院一宮敦文《アツフン》親王御誕生、今生[5]后腹《きさいばら》ノ第一ノ皇子ニテ御坐シカバ、無左右《さうなく》太子ニ立給ヘリシ間、其沙汰無テワタラセ給シカドモ、敦文親王、承暦元年八月六日、御年四歳ニシテ失《うせ》給ヘリ。同三年七月九日、六条右大臣顕房公御娘ノ御腹ニ堀河院御誕生、同年十一月三日、親王ノ宣旨ヲ被下タリケレドモ、太子ニハ立給ハズ。「此等《これら》ハ三宮ノ御事、後三条院ノ御遺言ヲ畏《ヲソレ》サセ給故」トゾ、古キ人ハ申侍シ。雖然《しかりといへども》応徳三年[6]十一月廿八日、御年八歳ニシテ譲《ゆづり》ヲ得サセ給、ヤガテ同日春宮トス。善仁親王[7]是《これ》也。太子ニモ立給ハズ、親王ニテゾ御位ニ即《つか》セ給ケル。寛治元年六月二日、陽明門院ニテ御元服[8]ハ有シカドモ、太子ノ沙汰ニモ及バズ。康和五年正月十六日ニ鳥羽院御誕生アリシカバ、イツシカ其年ノ八月十七日ニ太子ニ立セ給ニシカバ、三宮ハ思召切《おぼしめしきり》テ、仁和寺ノ花園ト云《いふ》所ニ籠居セサセ給タリケルニ、法皇ヨリ、「イカニ、イツトナクサ様《やう》ニテハマシマスニカ。時〻《ときどき》ハ京ナドヘモ出サセ給ヘカシ」ナド、細々《こまごま》ト被レ仰テ、国、庄園ナドアマタ奉ラセ給タリケル。御返事ニハ、

有レ[9]花有レ獣山中ノ友　無レ愁無レ歓世上ノ情

花有り獣有り山中の友　愁ひ無し歓び無し世上の情《こころ》

ト申サセ給タリケリ。惣ジテ詩歌管絃ノ道ニ勝《すぐれ》テマシ〳〵ケレバ、人申ケル[10]ハ、中〳〵世ニモ無ク官モヲハセヌ人ハ、院内ノ御事ヨリモ珍シク思奉テ、人[11]

1 慥タシカニ（色葉字類抄）
2 「照陽舎」、正しくは「昭陽舎」
3 「応保二年」、正しくは「応徳二年」
4 「十一月十二日」、盛衰記・延慶本第二本十二「十二月十六日」
5 「今生」、盛衰記「今上」。誤写か。
6 「十一月廿八日」、盛衰記「十一月廿六日」
7 「親」、底本脱字。補った。
8 主語は輔仁親王。
9 「有花…」、底本は改行せず。「有レ琴有レ酒閑中楽、無レ憂無レ喜世上情」（『新撰朗詠集』雑・述懐、第三親王）を典拠とするか。なお、『白氏文集』には「有花有酒有笙歌」（巻六十五「寄明州于駙馬使君三絶句」）、「無憂亦無喜六十六年春」（巻六十六「感事」）などある。
10 「人申ケルハ」、次に会話文があるはずだが、内容がとりにくくなる。「人申ケルハ」は不要か。盛衰記にはなし。
11 「人」の左に傍線を付す。誤字として削除する印か。

参リ通フ輩多カリケレバ、時ノ人ハ「三宮ノ百大夫」トゾ申ケル。カヽリケレドモ御即位相違シテケレバ、三宮イカバカリ本意ナク被二思食《おぼしめされ》一ケメドモ、世ノ乱《みだれ》ヤハ出来《いできたり》シ。

此《この》宮ノ御子花園左大臣ヲ、白河院ノ御前ニテ御元服セサセ進《まゐら》セテ、源氏ノ姓《しやう》[1]ヲ賜ラセ給テ、無位ヨリ一度ニ三位シツヽ、軈《やがて》中将ニ成《なし》奉ラレタリケルハ、輔仁ノ親王ノ御愁《うれひ》ヲ休メ、且ハ後三条院ノ御遺言ヲ恐サセ給ケル故トカヤ。一世ノ源氏、無位ヨリ三位シ給シ事ハ、嵯峨天皇ノ御子陽院大納言定卿ノ外《ほか》ハ不二承及《うけたまはりおよばず》一。

冷泉院御位ノ時、ウツヽ御心モ無ク物狂《ものぐるは》シクノミ御坐ケレバ、「長ラヘテ、天下ヲ知食事《しろしめすこと》イカヾ」ト思ヘリケルニ、御弟ノ染殿ノ式部卿ノ宮、西宮ノ左大臣ノ御聟ニテ御坐シケリ。「ヨキ人ニテ渡ラセ給」ト人思ヘリ。中務少輔橘敏延、僧連茂、千晴ナドガ、「式部卿宮ヲ取奉テ、東国ヘ趣テ、軍兵ヲ語《かたらひ》ツヽ、位ニ即《つけ》奉ム」ト、右近馬場ニテ、夜《よ》ナ〳〵議シケルヲ、多田満仲此《この》由ヲ奏聞シタリケレバ、西宮殿ハ被レ流給《ながされたまひ》ニケリ。西宮殿ハ知給ハザリケルヲ、敏延ハ、「幡磨国給ハラム」、連茂ハ、「一度ニ僧正ニ成ラン」ナド思テ、カ、ル事ヲ思ヒ立ニケリ。

満仲モ語《かたら》ハレタリケルガ、ツク〴〵案ズルニ、「由《よし》ナシ」ト思ケル上ニ、西宮ニテ敏延ト満仲ト相撲《すまひ》[2]ヲトリタリケルニ、敏延[3]勝《すぐ》レタリケル大力《だいぢか》ラニテ有ケレバ、満仲格子ニ投ツケラレタリケルニ、格子ヤブレテ満仲ガ顔破《やぶれ》ニケリ。満仲イカリテ、腰刀ヲ抜テ敏延ヲツカムトス。敏延高欄ノホコ木ヲ引ハナチテ、踊リノキテ、「汝、我ニチカヅカバ、汝ガ頭《かし》ラハ先ニ打破《うちわ》リテム」ト云ケレバ、満仲不レ近ヅカシテ止《やみ》ニケリ。此《この》意趣アリテ敏延ヲ失《うしなは》ムガ為ニ申タリトモ云ヘリ。

此事ヲバ小一条ノ左大臣師尹ノ殊ニ申沙汰《まうしざた》シテ、西宮左大臣[4]流シテ、其《その》カハリニ大臣ニハ小一条ノ成《なり》給タリケルガ、幾程モアラデ、程ナク声ノ失《うす》ル病ヲシテ、一月アマリ有テ失《うせ》給ニケリ。連茂ヲバ検非違使拷器《がうき》ニ寄テ責問《せめとひ》ケレバ、連

1 姓シヤウ（色葉字類抄）
2 「相撲」、底本「相摸」。書写者の書き癖と考え、改めた。
3 「敏延」、「延」の次に「ニ」と小さく書くが、すりけしてある。
4 「臣」、底本になし。「左大」で丁末となっているため脱字と判断して補った。

茂涙ヲ流シツヽ、「両界ノ諸尊、助給ヘ」ト申ケレバ、拷器モ笞《む》チ杖モ一時ニクダケ破《わ》レニケリ。

白河院ノ御子ノ金子[1]ノ内親王ヲバ、二条ノ大宮トゾ申ケル。鳥羽院ノ位ニ即《つか》セ給ケルニ、御母代《ははしろ》ニテ皇后宮トテ内裏ニ渡セ給ケル御方ニ、永久元年[2]十月ノ比《こ》ロ落書有ケリ。「醍醐ノ勝覚僧都ノ童《わらは》ニ千寿丸ト申《まうす》ガ、人ノ語《かたらひ》ニヨリテ、君ヲ犯シマイラセムトテ、常ニ内裏ニタ、ズミアリク」ト申ケリ。皇后宮ノ御方ヨリ此落書《このらくしよ》ヲ白河院ヘ進《まゐ》ラセサセ給タリケレバ、法皇大《おほき》ニ驚セ給ヒツヽ、検非違使盛重ニ仰テ、此《この》千寿丸ヲ搦《からめ》テ被レ問ケレバ、「醍醐ノ仁寛阿闍梨ガ語《かたら》ヒ也」ト申《まうす》。彼《か》ノ仁寛ハ是《これ》、三宮ノ御持僧ナリケリ。或ハ上童《うへわらは》ノ体《てい》ニモテナシ、或ハ内侍ノ亮ヲフルマヒテ、年々ヨナ〱便宜《びんぎ》ヲ伺ヒケレドモ、掛《カケバ》[3]クモ忝《かたじけ》ナシ、ナジカハ本意モ遂《とぐ》ベキ。イマ〱シトモ云《いふ》ハカリナシ。盛重ヲ以テ仁寛ヲ被レ尋。仁寛承伏《じようふくし》申ケル上ハ、法家《ほふけ》ニ仰付《おほせつけ》テ罪名ヲ勘《かんがふ》ル。法家勘《ほふけのかん》状《じやう》ヲ以テ、公卿僉議アリ。罪《つ》ミ[4]斬刑《ざんけい》ニアタレリケレドモ、死罪一等ヲ減ジテ遠流[5]被《ル》レ定メ。仁寛ヲバ伊豆国へ遣ハス。千寿丸ヲバ佐渡国へ遣シテケリ。サシモノ重過《ちうくわ》ノ者ヲ宥《なだめ》ラレケル事コソ、皇化ト覚テヤサシカリケル御事ナレ。大蔵卿為房参議[6]シテ僉議ノ座ニ候ハレケルガ、「父母《ぶも》兄弟ハ死罪ニ不レ可レ及」ト被レ申ケレバ、諸卿、「尤可レ然《もつともしかるべき》」之由《よし》、一同ニ被レ申テ、縁座ニ及バザリケリ。彼《かの》為房卿ハ、君ノ為ニ忠アリ、人ノ為ニ仁ヲハシケリ。サレバ今子孫ノ繁昌シ給モ理《ことわり》ナリ。

此ヲバ非職《ひしよく》ノ輩オホケナキ事ヲ思企《おもひくはたて》タリケリ。今ノ三位入道ノ思立レケムハ、是ニハ似ルベキ事ナラネドモ、遂ニ前途《せんど》ヲ不レ達セシテ、宮ヲ失ヒ奉リ、我身モ滅ヌル事コソ、返〻《かへすがへす》モアサマシケレ。

廿七　法皇ノ御子之事

六条殿ト申《まうす》女房ノ御腹ニ、法皇ノ御子ノ御座ケルヲバ、兵部大夫時行[1]御娘、故建春門院ノ御子ニ養《やしなひ》マイラセテ、七歳ニテ、去ジ安《いん》元々年七月五日、座主

1　「金子内親王」、底本のまま。正しくは「令子内親王」

2　以下の事件は『殿暦』永久元年十月五日、二十日、二十二日条、『続古事談』五、四三話等に記事あり。

3　「掛」、「カケハクモ」とルビあり。「クモ」が重複しているので削除した。掛カケマクモ（類聚名義抄）

4　「斬」、底本では、右に「セツ」とルビを振る。「斬」＝「切」と判断してのものか。誤りと考え削除した。

5　「流」の次には「ヲ」を書き、すりけしている。「ニ」と記すべきものか。一字分空白となるが、つめた。

6　「シテ」、「ニテ」（盛衰記）

廿七　法皇ノ御子之事

1　「時行」、正しくは「時信」

宮ノ御坊ヘ奉レ入テ、釈子《しやくし》[1]ニ定《さだま》ラセ給タレドモ、未ダ御出家無リシガ、高倉宮カク成セ給テ、御公達マデ穴《あな》グリ求《もとめ》ラレケレバ、「穴《あな》恐シ」トテ、日次《ひなみ》[2]ノ善悪ニモ及《およば》ズ、アハテ、御《み》グシ剃オロシ奉ニケリ。今年ハ十二歳ニゾ成セ給フ。カヽル世ノ乱《みだれ》ナレバ、御受戒ノ沙汰ニモ不レ及、沙弥ニテゾワタラセ給ヒケル。風吹《ふけ》バ木不レ安ラ心地シテ、余所《よそ》マデモ苦シカリケリ。為レ身ノ為レ人ノ、無レ由《よしなき》事引出《ことひきいだし》タリケル頼政哉。

1　シャクシ Xacuxi（日葡辞書）
2　日並ヒナミ或作日次（天正本節用集）

廿八　頼政ヌヘ射ル事
付三位ニ叙セシ事
禍虫

抑《そもそも》源三位頼政ト申ハ、摂津守頼光ニ五代、三河守頼綱ノ孫、兵庫守仲政ガ子ナリ。保元ノ合戦ニ、御方《みかた》ニテ先ヲ懸《かけ》タリシカドモ、サセル賞[1]ニモ不レ預ラ、又平治ノ逆乱《げきらん》ニモ、親類ヲ捨テ参ジタリシカドモ、恩賞是踈《これおろそか》也。大内守護ニテ年久ク有シカ共、昇殿ヲモ許サレズ。年闌《た》[2]ケ齢《よはひ》傾テ後、述懐《しゆつくわい》ノ和歌一首読テコソ昇殿ヲバ許サレケレ。

人シレズ大内山ノ山守《やまも》リハ木ガクレテノミ月ヲミル哉

此歌ニ依テ昇殿シ、上下[3]ノ四位ニテ暫ク有シガ、三位ヲ心ニカケツヽ、

ノボルベキタヨリ無《なけ》レバ木《こ》ノ本《もと》ニシヰヲヒロヒテ世ヲワタル哉

サテコソ三位ヲバシタリケレ。ヤガテ出家シテ、源三位入道頼政トテ[4]、今年ハ七十五ニゾ成《なら》レケル。

此《この》人ノ一期《いちご》ノ高名《かうみやう》トオボシキ事ニハ、仁平ノ比《ころ》ヲヒ、近衛院御在位ノ時、主上夜《よ》ナ〳〵ヲビヘ、タマギラセ[5]給フ事アリケリ。可キレ然ル有験《うげん》ノ高僧貴僧ニ仰テ、大法秘法ヲ修《しゆ》セラレケレドモ、ソノシルシ無シ。御悩《ごなう》ハ丑ノ尅バカリニテ有ケルニ、東三条ノ森ノ方ヨリ黒《く》ロ雲一ムラ立来テ、御殿ノ上ニ覆ヘバ、主上必《かならず》ヲビヘサセ給ケリ。依《これによつて》レ之公卿僉議アリ。「去《さんぬ》ル寛治ノ比ヲヒ、堀河ノ天皇御在位ノ時、如《ク》レ然《シカ》ノ主上ヲビヘサセ給フ事アリ。其《その》時ノ将軍義家ノ朝臣、南殿ノ大床《おほゆ》カニ候ハレケルガ、メイゲンスル事三度ノ後、高声《かうしやう》ニ、『前ノ陸奥ノ守源ノ義家《ヨシイヘ》』ト高ラカニ名乗ラレタリケレバ、御悩怠《おこた》ラセ給ケリ。然《しか》

1 「賞」に声点⑤
2 闌タケヌ（類聚名義抄）
3 「上」、底本のまま。「正」とあるべきか。
4 「トテ」と「今年」の間に補入の印のみあり。
5 「キ」、左上に濁点もしくは声点⑥

レバ先例ニ任セテ、武士ニ仰テ警固アルベシ」トテ、源平両家ノ中《カ》ヲ撰《えらば》セラレケルニ、此《この》頼政ゾエラビ出サレタル。其《その》時ハ兵庫頭トゾ申ケル。

頼政申サレケルハ、「昔ヨリ朝家ニ武士ヲ置ル、事、逆叛《ギャクホン》ノ者《も》ノヲ退ケ、違勅ノ者《も》ノヲ亡《ほろぼ》サンガ為也。目ニモミエヌ変化《へんげ》ノ者《も》ノ仕レト仰下サル、事、未ニ承及ニ」トハ申サレナガラ、勅宣ナレバ、召ニ応ジテ参内ス。憑切《たのみきり》タル郎等、遠江ノ国ノ住人、ヰノ早太《ハヤタ》ニ母衣《ホロ》ノ風切《かざき》リ作《ハイ》ダル矢負ハセテ、只一人ゾ具シタリケル。我身ハ二重《へ》ノ狩衣ニ、山鳥ノ尾ヲ以テ作ダリケルトガリ矢二《ふたつ》、重藤ノ弓ニ取リ具シテ、南殿ノ大床ニ祗候ス。

頼政矢ヲ二筋《す》ヂ手《た》バサミケル事ハ、雅頼ノ卿、ソノ時ハ未ダ左少弁[1]ニテヲハシケルガ、「変化《へんげ》ノ者仕ランズル仁ハ、頼政ゾ候ラム」ト申サレタル間、「一《いち》ノ矢ニ変化ノ者ヲ射損ジツルモノナラバ、二ノ矢ニハ雅頼ノ弁ノシヤ頸《クビ》ノ骨ヲ射ン」トナリ。

日来《ひご》ロ人ノ申《まうす》ニタガハズ、御悩ハ丑ノ尅計《ばかり》ニテ有ケルニ、東三条ノ森ノ方ヨリ、クロ雲一《ひと》ムラ立来テ、御殿ノ上ニタナビキタリ。頼政キット見上ゲタレバ、雲ノ中《な》カニ奇《あや》シキ物ノスガタアリ。是ヲ射損ズルモノナラバ、世ニ有ベシトハ思ハザリケリ。乍レ去《さりながら》矢取テツガヒ、「南無八幡大菩薩」ト心中《こころのうち》ニ祈念シテ、能《よく》引テヒヤウド放ツ。手ゴタヘシテ、ハタト中《あた》ル。「得タリ、ヲウ」ト矢叫《やさけび》[2]ヲコソシタリケレ。落ル所ヲヰノ早太ツトヨリ、取テ押ヘテ、ツヾ[3]ケサマニ九刀《ここのかたな》ゾ刺《サシ》タリケル。其後上下手々《てんで》ニ火ヲ燃《とも》[4]シテミ給ヘバ、頭《かし》ラハ猿、ムクロハ狸《たぬ》キ、尾ハクチナハ、手足ハ虎、ナク声ヌヘニゾ似タリケル。オソロシナドハオロカナリ。

主上御感《ぎよかん》ノアマリニ、師子王ト云《い》フ御剣ヲ下サセ給フ。宇治ノ左大臣殿、是ヲ賜ハリ次《つい》デ、頼政ニ賜ハントテ御前ノキザハシヲ半《なか》ラバカリ下《お》リサセ給フトコロニ、比《ころ》ハ卯月十日アマリノ事ナレバ、雲井ニ郭公《ほととぎす》一声二声音信《おとづれ》テトホリケレバ、

左大臣殿、

郭公名ヲモ雲井ニアグル哉

1 「テ」の次に「ソ」と書き、斜線で消す。
2 「叫」、底本「叩」。「叫」として用いていると見て改めた。
3 ツヅケサマニ Tçuzzuqesamani（日葡辞書）
4 燃トモス（類聚名義抄）

ト仰ラレカケタリケレバ、頼政右ノヒザヲツキ、左ノ袖ヲヒロゲテ、月ヲスコシソバ目ニカケツヽ、

弓ハリ月ノイルニマカセテ

ト仕リ、御剣ヲ賜テマカリ出ヅ。「凡此《およそこの》頼政ハ武芸ニモカギラズ、歌道ニモ勝《すぐ》レタリ」トゾ人々感ゼラレケル。サテソノ変化ノモノヲバウツホ船ニ入テ流サレケルトゾ聞エシ。

又応保ノ比《ころ》ヲヒ、二条院御在位ノ時、鵺《ぬえ》ト云化鳥《けてう》禁中ニ鳴テ、シバ〳〵震襟ヲナヤマシタテマツル。然レバ先例ニ任セテ、頼政ヲゾ召レケル。比ハ五月廿日アマリ、マダ宵ノ事ナルニ、ヌヘタヾ一声音信《おとづれ》テ、二声トモ鳴ザリケリ。目サストモシラヌ闇ニテハアリ、姿《すが》タ形モミエ分ネバ、矢ツボヲ何《いつ》クトモ定ガタシ。頼政ハ[1]カリコトニ、先《ま》ヅ大鏑《かぶ》ラヲ取テツガヒ、鵺ノ声シツル内裏ノ上ヘゾ射上《いあげ》タル。鵺、鏑ノ声《をと》[2]ニ驚テ、虚空《こくう》ニシバシゾヒ、メイタル。二ノ矢ニ小カブラ取テツガヒ、ヒフツト射切テ、鵺ト鏑ト並ベテ前ニゾ落シタル。禁中ザヾメキ

アヘリ。

今度ハ御衣《おんぞ》ヲ下サセ給フ。大炊ノ御門ノ右大臣殿[3]公良公是《これ》ヲ賜ハリ次デ、頼政ニカヅケサセ給フトテ、「昔ノ養由射キ二雲ノ[4]外ノ鴈一ヲ、今ノ頼政ハ射二雨中鵺一ヲタリ」トゾ感ゼラレケル。

五月ヤミ名ヲアラハセル今夜《こよひ》哉

ト仰ラレカケタリケレバ、

タソカレ時モ過ヌトオモフニ

ト仕リ、御衣ヲカタニカケテ退出セラル。其《その》時伊豆国賜ハテ、子息仲綱受領ニナシ、我身《わがみ》三位シ、丹波ノ五箇庄、若狭ノトウ宮川知行《ちぎやう》シテ、サテヲハスベカリシ人ノ、由《よし》ナキ謀叛起《おこ》シテ、宮ヲモ失ヒ奉リ、我身モ亡ビ、子息所従ニ至ルマデ亡《ほろび》ヌルコソウタテケレ。サテモ件《くだん》ノバケモノ、アマタ獣ノ形有ケン、返々《かへすがへす》不思議ナリ。

昔、漢朝ニ国王マシ〳〵キ。此《この》王アマリニ楽ミ誇リテ、「ワザハヒト云《いふ》物イカ

1 ハカリコト Facaricoto（日葡辞書）
2 声ヲト（色葉字類抄）
3 「公良公」、正しくは「公能公」。右に「頼長公異本」と傍書。
4 「外」、「中」を書き、すりけして「外」と書く。

ナル物ナラム。哀レ、ミバヤ」ト宣《のたまひ》ケリ。大臣、公卿、勅宣ヲ奉《うけたまはり》テ、ワザハヒト云《いふ》物ヲ尋ケルニ、大方《おほかた》ナシ。或時、天ヨリ童子来《きたり》テ、其時《その》ノ大臣ニ宣ハク、「是《これ》ゾワザハヒト云物ナル。ソダテ、ミ給ヘ」トテ帰リヌ。取テミレバ小《ちひさ》キ虫ニテゾ有ケル。此由《このよし》ヲ帝王ニ奏スルニ、大《おほき》ニ悦給テ、是ヲ自愛セラル。「何ヲカ喰[1]物トスル」トテ、一切ノ物ヲ与ルニ、大方不《ズ》レ食《クハ》。或時、「余リニ奇《あや》シ」トテ、様々ノ石、金《こがね》ナドノ類ヲ与ヘケル、其中《その》ニ鉄《くろがね》ヲ食シケリ。日ニ随テ大ニ成ル事ヲビタヽシ。次第ニ大キニ成テ、犬程ニナリ、後ニハ師子ナドノ様ニ成テモ鉄ヨリ外《ほか》ニ食《く》フ物無《なか》リケリ。鉄モ食尽シテ後ニハ、内裏ヲ始トシテ、人ノ家ノ釘共ヲ吸抜《すひぬき》テ食ケル。後ニ、皇居、人屋、一《ひとつ》トシテ全キハ無リケリ。誠ニ天下ノワザハヒトゾミエケル。是物《このもの》、日ニ随テ大ニ成《なる》事、其期有《そのごあり》ゲモナシ。「当時ダニモアリ、後ハイカヾセム」トテ、国々ノ夷《えびす》共ヲ召テ是ヲ射サセラルヽ。凡《およ》ソ其身鉄ナリケレバ、箭《や》タツ事ナシ。剣ヲ以テ切ケレドモキレズ。己レガ好ム物ナレバ、剣ヲモ食ケル間、ハテニハ薪ノ中ニ積ミ籠《こめ》テ、火ヲサシツ、焼クニ、七日七夜燃エタリ。「今ハ失《うせ》ヌ」ト思ケルニ、火ノ中[2]ヨリ鉄ヲ焼タルガ出タリケルホドニ、是ガヨル所ハ皆焼失《やけうせ》ニケリ。山野ニ交《まじは》ルトコロ煙ニナリテ、所々ノ火燃《もえ》、ヲビタ、シナドハ云量《いふはか》リナシ。

而間《しかる》、此国《この》ニ人住《すみ》ガタカリケレバ、何トモスベキ謀《はかりごと》尽ハテ、ケレバ、有《う》験《げん》ノ僧ヲ召集メテ、三七日《さんしちにち》天童ノ法ヲ行ハセラレケルニ、一七个日《いちしちかにち》ニ当リケル日、国ノ境ヲ出テ、スベテ其後ハ不レ見エ。国王、人民《にんみん》[3]、悦アヘル事不レ斜メ。天童、彼獣《かの》ヲ降伏《がうぶく》シ給ケルニヤ、他国ニ出テ山中ニテ死ニケリ。死テ後、磁石ト云石《いふ》ニ成ニケリ。生テ好ミケル物ナレバ、死テ石ト成タレドモ、尚鉄ヲ取物《とる》ト成タリケルコソオソロシケレ。今ノ磁石山、是也。而《しかる》ニ彼《か》ノ獣コソ畜類七ノ姿ヲ持タリケルト承ハレ。鼻ハ象、額ト腹トハ龍、頸ハ師子、背《せな》カハサチホコ、皮ハ豹、尾ハ牛、足ハ猫ニテ有ケルトカヤ。今代《いまのよ》マデモ貘《ばく》ト申テ、絵ニカキテ、人ノ守《まも》リニスルハ即《すなはち》此獣ナリ。今頼政卿所レ射ノバケ物モ、彼貘《かの》ホドコソ無レドモ、不思議ナリシ異禽《いきん》ナリ。

1 「喰」、底本「飡」。改めた。
2 底本には「中」の右下に「ノ」とある。削除した。
3 人民ニンミン（色葉字類抄）

廿九　源三位入道謀叛之由来事

抑《そもそも》今度ノ謀叛ヲ尋レバ、馬故《ゆゑ》トゾ聞エシ。三位入道ノ嫡子伊豆守仲綱、年《とし》来《ごろ》秘蔵シタル名馬アリ。鹿毛《かげ》ナル馬ノ、尾髪アクマデタクマシキガ、名ヲバ木《コノ》下《シタ》トゾ申ケル。前右大将宗盛、シキリニ所望セラル。伊豆守、命ニカヘテ是ヲ惜ク思ハレケレバ、「余リニ損ジテ候時ニ、労《いたは》ラムガ為ニ、此程《このほど》田舎ヘ遣テ候。取寄テ可レ進《まゐらすべく》候」トテ、一首ノ歌ヲゾ送ケル。

　ユカシクハ来テモミヨカシ木ノ下ノカゲヲバイカヾ引《ひき》ハナツベキ

世ニハ追従《ついしよう》[1]シタガル者有テ、「其《その》馬ハ昨日モ河原ニテ水ケサセテ候ツル物ヲ。今日モ庭乗《にはのり》シツルモノヲ」ナド申ケレバ、宗盛、猶、「其馬ヲ賜テ留《とどめ》ントニハ候ハズ。只一目ミテヤガテ可レ奉レ返」ト宣フ。伊豆守、父ノ入道ニ此由ヲ申ス。入道、「イカニ奉ラヌ。金《こがね》ヲ丸メタル馬ナリトモ、人ノ所望セラレムニ、惜《をしむ》ベキカ。トク〳〵」ト宣ヘバ、不二力及一彼《かの》馬ヲ宗盛ノ許ヘ遣ス。此馬ノ名ヲバ木下ト申ケレバ、文ニモ、「木下進《まゐらせ》候」トコソ書レケレ。雖《しかりといへども》レ然初ノ度《たび》惜タルヲ、ニクシトヤ思ハレケム、人ノ来レバ、主ノ名ヲ呼付テ、「仲綱メ、取テツナゲ」、「仲綱メニ轡《くつばみ》ハケヨ」、「散々ニノレ」、「打テ」ナド宣フ。

伊豆守此《この》事ヲ聞テ、不ヌレ安ラ事ニ思テ、父ノ入道ニ申ケルハ、「心ウキ事ニコソ候ヘ。サシモ惜ク思候シ馬ヲ、宗盛ガ許ヘ遣テ候ヘバ、一門、他門、酒宴シ候ケル座敷ニテ、『其《その》仲綱丸ニ轡ハケテ、引出テ打《うて》、張《はれ》』ナムド申テ、散々ニ悪口《あつこう》仕《つかまつり》候ナル。人ニカクイハレテモ、世ニナガラヘ、人ニ向テ面ヲ並《ならぶ》べキカ。自害ヲセバヤ」ト申ス。誠ニ志シ尽シガタシ。入道、タノミ切タル嫡子ヲ失テ、長ラヘテナニ、カハセムナレバ、此意趣ヲ思テ、宮ヲモ勧メ奉リ、謀叛ヲモ発《おこ》シタリケリ。誠ニ憤リヲ含《ふくむ》モ理《ことわり》也。

サレバ、競ノ瀧口ニ宗盛ノ引レタリシ遠山ヲバ、園城寺ニテ尾髪ヲ切テ、宗盛ト云《いふ》札ヲツケ、京ノ方ヘ追放ツ。極テイサメル馬ナレバ、京中ヲハセ行《あ》[2]リク。人是ヲ見テ、「アナ浅猿《あさま》シ。去《さんぬるころ》比大臣殿ノ許《もと》ニ仲綱ト云馬ノアリシヲコソ浅

1　追従ツイショウ（色葉字類抄）
2　行アリク（色葉字類抄）

猿ト思シニ、今ハ又、宗盛ト云馬ノ迷アリクコソ不思議ナレ。世ノ末ニハ、カク見ニクキ事モ有ケル」トゾ申ケル。

人ハ世ニアレバトテ、云マジキ事ヲバ慎ムベキニヤ。是ニ付テモ、小松殿ノ御事ヲ慕《シノビ》[1]申サヌ人ハ無リケリ。或時、小松内府内裏へ[2]参給タリケリ。夜陰ニ面道《めだう》ニテ、年来《としごろ》知給タリケル女ヲ引《ひか》ヘテ物語シ給ケルニ、何《いづ》クヨリ来ルトモ不レ覚ニ、大《おほき》ナル蚍《くちなは》内府ノ肩ニ匍係《ハヒカヽリ》タリケルニ、少シモ驚給ハズ、「女房怖《おぢ》ナムズ」ト思給テ、御身ハタラカシ[3]給ハデヲハシケルホドニ、蚍指貫《さしぬき》ノ股立《ももだち》ヘハヒ入ニケリ。其《その》後、「人ヤ候」ト宣ケレド、人不レ参《ラ》。時ノ大臣ニテヲハスル間、「六位ヤ候」ト被レ召ケレバ、伊豆守仲綱六位ニテ[4]候ケルガ、参タリケルニ、内府股立ヲ引アケテ、「是ハ被レ見《みらるる》カ」トテ被レ見《セ》ケルニ、「見候」ト申サレケレバ、「サラバ被レ取ヨ」ト被レ仰ケレバ、伊豆守蚍ノ頭ヲ取テ狩衣ノ下ニ引入テ、女ニ不レ見《セ》シテ出給テ、「人ヤ候」ト宣ケレバ、御坪ノ召次《めしつぎ》ノ参タリケルニ、「是《これ》取テ捨ヨ」トテ差出給タリケレバ、召次色ヲ失テ逃出ニケリ。其後伊豆守ノ郎等、渡部党ニ省《はぶく》ノ次郎ト云者参タリケルガ、取テ捨ケ[5]リ。翼[6]日ニ小松殿ノ御許《もと》ヨリ自筆ニ御文アソバシテ、伊豆守《いづのかみの》許ヘ遣ハサレケルニ、「抑《そもそも》昨日ノ御振舞、偏《ひとへ》ニ還城楽《げんじやうらく》トコソ奉レ見候シカ。是ヘ申テコソ可レ進《まゐらすべく》候ヘドモ」トテ、黒キ馬ノ太ク[7]タクマシキニ、白覆輪ノ鞍置テ、敦総《あつぶさ》[8]革[9]カケテ、長伏輪《ながぶくりん》ノ太刀ヲ錦ノ袋ニ入テ被レ送ケリ。伊豆守ノ御返事ニハ、「畏《かしこまり》テ御馬給《たまはり》候ヌ。誠ニ参テ可レ給《たまはるべく》候之処、送給《おくりたまひ》候事、殊以《ことにもつて》恐入候。蒙レ仰《おほせをかうぶり》候シ時、如レ仰《おほせのごとく》還城楽ノ心地仕テコソ存候シカ」トゾ被レ申タリケル。誠ニ難レ有カリケル小松殿ノ御心バ[10]ヘ哉。「哀レ、御命ノ長ラヘテ、世ノ政ヲ助マシマサンニハ、イカニ世間モ穏ヤカニ、国土モ静ナラマシ」ト、万人惜《をしみ》奉ルト云ヘドモ甲斐ナシ。

日来《ひごろ》ハ山門《さんもんの》衆徒コソ騒ギオドロ〱シク聞《きこえ》シニ、今度ハ山ニハ無二別事一《べちのことなく》シテ、南都ノ大衆、以外《もつてのほか》ニ騒動シケレバ、入道相国余リニ不レ安《やすからぬ》事ニ被レ思ケレバ、三井寺、南都ノ衆徒ノ張本ヲ可レ被二召禁一之由《めしいましめらるべきよし》[11]、其《その》沙汰有ケリ。南都ニハ

1 慕シノフ（類聚名義抄）
2 「府」、底本「苻」。改めた。
3 「ラ」、底本「カ」と書き、右に「ラ」と傍書。意をとり訂した。
4 「テ」、「候」と書き、「テ」を上書き。
5 「捨」の右下に送りがながあるが、虫損。「ニ」か。
6 「翼」、底本のまま。右に「翌《ヨク》歟」と傍書あり。
7 「ク」、「キ」と書き、「ク」を上書き。
8 「敦総」、「厚総」の当字。
9 「革」、底本は「鞍」と書き、旁の「安」をすりけしてある。盛衰記に「鞦」、長門本に「しりかい」とあるので、「鞦」と訂正するはずであったと考えられる。
10 「バヘ」の右に「栄」と傍書し、すりけしてある。
11 禁イマシム（類聚名義抄）

深ク憤リテ、殿下ノ御使《つかひ》散々ニ陵礫《りようりやく》[1]シテ、弥《いよいよ》悪行ヲゾ致シケル。

三十　都遷事

「廿九日ニハ都遷リ有ベシ」ト日来《ひごろ》サヽヤキアヘリケレドモ、「サシモヤハ」ト思ケル程ニ、「来月三日、先《まづ》福原ヘ行幸アルベシ」ト被二仰下一タリケレバ、上下アキレサハギアヘリ。「コハイカナル事ゾ」トテ、是非ニ迷ヘリ。更ニウツヽトモ覚エズ。

六月二日、俄《にはか》ニ大政入道ノ年来通《としごろかよひ》給ツル福原ヘ行幸アリ。都移《みやこうつり》トゾ聞エシ。中宮、一院、新院、摂政殿下、公卿、殿上人、皆参リ給ヘリ。三日ト兼テハ聞エシガ、俄ニ被二引上一之間、共[1]奉ノ上下、イトヾ周章騒《あわて》テ、取物モ不二取敢一。帝王ノ少《をさな》クヲハシマスニハ、后コソ同輿ニハ奉ルニ、是ハ御乳母ノ平大納言ノ北方、帥佐殿ゾ参リ給ケル。「是ハ未《いまだ》無二先例一事也」トゾ、人々アサミ給ケル。三日、池大納言頼盛ノ家ヲ皇居ト奉レ定テ、主上ヲ奉レ渡ルシ。四日、

1　「陵」、右にルビを付し、抹消してある。「礫」、左に「レキ」とルビ。削除した。

頼盛ハ蒙テ二家ノ賞《シャウ》ヲ一正二位シ給テ、右ノ大臣ノ御子、右大将良通被レ越給ヘリ。

一院ハ、四面ハハタ板シマハシタル所ノ口一《ひとつ》開タルニ御坐テ、守護ノ武士キビシクテ、輙《たやす》ク人モ不レ参ケリ。「鳥羽殿ヲ出サセマシ〱[2]シカバ、少シクツログヤラム」ト思食《おぼしめし》シカドモ、高倉宮ノ御事出来テ、「又イカニシタルヤラム。カクノミアレバ心憂《こころうし》」トゾ被レ思ケル。「今ハ只世ノ事モ思食捨テ、山々寺々ヲモ修行シテ、彼《かの》花山院ノセサセ御坐ケム様《やう》ニ、御心ニ任テ御坐サバヤ」トゾ被二思食一ケル。

抑《そもそも》代々ノ御門《みかど》遷都ノ事、先蹤《せんしよう》ヲ尋ルニ、神武天皇ト申奉《まうしたてまつる》ハ地神五代ノ帝、彦波瀲武鸕鷀草葺不合尊《ヒコナギサタケウガヤふきあはせずのみこと》ノ第四ノ皇子、御母玉依姫《たまヨリヒメ》、海神大女《わたつみのおほむすめ》[3]也。神代十二代後辛酉歳、日向国宮崎ノ郡ニテ、人王百王ノ宝祚《ほうソ》ヲ継給テ、五十九年己未十月ニ東征《セイ》シテ豊葦原ノ中津国ニ移ツヽ、畝火《ウネビ》ノ山ヲ点ジテ帝都ヲ建《タ》テ、橿原《かしはら》[4]ノ地斫《キ》リ払テ宮室ヲ造給ヘリ。即《すなはち》是ヲ橿原ノ宮ト申《まうす》。此《この》御時、祭主ヲ定メ、万《よろづ》ノ神ヲ奉レ祭リ、此国ヲ秋津島ト名《なづ》ケショリ以来《このかた》、代々ノ帝王ノ御時、都ヲ他所ヘ

1 「共奉」、「供奉」の当字。
2 「シ」、底本なし。補った。
3 「大女」、「乎保牟須女」（『日本書紀私記』）
4 「橿」の右に「スキ」とルビ。削除した。「橿原《カシハラ》」（『日本書紀私記』）

被レ遷事、三十度ニ余リ、四十度ニ及ベリ。綏靖[1]《スイゼイ》天王ハ大和国葛城《カツラキ》ノ高岡ノ宮ニ坐《おはしま》ス。安寧[2]天王ハ片塩浮穴[3]《カタシホウケナ》ノ宮ニ坐ス。懿徳[4]天王ハ軽曲峡[5]《カルノマガリカヲ》ノ宮ニ坐ス。孝昭[6]天王葛木ノ上ノ郡腋《ワキ》ノ上池心《カンイケコヽロ》ノ宮ニ坐ス。孝安[7]《カンアン》天王ハ室《むろ》秋津島ノ宮ニ坐ス。孝霊[8]天皇ハ黒田[9]廬戸《イホト》ノ宮ニ坐ス。孝元[10]天皇ハ軽《カル》ノ境原ノ宮ニ坐ス。開化[11]天王ハ添ノ郡[12]リ春日率川《かすがいさかは》ノ宮ニ坐ス。崇神天王ハ磯城《シキ》ノ瑞籬《ミツガキ》ノ宮ニ坐ス。此《この》御時、君ノミツギ物ヲ奉レリ備ヘ、諸国ニ池ヲ堀リ、船ヲ作リ始ケリ。垂仁天王ハ巻向《マキムク》珠城《タマキ》ノ宮ニ坐ス。此御時、始《はじめ》テ菓子《このみ》ノ類ヲ被ル植ヘ。橘等是《これ》也。景行天王ハ纏向《マキムク》日代《ヒシロ》ノ宮ニ坐ス。此御時、始テ武内ノ宿禰ヲ大臣ニ奉レ成。又国々ノ民ノ姓《しやう》ヲ被レ定。已上十一代七百余年ハ、皆是大和国ヲトメテ、他国ヘ不レ被レ遷レ都ヲ。成務天王元年ニ大和国ヨリ近江国ニ遷テ、志賀郡ニ都ヲ立テ、六十余年ハ高穴穂《タカアナホ》ノ宮ニ坐ス。仲哀[13]天王二年九月ニ近江国ヨリ長門国ニ移テ、九年ハ穴戸豊浦《アナトのトヨラ》ノ宮ニ坐ス。天王彼《かの》宮ニシテ崩御ナリシカバ、后《きさ》キ神宮皇后[14]代《よ》ヲ継《つが》セ給テ、異国ノ師[15]《イクサ》ヲ鎮給テ後、筑前国三笠郡《みかさのこほり》ニテ皇子御誕生アリ。掛《かけまく》モ忝ク八幡大菩薩

1　「綏」に声点⑦、「靖」に声点⑦
2　「安」に声点⑦、「寧」に声点⑦
3　「浮穴」、ルビ底本のまま。「浮孔《ウキアナ》」（『日本書紀私記』）
4　「懿」に声点⑤、「徳」に声点③
5　「軽曲峡」、ルビ底本のまま。「曲峡《マカウ》」（『日本書紀私記』）、「曲峡末加利乎」

ト申《まうすは》、此《この》御事也。応神天王ト申奉ル。神功皇后ハ猶大和国ニ帰テ、十市郡《とをちのこほり》磐余稚桜《いはれわかざくら》ノ宮ニ六十九年坐ス。応神天皇ハ[16]同国高市郡軽《カル》島豊明リノ宮ニ四十三年坐ス。此御時、百済国ヨリ絹ヌフ女、色々ノ物ノ師、博士ナドヲ渡ス。又経典《けいてん》、吉馬《よき》ナドヲ奉ル。吉野ノ国栖《くず》モ、此時参始レリ。仁徳天皇元年ニ摂津国難波ニ遷《ウツ》テ、高津宮ニ坐ス。今ノ天王寺是《これ》也。此御時、氷室《ひむろ》始レリ。又鷹ヲツカヒ、狩ナドモ始レリ。八十七年。履中天皇二年ニ、又大和国ニ帰テ、十市郡磐余稚桜ノ宮ニ坐テ六年、反正天皇元年ニ大和国ヨリ河内ニ遷テ、丹比《たぢひ》ノ郡[17]柴籬宮《しばがきのみや》ニ坐ス。六年。[18]允恭《キングキヤウ》天皇四十二年ニ、河内国ヨリ大和国ニ帰テ、遠《トヲ》明日香《アスカ》ノ宮ニ坐ス。是ヲナム名《なづけ》テ飛鳥《とぶとり》ノ明日香ノ里トゾ申ケル。三年。安康天皇三年ニ、大和ノ国ヨリ又近江国ニ帰テ後、穴穂《アナホ》ノ宮ニ坐ス。雄略天皇廿一年、近江国ヨリ大和国ヘ帰テ、泊瀬《はつせ》朝倉ノ宮ニ坐ス。清寧、顕宗、仁賢、武烈、四代ノ帝、同国[19]磐余甕栗、[20]近明日八釣宮、石上広高、泊瀬列城ノ四ノ宮ニ坐シキ。継体天皇五年、山背筒城郡《つづきのこほり》ニ遷テ十二年、其後乙訓郡《おとくにのこほり》ニ栖《すみ》給テ、磐余

（『日本書紀私記』）

6 「孝」に声点①

7 「孝安」、ルビ底本のまま。「孝」に声点①、「安」に声点⑦

8 「孝」に声点①、「霊」に声点⑦

9 「ハ」、残画から判断した。

10 「孝」に声点①、「元」に声点⑧

11 「開」に声点⑦、「化」に声点⑦

12 「郡」、底本では「群」と書き、旁に「阝」を重ね書き。

13 「仲」に声点①、「哀」に声点⑦

14 「宮」の左に傍線を付し、右に「功歟」と傍書。

15 「師」、底本「帥」。改めた。

16 「同」、底本「ハ○国」とし、補入の印の右に「同」と補書。

17 「柴」、底本には右に「サイ」とルビあり。削除した。

18 「允恭」、ルビ底本のまま。正しくは「いんぎよう」。「允」に声点⑤、「恭」に声点⑤

19 「磐余甕栗」、「磐余甕栗宮《イハトミカリクリノ》」（『簾中抄』時雨亭文庫本、以下、同文庫本に依る）

20 「近明日八釣宮」、「近明日香八釣宮《チカアスカヤツリノ》」（『簾中抄』）

玉穂ノ宮ニ坐ス。安閑天皇ハ同《オなじキ》[1]国勾金橋《まがりのかなはし》ノ宮ニ坐ス。宣化天王元年ニ、猶大和国ニ還《カヘ》テ、檜隈廬入野宮《ひのくまのいほりののみや》ニ坐ス。欽明、敏達、用明、崇峻、推古、舒明、皇極、已上七代ノ帝ハ、磯城島《しきしま》、磐余語田《をさた》[2]、池辺列槻《いけべなみつき》、倉橋、額田部小墾田《をはりた》[3]ノ宮、[4]田村高市《たかいち》織物宮、明日香河原宮ニ坐テ、已上八代、宣化天皇ヨリ以来《このかた》ハ、当国ニ坐テ、都ヲ他所ヘ不レ被レ遷シテ百十年、孝徳天皇大化元年[5]ニ摂津国長柄《ながら》京ニ遷テ、豊崎宮《とよさきのみや》ニ坐ス。此《この》御時、始《はじめ》テ年号アリ。大化[6]、白雉等也。八省百官ヲ定メ、国々ノ境ヲ改ム。唐《もろこし》[7]ヨリ文書《ふみ》、宝物多《たからものおほく》渡セリ。此帝、仏経[8]ヲ奉レ敬、霊神ヲ軽クシ給フ。丈六ノヌヰ仏[9]ヲ供養シ、二千余人ノ僧尼ヲ以テ一切経ヲ転読ス。其《その》夜二千余ノ燈《ともしび》ヲ宮中ニ燃《とも》[10]ス。其《その》御宇ニ鼠多ク群レツヽ、難波ヨリ大和国ヘ渡ル事アリ。是《これ》都遷ノ先表《せんべう》ナリト申《まうし》シ程ニ、ソノ験《しるし》ニヤ有ケム、八个年後、斉明天皇二年ニ大和国ヘ還テ、岡本ノ宮ニ坐ス。九年。天智天皇六年ニ、又近江国ニ帰テ、志賀郡ニ都ヲ立テ、大津宮ニ坐ス。此御時、諸国ノ百姓ヲ定メ、民ノ烟[11]ヲ注置《しるしおく》。春宮ニテ御坐シ時、漏剋ヲ作給ヘリ。内大臣鎌足、始テ藤原ノ姓ヲ給《たまは》ル。今ノ藤氏此《この》御末也。五年。天武天皇元年ニ、又大和国へ還テ、明日香ノ岡本ノ南ノ宮ニ坐ス。是ヲ清水原《きよみはら》[12]ノ宮ト号ス。故ニ此天皇ヲ清見原御帝ト申ケリ。十五年。持統、文武二代ノ聖朝ハ、同国藤原ノ宮ニ坐ス。元明天皇ハ和銅二年ニ同国平城《なら》ノ宮ニ遷リ、元正天皇ハ養老元年ニ氷高平城ノ宮ニ遷リ、聖武、孝謙、淡路ノ廃帝《はいたい》、称徳、光仁、五代ノ帝ハ、同国奈良ノ京平城宮ニ住給フ。

而《しかる》ヲ桓武天皇御宇、延暦三年甲子、奈良京春日ノ里ヨリ山城国筒城《つづき》長岡ノ京ニ遷テ十年坐ス。同延暦十二年癸酉正月ニ、大納言小黒丸、参議左大弁古佐美《コサミ》、大僧都賢璟《ケイ》等ヲ遣ス。当国葛野郡《かどののこほり》宇太村ヲ被レ見《セ》ニ、三人共ニ申□[13]、「此地《このち》為レ体《ていたらく》、左青龍《さしやうりう》、右白虎《うびやくこ》、前朱雀《ぜんしゆじやく》、後玄武《ごげんむ》、四神相応ノ地也。尤《もつとも》帝都ヲ定給ハンニ旁《かたがた》便アリ」ト奏シケルニ、愛宕郡《おたぎのこほり》[14]ニ御坐ス賀茂大明神ニ告申サレテ、同十三年甲戌[15]十月廿一日辛酉、長岡京ヨリ此《この》平安城へ遷給シヨリ以来《このかた》、都ヲ他所へ不レ被レ遷《うつされず》シテ、帝王三十二代、星霜三百八十八年ノ春秋ヲ経タリ。

1 「同」、「国」をすりけし、上書き。
2 「語」の右に「本マ、」と傍書。「磐余訳語田」（『簾中抄』）
3 「小墾田」、「小墾田《ヲハリタ》」（『簾中抄』）、
4 「田村高市織物宮」、底本のまま。「田村高市岡本宮」（『簾中抄』）
5 「大化」、底本「天化」。改めた。
6 「大化」、底本「天化」。改めた。
7 「唐ヨリ文書、宝物」、「西海使《モロコシノツカヒ》、文書《フミ》、宝物《タカラモノ》」（『釈日本紀』巻廿）
8 「仏経」、「仏法」（『簾中抄』）
9 「丈六ノヌヰ仏」、「丈六のぬひ仏」（『簾中抄』）、「丈六《チヤウロクノ》繍像《ヌイモノ、ホトケ》」（『釈日本紀』巻廿）
10 燃トモス（色葉字類抄）
11 「烟」、「かまと」（『簾中抄』）
12 「清水原宮」、「浄御原宮」（『簾中抄』）
13 「申□」、「□」は虫損。長門本「申ていはく」
14 「宕」、底本「宏」。改めた。
15 「戌」、底本「戊」。改めた。

昔ヨリ国々所々ニ都ヲ立《たて》シカドモ、如レ此《かく》ノ勝地ハ無シ。東方《ひがしのかた》ハ吉田宮、祇園天王、巽方《たつみのかたは》稲荷明神、南方八幡大菩薩、坤方《ひつじさるのかたは》松尾明神、西方小原野、乾方《いぬゐのかたは》北野天神、平野明神、北方賀茂明神、艮方《うしとらのかたは》忠須宮《ただすのみや》、日吉山王御坐ス。此《この》方ヲバ鬼鎖《サ》門方ト名《なづけ》テ是ヲ慎ム。サレバ天竺ニ王舎城ノ艮ノ方ニハ霊鷲山アリ。震旦ニハ天台山アリ。日本王城ノ艮ニハ比叡山アリ。各《おのおの》仏法僧ノスミカトシテ、鎮護国家ノ契[1]ニテ、仏法ハ王法ヲ守リ、王法ハ仏法ヲ奉レ崇メ。天王殊ニ執《しっ》シ被二思食《おぼしめされ》一テ、「イカニシテカ末代マデ此京ヲ他所ヘ不レ被レ遷《うつされ》事《ぬこと》可レ有《あるべき》」トテ、大臣、公卿、諸道博士、才人ヲ召集テ僉議アリケルニ、帝都長久ナルベキ様トテ、土ニテ八尺ノ人形《ひとがた》[2]ヲ作テ、鉄《くろがね》ノ甲冑ヲキセ、同《おなじく》弓箭ヲ持《もたせ》テ、帝自《みづか》ラ御約束アリケルハ、「末代ニ此京ヲ他所ヘ遷シ、又世ヲ乱《みださ》ン者アラバ、必ズ罰ヲ加ヘ祟《タヽリ》ヲナシテ、長ク此京ノ守護神ト可レ成」トテ、東山ノ嶺ニ西向ニ立《たて》テ被レ埋ケリ。将軍ガ塚トテ今ニアリ。御誓有レ限レバ、天下ニ事出来《いでき》、兵革《ひやうガク》起ラントテハ、必ズ告ゲ示シテ、此塚《つ》カ鳴動スト云ヘリ。

「桓武天皇ト申ハ即《すなはち》平家ノ曩祖《なうそ》ニテ御坐ス。既ニ先祖ノ聖主ノ基《もとゐ》ヲ開キ、代々ノ御門、此地ヲ出サセ御坐ス事ナシ。然《しかる》ヲ其《その》御末ニテ、指《さし》タル謂《いは》レ無《なく》、都ヲ他所へ被レ遷事、凡慮難レ測リ。偏《ひとへ》ニ神慮[3]穴倉《おぼつかな》シ。就レ中《なかんづくに》此京ヲバ平ニ安[4]城ト名《なづけ》テ、平ラ[5]安シト書ケリ。而《しかる》ヲ無二左右《さうなく》一平京ヲ被レ捨事ト、非二直事《ただこと》一ニ。又、主上モ上皇モ、皆彼《かの》外孫ニテ御坐ス。君モ争《いかで》カ捨サセ給ベキ。是偏《ひとへ》ニ平家ノ運尽ハテヽ、夷狄責上テ、平家都ニ跡ヲ不レ留メ、山野ニ可レ交ル瑞相ナリ。只今世ハ失《うせ》ナムズ」ト歎アヘリ。「帝王ヲ奉二押下《おしおろ》シ一テ我孫ヲ位ニ即《つけ》奉リ、王子ヲ奉レ討チテ首《かうべ》ヲ斬キリ、関白ヲ流シテ我聟ヲナシ奉リ、大臣、公卿、雲客《うんかく》、侍臣、北面ノ下臈ニ至《いたる》マデ、或ハ流シ、或ハ殺シ、悪行数ヲ尽シテ、所レ残ルハ只都遷計《ばかり》也。サレバ加様《かやう》ニ狂《くるふ》ニコソ」ト、サヽヤキアヘリ。

嵯峨天王ノ御時、大同五年、都ヲ他所へ遷サムトセサセ給シカドモ、大臣、公卿騒ギ背キ申サレシカバ、不レ被レ遷シテ止《やみ》ニキ。一天ノ君、万乗ノ主《あるじ》ダニモ移シ得給ハヌ都ヲ、入道凡人《ぼんにん》ノ身トシテ思《おもひ》企《くはたて》ラレケルコソ畏《おそ》ロシケレ。「民

1 「契」、底本のまま。「楔」の通字か。
2 人形ヒトカタ（色葉字類抄）
3 「神慮」、底本は「神明ヲ」と書き、「明」をみせけちし、さらに「ヲ」の上に「慮」を重ね書きしている。「神慮」と書き直したと思われるので、訂正した。
4 「平ニ安城」、「ニ」は行末に小さく記される。長門本・盛衰記・覚一本「平安城」
5 「ラ」は捨て仮名。「カニ」と書き、すりけし、「ニ」の上に「ラ」を重ね書きする。

労スレバ則《すはなち》怨起ル。下擾《ナヤマ》スレバ即政卒《セイソツ》」文。「是則《これすなはち》、異賊起《おこり》テ朝家ノ大事出来テ、諸人可レ不レ閑《しづか》ナラヤラム」トゾ歎ケル。

新都供奉ノ人ノ中ニ、古京ノ家ノ柱ニ書付ケル。

　百年《ももとせ》ヲ四カヘリマデニ過ギ来ニシヲタギノ里ノアレヤハテナム

何《いか》ナル者カシタリケム、平家ノ一門ノ事ヲ札ニ書テ、入道ノ門ニ立《たて》ケル。

　盛《もり》ガ党平ノ京ヲ迷出ヌ氏絶《うぢたえ》ハツルコレハ初メカ

　サキ出ル花ノ都ヲフリ捨テ風福原ノ末ゾアヤウキ

「誠ニ目出《めでた》キ都ゾカシ。王城鎮護ノ社、四方ニ光ヲ和《やはら》ゲ、霊験殊勝ノ寺、上下ニ居ヲトメ《し》給ヘリ。百姓万民無レ煩《わづらひなく》、五幾[1]七道モ有レ便《たより》。然《しかる》ヲ是ヲ被レ捨事、守護ノ仏神、非礼ヲ享《うけ》給ハジ。四海ノ藜民、憤《いきどほり》ヲ成《なす》ベシ、恐《おそろ》シ〳〵」トゾ申合ケル。論語ト云文《いふふみにいはく》云、「[2]犯レ人者有二乱亡之患一、犯レ神者有二疾夭之禍一」云々。就レ中本京《もとの》ヨリ此京ハ西方分也[3]。大将軍在二西方角一、既《すでに》塞リヌ。サレバ勘状共ヲ被レ召ケル中ニ、陰陽博士安部季弘《スエヒロ》勘状ニ云、

[4]本条之所レ差、大将軍、王相、不レ嫌二遠近ヲ一、同可二忌避一。延暦十三年十月廿一日ニ、長岡京ヨリ遷二都ス於葛野《カツノ》京ニ一。今年為二北之分一、当二王相ノ方ニ一、不レ被レ避レ之ヲ。是依レ寄レ旧不レ論二方忌一。次大将軍之禁忌、猶不レ及二王相一。就二延暦之佳例ノ一彼遷都、雖レ為リト二大将軍之方一、何可レ有二其憚一哉。

本条の差す所、大将軍、王相、遠近を嫌はず、同じく忌避すべし。延暦十三年十月廿一日に、長岡京より葛野京に遷都す。今年は北の分たり、王相の方に当たり、之を避けられず。是旧きに寄するに依り方忌を論ぜず。次に大将軍の禁忌、猶王相に及ばず。延暦の佳例に就き遷都せらる[5]、大将軍の方たりと雖《いへど》も、何ぞ其の憚り有るべけんや。

ト云ヘリ。是ヲ聞テ或ル人申ケルハ、「延暦ノ遷都ニハ御方違ヘ有ト云ヘリ。

1 「幾」、底本のまま。「畿」の当字。
2 以下の漢文表記を書き下す。「人を犯す者乱亡の患《うれ》ひ有り、神を犯す者疾夭の禍有り」（『漢書』鄭崇伝、『明文抄』巻五など）
3 「分也」、右に「本マヽ」と傍書。長門本「西方分也」。盛衰記「西也」
4 底本、勘状は改行せず。
5 「遷都せらる」、底本「彼遷都」。長門本「被遷都」を参考に改めた。

永於レ被レ捨二旧都一者、可レ有二方角之禁忌一。何様《いかさま》ニモ御方違ヘハ有ベカリケル物ヲ。季弘ガ慶雲寿星トノミ奏スル、心得ラレズ」ト、人脣《くちびる》ヲ反《かへ》シケリ。

九日ハ新都事始《ことはじめ》シテ、上卿《しやうけい》[1]ハ左大将実定、宰相右中弁通親、奉行ハ頭左中弁経房朝臣、蔵人左少弁行隆トゾ聞エシ。

十五日ニ新都地点ノ事、輪田ノ松原ノ西ノ野ニ、宮城ノ地ヲ被レ定ケルニ、「彼所ハ高塩来ラン時、事ノ煩《わづらひ》有ベシ。其上《そのうへ》五条ヨリ下《し》モ無ルベシ」ト申ケルハ、土御門宰相中将通親卿被レ申ケルハ、「三朝[2]ノ広路ヲ開テ、十二ノ棟門ヲ立《たつ》。況《いはんや》我朝ニハ五条マデ有ラム、何ノ不足カ有ラム」ト被レ申ケレドモ、行事官共、力及バデ帰《かへり》ニケリ。「サラバ児屋野ニテ可レ有歟。幡磨ノ猪名野[3]ニテ可レ有歟」ト公卿僉議有テ、同十六日、大夫史隆職実験ノ為ニ史生ヲ遣ス。午剋バカリニ、俄《にはかに》[4]又留ラレニケリ。此《これ》ハ安芸一宮、アル女ニ付テ託宣シ給ケル故トゾ聞エシ。地点ノ事日々ニ改定、直事《ただこと》ニ非ズ。明神納受シ給ハズト云事掲焉《イチシルシ》[5]。

1　「卿」、底本には右に「カウ」とルビ。改めた。
2　「朝」の右に「重歟本マヽ」と傍書。「披二三条之広路一、立二十二之通門一」

去[6]十一日ノ夜、帥大納言隆季卿、福原ニシテ夢ヲ見ラレケルハ、大《おほき》ナル屋
ノ透《トヲリ》[7]タルアリ。其内ニ隆季坐セリ。庇ノ房ニ女房アリ。築垣ノ外ニハラく
ト咲《わらふ》[8]声頻《しきり》也。我問レ之。女房答《こたへていは》曰ク、「此《これ》コソハ都遷ヨ。大神宮ノ不二受給一
事ニテ候ゾ」ト云ヘリ。即《すなはち》驚テ又寝《ねた》リ。同様ニ又被レ見ケリ。恐怖シテ禅門
ニ被レ申タリケレドモ、此ヲ不レ被レ信ケリ。

同[9]廿二日、法勝寺ノ池ノ蓮、一茎ニ二ノ花開《さき》タリ。辰ノ剋ニ見付テ、彼《かの》寺ヨ
リ奏聞ス。本朝ニハ舒明以後、此事無シ。其徴《そのしるし》不レ空《むなしからず》。
先《まづ》里内裏ヲ可レ被レ造之由有テ二議定一、五条大納言邦綱卿、可レ被二造進一之由、
入道被二計《はから》ヒ申一ケレバ、六月廿三日甲辰始テ、八月十日棟上トゾ被レ定ケル。
論語《ろんごにいはく》云、「楚起[10]二章花之台一而藜民散ズ、秦興シテ二阿房之殿一而天下乱ルトモ」文。又
帝範云、「茅[11]茨不レ前、採椽不レ舒[12]、舟車不レ餝、衣服ニ無レ文《あや》リ」ケム世モ有ケム[13]
物ヲ。唐太宗ハ驪山宮ヲ造テ民ノ費ヲ労《いたはり》テ、終《つひに》臨幸無シテ、墻《かき》ニ苔《コケ》[14]ムシ、
瓦ニ松生《おひ》テ止《やみ》ケムハ相違哉トゾミエシ。

3 （『文選』班固西都賦）
4 「猪名野」、正しくは「印南野」「留」、斜線を引き、右に小さく「止」と傍書。
5 掲焉イチシルシ（色葉字類抄）
6 以下の話は『古今著聞集』巻三・八六に同話あり。「十三日」（『著聞集』）
7 「透タルアリ」、「すきたる」（『古今著聞集』）
8 「咲」、右に「哭歟」と傍書あり。「なく」（『古今著聞集』）
9 「法勝寺池一茎二花蓮生、寺家言上之。有御卜」（『百錬抄』治承四年六月二十一日条）
10 「楚起…」、『明文抄』一等に拠る。出典は『漢書』東方朔伝。
11 「茅茨不前、採椽不舒」正しくは「茅茨不剪、採椽不斲」（『帝範』崇倹篇）
12 「舒」の右に「削歟」と傍書。
13 「モ」、「モ」と「ヲ」を重ね書きし、右に「モ」と傍書。
14 行頭余白に「衣《ツタ》」とある。「苔」についての注。「牆有衣《コケ》兮瓦有松」（『白氏文集』「驪宮高」）。盛衰記・覚一本「墻ニハツタシゲリ」

サテモ故京ニハ辻毎ニ堀ホリ、逆向木《さかもぎ》ナド引キ、車モ輙《たやす》ク可モレ通ル無レバ、希《まれ》ニ小車《をぐるま》ナドノ通《とほる》モ道ヲヘチテゾ[1]行ケル。無レ程《ほどなく》田舎ニ成ニケルコソ、夢ノ心地シテ浅猿《あさまし》ケレ。人々ノ家々ハ、鴨河、桂河ヨリ筏ニ組テ福原ヘ下シツヽ、空《むなし》キ跡ニハ浅茅ガ原、蓬ガ杣、鳥ノフシド、成テ、虫ノ音《こゑ》ノミゾ恨ケル。適《たまたま》残ル家々ハ、門前草深シテ荊棘《けいきよく》埋レ道、庭上ニ露流テ蓬蒿為レ林、雉菟《チト》禽獣之栖、黄菊芝蘭之野辺トゾ成ニケル。僅ニ残《のこりとどまり》留給ヘル人トテハ、皇太后宮ノ大宮計《ばかり》ゾ御坐ケル。

八月十日余ニモ成ニケレバ、新都ヘ供奉ノ人々ハ、聞ユル名所ノ月ミムトテ、思《おもひおもひ》々ニ被レ出ニケリ。或ハ光源氏ノ跡ヲ追ヒ、諏磨[2]ヨリ明石ヘ浦伝ヒ、或ハ淡路ノ廃帝《はいたい》ノ住給シ絵島ヲ尋ヌル人モアリ、或ハ白浦、吹上、和歌浦、玉島島[3]ヘ行者《ゆくもの》モアリ、或ハ住ノ江[4]、難波潟《ガタ》、思々ニ被レ趣ケリ。

左馬頭行盛ハ難波ノ月ヲ詠《なが》[5]メテ、カクゾ詠ジ給ケル。

ナニハガタ蘆フク風ニ月スメバ心ヲクダクオキツシラナミ

1　「ヘチ」、「経」をすりけして上書き。長門本「へてそ」、覚一本「経て」

2　「諏磨」、「須磨」の当字。

3　「玉島島」、底本のまま。「玉津島」の誤りか。

4　「江」、「吉」をすりけして、「江」と上書き。

5　「メ」、「シ」に「メ」を重ね書き。

卅一　実定卿待宵ノ小侍従ニ合事

後徳大寺ノ左大将実定卿ハ、古京ノ月ヲ詠《ながめ》ントテ旧都ヘ上リ給ケリ。御妹ノ皇太后宮ノ八条ノ御所ヘ参給テ、月冱《サエ》人定《しづまり》テ、門ヲ開テ入給タレバ、旧苔[1]道滑《なめらか》ニ而秋草閉テレ門ヲ、瓦ニ松生《おひ》、墻《かき》ニツタ[2]滋リ、分入《わけいる》袖モ露ケク、アルカナキカノ苔ノ路、指入《さしいる》月影計《ばかり》ゾ面替《おもがは》リモセザリケル。八月十五夜ノクマナキニ、大宮御琵琶ヲ弾《ひか》セ給ケリ。「彼《か》ノ源氏ノ宇治[3]ノ巻ニ、優婆塞《うばそく》ノ宮ノ御娘、秋ノ余波《なごり》ヲ惜テ、琵琶ヲ弾《たん》ジ給シニ、在明ノ月[4]ノ出ケルヲ猶不《た》レ堪《へず》ヤ覚シケム、撥《バチ》[5]ニテマネキ給ケムモ、カクヤ有ケム」ト、其《その》夜ヲ被二思知一ケリ。

[6]ツラキヲモウラミヌ我ニ習《ならふ》ナヨウキ身ヲシラヌ人モコソアレ

ト読タリシ待宵小侍従ヲ尋出シテ、昔今ノ物語ヲシ給フ。

カノ侍従ヲバ、本《もと》ハ阿波局トゾ申ケル。高倉院ノ御位ノ時、御悩有テ供御《くご》モツヤ〱マイラザリケルニ、「歌ダニモ読タラバ、供御ハマイリナム」ト、御

1　以下、「面替リモセザリケル」まで、類似の表現が第三末卅一にもある。
2　「ツタ」の右に「衣」と傍書あり。一三九頁注14参照。
3　「宇治」、「大将」と書き、すりけして「宇治」と上書き。
4　底本「月ノ○出ケルヲ」とし、補入の印の右に「山ノハヲ」と補書。
5　「ニ」、底本「ニ」の左に傍線を付し、右に「シ」と傍書。
6　『新古今和歌集』恋三・一二三七。

アヤニクアリケレバ、トリアヘズ、

君[1]ガ代ハ二《ニ》万《マ》ノ里人数ソヒテ今モソナフルミツギモノ哉

ト読テ、其時《その》ノ勧賞ニ侍従ニハ成《なさ》レタリケルトカヤ。

サテモサヨフケ、月モ西山ニ傾ケバ、嵐ノ音モノスゴウシテ、草葉ノ露モ所セキ、露モ泪《なみだ》モアラソヒテ、スヾロニ哀《あはれ》ニ思給ケレバ、実定卿御心ヲ澄シテ、腰ヨリアマノ上丸ト云《いふ》横笛ヲ取出シ、平調《ひやうでう》ニネトリ、古京ノ有様ヲ今様ニ作リ、歌ヒ給ケリ。

古キ都ヲ来テミレバアサヂガハラトゾナリニケル

月ノ光モサビシクテ秋風ノミゾ身ニハシム

ト、二三反《べん》ウタヒ給タリケレバ、大宮ヲ奉レ始、女房達心アルモ心ナキモ、各《おのおの》袖ヲゾヌラシケル。

其夜ハ終夜《よもすがら》侍従ニ物語ヲシテ、「千夜《ちよ》ヲ一夜ニ」トロズサミ給ニ、未[2]《ダ》レ叙《ノベ》ルニ別緒依々ノ恨ヲ一、五更ノ天ニ成ヌレバ、涼風颯々ノ声ニ驚テ、ヲキ[3]別給ヌ。侍[4]

従余波《なごり》ヲ惜ムトオボシクテ、御簾ノキハニ立ヤスラヒ、御車ノ後ロ《うし》ヲ見送奉ケレバ、大将御車ノ尻ニ被レ乗タリケル蔵人ヲ下シテ、「侍従ガ名残惜《なごりをし》ゲニテアリツル、ナニトモ云捨《いひすて》テ帰レ」ト有ケレバ、蔵人取アヘヌ事ナレバ、何《いか》ナルベ[5]トモ覚ヌニ、折節《をりふし》寺々ノ鐘ノ声[6]、八声ノ鳥ノ音《ね》ヲ聞《きき》、「実《まこと》ヤ、此《この》女ハ白河院ノ御宇、待宵与帰朝《まつよひとかへるあしたと》云題《いふだい》ヲ給《たまはり》テ、

待[7]宵ノフケ行カネノ声キケバアカヌ別《わかれ》ノ鳥[8]ハモノカハ

ト読テ、マツヨヒノ二字ヲ賜テ、待宵小侍従トハヨバレシゾカシ」ト、キト思出サレテ、

物カハトキミガイヒケム鳥ノ音ノケサシモ[9]イカニカナシカルラム

侍従返事ニ、

マタバコソフケユクカネモツラカラメアカヌ別ノ鳥ノネゾウキ

ト云カハシテ、帰《かへり》参ル。「イカニ」ト大将問給ケレバ、「カク仕テ候」ト申ケレバ、「イシウモ仕リタリ。サレバコソ汝ヲバ遣シツレ」トテ、勧賞ニ所領

1 『小侍従集』一二二。
2 「未叙別緒……声ニ驚テ」、「二星適逢未レ叙二別緒依々之恨一、五更将レ明頻驚二涼風颯々之声一」(『和漢朗詠集』巻上・七夕・二一三)
3 「ヲ」、底本「又」を書き、すりけして、「ヲ」と上書き。
4 以下、『今物語』第一〇話に拠る。
5 「ヘトモ」、底本のまま。「ヘシトモ」の「シ」が脱落しているか。
6 「声」、右に「音」と傍書。
7 『続詞花集』恋中・五六五、『新古今集』恋三・一一九一、『小侍従集』九八。
8 「ハ」、「ノ」と書き、その上に「ハ」と重ね書き。
9 「イカニ」、左に傍線を付し、右に「ナトカ」と傍書。覚一本・新拾遺集・今物語「ナトカ」

ヲ賜《タビ》テケリ。此《この》事、其比《そのころ》ハヤサシキ事ニゾ申ケル。

卅二　入道登蓮ヲ扶持給事

大政入道浄海ハ、福原ノ岡ノ御所ニテ、中門ノ月ヲ詠ジテオハシケレバ、其《その》比《ころ》ノステ[1]者《モノ》登蓮法師、折節《をりふし》ウラナシヲハキテ中門ノ前ノ月ヲ詠ジテ通リケレバ、入道、

　月ノ脚ヲモフミミツル哉

ト云懸《いひかけ》給タリケレバ、取《とり》モアヘズ、登蓮畏《かしこまり》テ、

　大空ハ手カクバカリハ無《なけ》レドモ

トゾ申タリケル。

抑《そもそも》、此《この》登蓮ヲ不便《ふびん》ニシテ、入道ノ御内ニヲカレケル由来ヲ尋レバ、連歌故トゾ聞エシ。先年、入道熊野参詣ノ有ケルニ、比《ころ》ハ二月廿日余ノ事ナレバ、遠山ニ霞タナビキテ、越路ニ帰ル鴈金《かりガネ》[2]、雲居遥カニ音信《おとづ》レ、細谷河ノ水ノ色、藍

ヨリモ猶緑ニシテ、マバラナル板屋ニ苔ムシテ[3]、カウサビタル里アリ[4]。ナニトナク心スミケレバ、入道、貞能ヲ召テ、「此所ハイヅクゾ」ト尋給ケレバ、「秋津ノ里」ト申ス。入道、取モアヘズ、

秋津ノ里ニ春ゾ来ニケル

ト詠《よみ》給ケレバ、嫡子重盛、次男宗盛、侍ニハ越中前司盛俊、上総守ナド並居テ付《つけ》ントシケレドモ、時剋ハルカニ押移テ、入道、「イカニ、ヲソシ〳〵」ト宣ケレドモ、付申《つけまうす》人無リケリ。

爰《ここ》ニ熊野方ヨリ三十余トミエケル修行者ノ下向シケルガ、「此道ノ習、上下、乞食、非人ヲキラハズ候」ト申テ、

見ワタセバ切目ノ山ニ霞シテ

ト付タリケレバ、入道感ジ給テ、「イヅクノ者ゾ」ト尋給ヘバ、「元ハ筑紫安[5]楽寺ノ者ニテ候シガ、近年ハ近江ノ阿弥陀寺ニ住《すみ》侍リ。登蓮ト申《まうす》」ト云ケレバ、入道其《それ》ヨリ扶持シテ所領アマタトラセテ、不便《ふびん》ニシ給ケリ。

1 「ステ者」、底本のまま。「スキ者」の誤写か。
2 「鴈金」、「鴈が音」の当字。
3 「ム」、字（判読不能）をすりけして「ム」と上書き。
4 「ウ」の右に「本マヽ」と傍書。
5 「筑」、「安」を書き、すりけして「筑」と上書き。

取分《とりわ》キ大事ノ者ニ被レ思ケル事ハ、去《さんぬる》保元々年七月、宇治左大臣頼長公、世ヲ乱リ給シ時、安芸守トテ御方ニ勲功アリシカバ、幡磨守ニ被レ移テ彼国《かの》へ下向セラル。即《すなはち》当国鎮守《たうごくのちんじゆ》アニノ宮、御神拝有ケルニ、在庁人等供奉ス。爰《ここに》[1]神主申ケルハ、「抑《そもそも》[2]当社明神ノ感応新ニシテ、霑《ウルヲホ》コト二蓑伺《そうし》[3]之露一ニ、如レ随二水之方円之器一ニ。請コト二松壖《しようぜん》之風一、似リレ浮ブニ月之巨海之流一ニ。和光同塵之利物《りもつ》ハ如レ在ガ二紫金《しこん》之晴沙一。下種結縁《げしゆけちえん》之済生ハ似リレ仰ニ二万草之時雨[4]一ヲ。朝ニ空クシテ参テ、夕《ゆふべ》ニ熟ミノテ[5]帰。惣《そうじ》テ奉レ始二国司一ヲ、貴賤上下ノ諸人参詣、日夜ニ懈《おこた》ル事無シ。爰《ここ》ニ不思議ノ事アリ。上古ヨリ未ダル二付得一連歌ノ下句アリ。国司神拝ノ始ニ、先《まづ》御拝見アルハ先規也」ト申セバ、入道折節《をりふし》登蓮ヲバ具《ぐし》給ハズ、「我身《わがみ》既ニ不覚シナムズ」ト思ハレケレバ、「俄《にはか》ニ大事ノ用ヲ出シテ国務ニ不レ及。京都ノ重事《ちようじ》有ル由聞テ、早馬到来ノ事アリ。今度ハ不レ及レ拝。ヤガテ下向シ侍《はべらん》ズレバ、其《その》時」トテ、国府[6]へ帰リ、「サルニテモ、イカナル連歌ニヤ」ト尋給ケレバ、有ル社司ノ申ケルハ、

コノ神ノ名カアニノ宮トハ

ト申タリケレバ、忩《いそ》ギ是ヲ大事ト思ハレケルニヤ、被ニ上洛一ケリ。ヤサシカリシ事也。六ハラニ付テ、忩ギ登蓮ヲ召テ被レ仰ケルハ、「今度不レ奉ニ具足一《このたびぐそくしたてまつらず》シテ、不覚ニ及ベリ」トテ、件《くだんの》連歌ヲ語ラレケレバ、登蓮打吟《うちうそぶ》[7]キテ、

ツクシナルウミノ社ニトハヾヤナ

ト申タリ。重《かさね》テ忩ギ下向シ給ヘリ。社参シテ彼ノ社壇ヲ開キ、拝見シテ、入道件ノ句ヲ付給ヘリ。神官、国ノ人々ニ至ルマデ、感ゼズト云事ナシ。其詞未ダレ終ラルニ、御殿三度振動シテ、即《すなはち》巫女ニ付テ詫《たくしたま》給ヘリ。「神妙ニ仕《つかまつり》タリ。是アヤシノ者ノ句ニ非ズ。我国ノ風俗ヲ思フニ、ツレ〴〵ノ余リ、社参ノ諸人ノ心ヲナグサメ、我憂《わがうれへ》ヲモ忘レヤスルトテ、自《みづか》ラ云出《いひいだ》シタリシ。上古ヨリ未ダ付《つけ》タル人無シ。此《この》悦ニハ、官位ハ思ノマヽ、ナルベシヨ」トテ上《あが》リ給ヌ。

サレバニヤ、同三年ニ大宰大弐ニ成リ、平治元年十二月廿七日、右衛門督信頼卿謀叛之時、又御方《みかた》ニテ賊徒ヲ討平ゲ、同二年、正三位シテ、打ツヾキ宰相、

1 「神」、字（判読不能）をすりけして「神」と上書き。

2 以下の漢文表記を書き下す。
抑《そもそも》当社明神の感応新たにして、蘋祠の露に霑《うるほ》ふこと、水の方円の器に随ふがごとし。松壖の風に請ふこと、月の巨海の流れに浮かぶに似たり。和光同塵の利物は紫金の晴沙に在るがごとし。下種結縁の済生は万草の慈雨を仰ぐに似たり。朝に空しく参りて、夕に熟りて帰る。

3 「伺」、「祠」の当字か。

4 「時」、「慈」の当字か。

5 底本ルビ「ミノテ」。衍字と判断して「テ」の重複を削除した。

6 「府」、底本「苻」。改めた。

7 吟ウソフク（書言字考本節用集）

衛府[1]督、検非違使別当、中納言ニ成ル上、丞相ノ位ニ至リ、内大臣ヨリ左右ヲ不《へ》レ経《ずし》而《て》大政大臣ノ極位ニ昇ル。是則《これすなはち》登蓮法師ガ故トゾ覚エシ。

1　「府」、底本「苻」。改めた。

卅三　入道ニ頭共現ジテ見ル事

抑《そもそも》入道殿、更闌《かうたけ》人定《しづまり》テ、月ノ光モ澄ノボリ、名ヲ得タル夜半ノ事ナレバ、心ノ内モ潔ク、「彼《かの》[1]漢高祖ノ三尺ノ剣、坐《ゐなが》ラ鎮メ二天下一ヲ、張良ガ一巻ノ書、立《たちどこ》ロニ登ル二師傅《しふ》一ニ事、我身ノ栄花ニ限リアラバマサラジ」ト覚テ、月ノ光クマナケレバ、終夜《よもすがら》詠メテ居給ヘルニ、坪ノ内ニ目一《ひとつ》付タル物ノ長《た》ケ一丈二尺バカリナルモノ現タリ。又傍《かたはら》ニ目鼻モ無キモノ、、是ニ二尺バカリ増リタル物アリ。又目三《みつ》アルモノ、、三尺計勝《ばかりまさ》リタルアリ。カ、ル物共五六十人並ビ立テリ。入道是ヲ見給テ、「不思議ノ事哉。何物ナルラム」ト思ヒ給ヘドモ、少《すこし》モサハガヌ体《てい》ニテ、「己《おの》レ等ハ何《な》ニ物ゾ。アタゴ、平野ノ天狗メ等《ラ》ゴサンメレ。ナニト浄海ヲタブラカスゾ。罷《まかり》退《しりぞ》キ候ヘ」ト有ケレバ、彼《かの》物共、声〳〵ニ中ケルハ、「畏《おそろ》シ〳〵。一天ノ君、万乗ノ主ダニモハタラカシ給ハヌ都ヲ福原ヘ移《うつす》トテ、年来《としごろ》住ナレシ宿所ヲ皆被レ破テ、朝夕歎キ悲ム事、劫《こふ》ヲ経《ふ》トモ不レ可レ忘。此《この》本意ナサノ恨ヲバ、争《いかで》カ見セザルベキ」トテ、東ヲ指テ飛行ヌ。是《これ》ト申《まうす》ハ、今度福原下向事《げかうのこと》、一定《いちぢやう》タリシカバ、可レ然御堂アマタ壊《こぼ》チ集メ、新都ヘ可レ移《キ》巧《たくみ》有ケレドモ、内裏御所ナドダニモ、ハカ〴〵シク造営無キ上ハ[2]、皆江堀《えほり》ニ朽失ヌ。依レ之適《たまた》マ残ル堂塔モ四壁ハ皆コボタレヌ。荒神達ノ所行ニヤ、浅猿《あさまし》カリシ事共也。

入道、猶《なほ》月ヲ詠メテヲハスレバ、中門ノ居給ヘル上ニ、以外大《もつてのほかにおほき》ナル物ノ踊ル音シケリ。暫ク有テ坪内《つぼのうち》ヘ飛下タリ。見給ヘバ、只今切タル頭《かう》ベノ血付タルガ、普通ノ頭ベ十計《ばかり》合セタル程ナルガ、是ノミナラズ、曝《サ》レタル頭共アナタコナタヨリ集《あつまり》テ、四五十ガ程並ビ居タリ。面々ニ詈《ののし》リケルハ、「夫《それ》諸行無常ハ如来ノ金言ト云ナガラ、六道四生ニ沈淪シテ、日夜朝暮ノ悪念ヲ起事《おこすこと》、併《しかしなが》ラアノ入道ガ故也。成親卿ガ備中ノ中山ノ苔ニ朽チ、俊寛ガ油黄ガ島ノ

1 「漢高三尺之剣、坐制諸侯、張良一巻之書、立登師傅」(『和漢朗詠集』巻下・帝王・六五三)

2 「ハ」、残画より判断した。

波[1]ニ流《ながさ》レシ事、先業ノ所感トハ知ナガラ、心憂カリシ事共ナリ」ト面々ニ云ケレバ、生頭《ナマかう》ベ申ケルハ、「夫《それ》ハサレドモ人ヲ恨ミ給ベキニ非ズ。少シ巧《たく》ミ給タル事共ノ有ケルゴサンメレ。行忠ハ朝敵ニモ非ズ、旧都ヲ執シテ新都へ遅ク下タリト云《いふ》咎ニ依テ、当国深夜《フカヤ》ノ松西野ト云所ヘ被二責下一、無レ故《ゆゑなく》頸ヲ被レ刎《はねらるること》事、哀レト思食《おぼしめ》サレズヤ。哀レ、ゲニイツマデアノ入道ヲウラメシト、草ノ陰ニテ見ンズラム」ト云ケレバ、入道ノ口〳〵シク、オドロ〳〵シク思ナガラ答へ給ケルハ、「汝等、官位ト云《いひ》、俸禄ト云、随分入道ガ口入[2]《こうじゅ》ニテ人トナリシ者共ニ非乎《あらずや》。無レ故君ヲ奉レ勧メ、入道ガ一門ヲ失ハムトスル科《とが》、諸天善神之擁護ヲ背クニ非乎。自《みづから》科《がとが》ヲ不レ顧ミ、入道ヲ浦見[3]《うらみ》ン事、スベテ道理ニ非ズ。速《すみや》カニ罷出《まかりいで》ヨ」トテ、ハタト睨《ニラマ》ヘテヲハシケレバ、霜雪ナドノ様ニ消失《きえうせ》ニケリ。

月モ西山ニチカヅキ、鳥モ東林ニ鳴《なき》ケレバ、入道中門ノ一間ナル所ヲ誘[4]《こしら》へ給ヘル所ニ立入テ、休ミ給ハムトシ給ヘバ、一間ニハゞカル程ノ首《かう》ベ、目六《むつ》有ケルガ、入道ヲ睨マヘテ居タリケリ。入道腹ヲ立《たて》、「何《いか》ニ己等ハ、一度ナラズ二度ナラズ浄海ヲバタメミルゾ。一度モ汝等ニハナブラルマジキ物ヲ」トテ、サゲ給ヘリケル太刀ヲ半《なか》ラ計《ばか》リヌキカケ給ヘバ、次第ニ消テ失ニケリ。恐シカリシ事共也。

異国ニカヽル先蹤《せんしよう》[5]アリ。秦始皇ノ御代ニ漢陽宮[6]ヲ立テ、御宇卅九年、九月十三夜ノ月ノクマナカリケルニ、主上ヲ奉レ始テ、槐門、丞相、亜将、黄門ヨリ、宮中ノ月ヲ翫《もてあそび》給シニ、阿房殿ノ上ニ、ハヾカル程ノ大首《かう》ベノ、目ハ十六ゾ有ケル、官軍ヲ以テ射サセケレバ、南庭ニ下テ鳥ノ卵《かひ》ゴ[7]ノ様ニテ消失ヌ。是ハ燕丹、秦武陽、荊軻大臣等ノ頸ト云ヘリ。此後幾程無テ六十一日ト申ニ、始皇失給《うせたまひ》ヌ。「此例ヲ思《おもふ》ニハ、入道殿ノ運命、今幾程アラジ」トゾサヽヤキケル。

大政入道ハ福原ニヲハシケルガ、月日ハ過行《すぎゆけ》ドモ、世間ハ未レダ静《しづま》ラ。胸ニ手置《おき》ケル心地シテ、常ニ心《むね》[8]サハギ打シテゾ有ケル。二位殿ヲ奉レ始メ、サマ〲ノ夢見悪《あし》ク、怪異《けい》アリケレバ、神社仏寺ニ祈ゾ頻リナル。「誠ニ上荒下困《コン》[9]勢ヒ

1 「波」、「荒」と書き、すりけして、「波」と上書き。
2 口入コウシフ・コウシユ（色葉字類抄）
3 「浦見ン」、「恨ミン」の当字。
4 誘コシラフ（色葉字類抄）
5 「蹤」、底本にはルビ「シウ」を付す。改めた。
6 「漢」、左に傍線を付し、右に「感歟」と傍書あり。正しくは「咸陽宮」
7 卵カヒゴ（類聚名義抄）
8 心ムネサハク（色葉字類抄）
9 「上荒下困……」、新楽府「隋堤柳」に拠る。「上荒《かみすさ》み下困《しもくる》しんで勢《いきほ》ひ久しからず、宗社の危きこと綴旒のごとし」

不レ久、宗社之危如二綴《トン》流一ノ[1]」トモ云ヘリ。「此世ノ有様、ナニト成ハテムズラム」トゾ歎ケル。

1 「綴流」、底本のまま。正しくは「綴《テイ》旒《リウ》」

卅四　雅頼卿ノ侍夢見ル事

源中納言雅頼《ガライ》卿ノ家ナリケル侍、夢ニ見ケルハ、イヅクトモ其所《その》ハ慥《たしか》ニハ不レ覚エ、大内裏ノ内、神祇官ナドニテ有ケルヤラム、衣冠正《ただし》クシタル人々並《なみ》居《ゐ》給タリケルガ、末座《ばつざ》ニ御坐ケル人ヲ呼奉テ、一座ニ御坐ケル人ノ、ユ、シク気高ゲナルガ宣ケルハ、「日来《ひごろ》清盛入道ノ預リタリツル御剣ヲバ、被二召返一《めしかへされむ》ズルニヤ。速《すみやかに》可レ被二召返一。彼《かの》御剣ハ鎌倉ノ右兵衛佐源頼朝ニ可レ被レ預也」ト被レ仰。「是ハ八幡大菩薩也」ト申《まうす》。又座ノ中ノ程ニテ、其《それ》モ以外《もつてのほか》ニ気高ク宿老ナリケル人ノ宣ケルハ、「其《その》後ハ、我《わが》孫ノ、其御剣ヲバ給ハランズル也」ト宣ケルヲ、「是ヲバ誰《た》ソ」ト問ケレバ、「春日大明神ニテ御坐ス」ト申。先ニ末座ニ御坐ケル人ヲ、「是ハ誰人《たれびと》ゾ」ト尋レバ、「大政入道ノ方人《かたうど》、安芸厳島明神ナリ」トゾ申ケル。思フ量《はかり》モ無ク、「カヽル怖シキ夢コソミタレ」ト云タリケレバ、次第ニ人々聞伝テ披露シケリ。大政入道、此事ヲ聞給テ、憤リ深シテ、蔵人左少弁行隆ニ仰テ被レ尋ケレバ、雅頼卿ハ「サル事不レ承」トゾ被レ申ケル。彼《かの》夢ミタル者ハ失《うせ》ニケリ。

朝敵ヲ討《うち》ニ遣ス大将軍ニハ、節刀ト云《いふ》御剣ヲ賜ル也。大政入道、日来《ひごろ》ハ大将軍トシテ、朝敵ヲ退ケシカドモ、今ハ勅定ヲ背《そむく》ニ依テ、節刀ヲモ被二召返一ケルニヤ。

此《この》夢ヲ、高野宰相入道成頼、伝聞テ宣ケルハ、「厳島ノ明神ハ女体トコソ聞ケ、僻事《ひがこと》ニヤ。又、春日大明神、『我《わが》孫、太刀ヲバ預ラム』ト被レ仰ケルモ不二心得一。但《ただし》、世ノ末ニ源平共ニ子孫尽ミテ、藤原氏ノ大将軍ニ可レ出ニヤ。一ノ人ノ御子ナドノ、大将軍トシテ天下ヲ可キ二静メ給一フ歟」トゾ宣ケル。深キ山ニ籠リニシ後ニハ、往生極楽ノ営《いとなみ》ノ外ハ、他念ヲハスマジカリシカドモ、能《よ》キ[1]務《まつりごと》ヲ聞テハ悦ビ、悪事ヲ聞テハ歎キ給ケリ。世ノ成行《なりゆか》ム有様ヲ兼テ宣ヒケルハ、少モ

1　「能キ務」の右に「善キ政」と傍書。覚一本・盛衰記「善政」。務マツリコト（類聚名義抄）

タガハザリケリ。

卅五　右兵衛佐謀叛発ス事

九月二日、東国ヨリ早馬着テ申ケルハ、「伊豆国流人、前兵衛佐源頼朝、一院ノ院宣[1]幷《ならびに》高倉宮令旨アリトテ、忽《たちまち》ニ謀叛ヲ企テ、去《さんぬる》八月十七日夜、同国住人和泉判官兼隆ガ屋牧ノ館へ押寄テ、兼隆ヲ討《うち》、館ニ火ヲ懸テ焼払フ。伊[2]豆国住人北条四郎時政、土肥次郎実平ヲ先トシ、一類、伊豆、相模両国ノ住人等同心与力シテ、三百余騎ノ兵ヲ卒シテ、石橋ト云所ニ立籠《たてごも》ル。依《これによりて》レ之相模国住人大庭三郎景親ヲ大将軍トシテ、大山田三郎重成、糟[3]尾権守盛久、渋谷庄司重国、足利大郎景行、山内三郎経俊、海[4]老名源八季宗等、惣《そうじ》テ平家ニ志[5]アル者三千余人、同廿三日、石橋ト云所ニテ数剋合戦シテ、頼朝散々ニ被二打落一テ、纔《わづか》ニ六七騎ニ成テ、兵衛佐ハ大童《おほわらは》ニ成テ杉山へ入リヌ。三浦介義澄、和田小大郎義盛等、三百余騎ニテ頼朝ノ方へ参リケルガ、兵衛佐落ヌト聞[6]テ、丸子河ト云所ヨリ引退ケルヲ、畠山次郎重忠五百余騎ニテ追懸ル程ニ、同廿四日、相模国鎌倉湯井ノ小壺ト云所ニテ合戦シテ、重忠散々ニ被二打落一ヌ」ト申ケリ。「後日ニ聞エケルハ、同廿六日、河越太郎重頼、中山次郎重実、江戸太郎重長等、数千騎ヲ卒シテ、三浦ヘ寄タリケリ。上総権守広常ハ兵衛佐ニ与《くみ》シテ、且[7]舎弟金田小大夫頼常ヲ先立《さきだて》タリケルガ、渡海ニ遅々シテ石橋ニハ行《ゆき》アハズ。義澄等籠《こもり》タル三浦衣笠ノ柵ニ加リケリ。重頼等押寄《おしよせ》、矢合計《やあはせばかり》ハシタリケレドモ、義澄等ツヨク合戦ヲセズシテ落ニケリ」ト申ケレバ、平家ノ人々ハ是ヲ聞給テ、若キ人ハ興ニ入テ、「頼朝カ、出来《いでこ》ヨカシ。哀レ、討手ニ向ハバヤ」ナド云ヘドモ、少モ物ノ心ヲ弁《わきまへ》タル人々ハ、「アハ、大事出来《いでき》ヌ」トテサハギアヘリ。畠山庄司重能、大山田別当有重、折節《をりふし》在京[8]シタリケルガ申ケルハ、「何事カハ候ベキ。相親シク候ヘバ、北条四郎ガ一類計コソ候ラメ。其外《そのほか》ハ誰カ付テ輒《たやす》ク朝敵ト成候ベキ」ト申ケレバ、「ゲニモ」ト云人モアリ、「イサトヨ。何《いか》ガアラムズラム。大事ニ及ヌ」ト云人モアリ。寄合々々サ、ヤキケリ。

1 「院」、底本「々」。改めた。
2 「伊豆国」、底本には「伊」と「豆」の間に一字分空白あり。つめた。
3 「糟尾」、底本には「ナカヲ」とルビを付す。削除した。
4 「海」、字（判別不能）に「海」を重ね書き。
5 「ニ」、残画より判断した。
6 「テ」と「丸」の間一字分空白。
7 「且」の右に「」と傍書。長門本「同」
8 「タ」、「ケ」に重ね書き。

大政入道宣ケルハ、「昔、義朝ハ信頼ニ被レ語《かたらはれ》テ朝敵ト成シカバ、其《その》子共一人モ被レ生《いけらる》マジカリシヲ、頼朝ガ事ハ、故池尼御前ノ難《さりがたく》レ去被《なげきまうされ》ニ歎申一シニ付テ、死罪ヲ申宥《まうしなだめ》テ遠流ニ成ニキ。[1]重恩ヲ忘レテ国家ヲ乱リ、我《わが》子孫ニ向テ弓ヲ引ンズルハ、仏神モ御ユルサレヤ有ベキ。只今天ノ責《せめ》ヲ蒙《かうぶらむ》ズル頼朝ナリ。アヤシノ鳥獣モ恩ヲ報ジ、徳ヲ酬《ムクウ》トコソ聞ケ。昔ノ楊宝ハ雀ヲ飼テ環《タマキ》ヲ得、毛宝ハ亀ヲ放テ命ヲ助カルト云ヘリ。我子孫ニ向テハ、頼朝争《いかで》カ七代マデ弓ヲ引ベキ」トゾ宣ケル。

夫《それ》、吾朝《わがてう》ノ朝敵ノ始ハ、日本磐余彦御宇《やまといはれひこのぎよう》五十九年己未歳十月、紀伊国名草郡貴志庄鷹尾村ニ一ノ異禽アリ。世ノ土蜘《つちぐも》[2]ト云者アリ。身短《みじかく》手足長《ながく》シテ、力ラ人倫ニ超タリ。人民ヲ損ジ、皇化ニ随ハザリシカバ、官軍仰《おほせ》ヲ承テ、彼《かし》コニ行向テ、葛《かづら》ノ網ヲ結テ終ニ覆《フク》殺ス。自レ其以来《それよりこのかた》、挾《さしはさんで》ニ野心一而背《そむく》ニ朝家一ヲ者多《おほし》。所レ謂《いはゆる》、大山皇子、大山[3]、大伴真鳥（天武天皇討給）、守屋大臣、蘇我入鹿（天智天皇討給）、山田石川（同）、右大臣豊成（同）、左大臣長守（聖武天皇討給）[4]、大宰小弐広嗣[5]、恵美大臣押勝（高野天皇討給）、井上皇后[6]、水上河継[7]、早

1　「キ」と「重」の間、一字分空白。
2　「蜘」、長門本・盛衰記「蜘蛛」
3　「大山」、底本「大山」の次に一字分空白。つめた。長門本・盛衰記「大石山丸」
4　「長守」、長門本「長屋」、盛衰記「長屋王」

良太子、伊与親王[8]（天城天皇討給）、藤原仲成、橘逸勢、文屋宮田、武蔵権守平将門（平将軍貞盛ニ被レ討）、伊与拯[9]藤[10]（周防伊与両国ノ官軍ニ被レ討）原純友、安倍頼良（頼義被レ討）、同子息鳥海三郎貞任（同人ニ被レ討）、同舎弟致任（同人被レ討）、対馬守義親、悪左府、悪右衛門督ニ至ルマデ、都合三十余人也。サレドモ一人トシテ素懐ヲ遂タル者ナシ。皆首《かうべ》ヲ獄門ニ被レ懸、骸《かばね》ヲ山野ニサラス。東夷、南蛮、西戎[11]、北狄、新羅、高麗、百済、鶏旦[12]ニ至マデ、我朝ヲ背ク者ナシ。

当時コソ王威モ無下《むげ》ニ軽クマシマセ、宣旨ト云ケレバ、枯タル草木モ蘗《サカヘ》[13]花サキ、天ヲカケル鳥、地ヲ走ル獣モ、皆随奉リキ。彼《かの》晨旦ノ則天皇后ハ、武明高宗ノ后也。上林苑《エン》ノ花見ノ御幸ナル[14]ベキニテ有シニ、林苑ノ花不レ開《さかず》シテ其期《ご》ヲ見《みる》ニ遙カナリケレバ[15]、皇后、臣下ヲ遣シテ、「花須《シ》ク[16]連夜ニ発ス、莫レ待コト暖タル風吹ヲ」ト宣旨[17]ヲ下シ給シカバ、花一夜ノ中《う》チニ開テ、御幸[18]ヲ遂ヌト見《みえ》タリ。

吾朝《わがてう》ニモ近来《ちかごろ》ノ事ゾカシ、延喜帝ノ御時、池汀《いけのみぎは》ニ鵲[19]ノ居タリケルヲ、帝御覧ジテ、蔵人ヲ召テ、「アノ鵲取テ参レ」ト仰有ケレバ、蔵人、鵲ノ居タル所

5 「小」、底本のまま。正しくは「少」。
6 「皇」、「后」と書きかけて「皇」を重ね書き。
7 「水上」、底本のまま。正しくは「氷上」か。
8 「天城天皇」、底本のまま。正しくは「平城天皇」か。
9 「伊与」、下に「同」と書き、すりけして「伊与」と上書き。
10 「拯」、底本のまま。盛衰記「掾」。
11 「西戎」、底本「西戎」。改めた。
12 「鶏旦」、「契丹」のこと。
13 「蘗」、左に「ハ、リ」とルビ。削除した。サカユ（類聚名義抄）
14 「御幸」、左に傍線を付し、右に「本マ、」と傍書。行頭空白部分に「行啓歟」とある。
15 「ナ」、「也」と書き、すりけして「ナ」と上書き。
16 以下、書き下し文を示す。「花須《すべか》らく連夜に発すべし、暖たる風吹くを待つことなかれ」
17 「宣旨」、右に「本マ、」と傍書。
18 「御幸」、みせけちをし、右に「行啓歟」と傍書。
19 「鵲」、他本は「鷺」

ヘ歩寄[1]ケレバ、鵲羽ヅクロヒシテ既ニ立ントシケルヲ、「宣旨ゾ。鵲罷リ立ツナ」ト云タリケレバ、鵲不ㇾ立而被ㇾ取《たたずしてとられ》ニケリ。ヤガテ御前[2]へ懐《いだき》テ参タリケレバ、忩《いそ》ギ被ㇾ放ニケリ。全ク鵲ノ御用ニハ非ズ、王威ノ程ヲ知食《しろしめさ》ンガタメナリ。

1 「歩寄」、底本「寄歩」。「寄」の上に補入の印、「寄」と「歩」の間に反転の印を付し、「歩寄」とする。
2 「御」、「前」を書きかけ、上に「御」と重ね書き。

卌六　燕丹之亡シ事

我朝《わがてう》ニモ不ㇾ限ラ、恩ヲ不ㇾ知者ノ滅ビタル例ヲ尋ルニ、昔、唐国ニ楚ノ競望《ケイバウ》ガ子ニ燕ノ太子丹ト云者アリ。秦始皇ト戦ケルニ、太子軍《いくさ》ニ負テ始皇ニ囚《とらはれ》ヌ。既ニ六个年ニモ成ニケリ。燕丹八十ニ余ル老母ヲ見ムト思《おもふ》志深カリケレバ、始皇ニ暇《いとま》ヲ乞フ。始皇嘲《あざむき》[1]テ曰《のたまは》ク、「烏頭《からすのかしら》白ク成リ、馬ニ角生ヒタラン時、汝帰ラム期《とき》[2]ト知レ」ト曰ケレバ、此《この》詞ヲ聞テ、サテハ心憂キ事ゴサムナレ。我恋シト思フ母ヲ不ㇾ見シテ、是《コ、》ニテ徒《いたづら》ニ死セム事、今更悲ク覚ケレバ、夜ハ終夜《よもすがら》ラ、昼ハ終日《ひねもす》ニ天ニ仰ギ地ニ臥テ念ジケル験《しるし》ニ、頭白烏《かしらしろきからす》飛来レリ。太子是《これ》ヲミテ、「今ハ定テ免《ゆるさ》レンズラム」ト思ケルニ、「馬ニ角生タラム時ニ可レ免トコソ云シカ」トテ、猶不レ免ケリ。燕丹何《いか》ニスベシトモ不レ覚、悲《かなしみ》ケル詞ニ云《いはく》、「妙音大士ハ月氏霊山ニ詣《まうで》テ不孝ノ輩ヲ誡メ、孔子、老子ハ大唐震旦ニ顕レテ、忠孝ノ道ヲ立ツ。上《うへは》梵天[3]帝尺、下《したは》堅牢地神マデモ、孝養ノ者ヲバ愍《あはれみたま》給フナル物ヲ。冥顕ノ三宝憐《あはれみ》ヲ垂テ、馬ニ角生タル異瑞ヲ始皇ニ見セ給ヘ」ト、明暮《あけくれ》不レ懈《おこた》ラ、血ノ涙ヲ流シテ祈誓シケル験ニヤ、角生タル馬、始皇ノ南庭ニ出現セリ。綸言如レ汗ノナレバ、烏頭馬角ノ変ニ驚テ、「燕丹ハ天道ノ加護アル者ナリ」トテ、即《すなはち》本国へ返シ遣ス。始皇猶不レ安《やすからず》思テ、太子本国へ帰ル道ニ、先《ま》ヅ官使ヲ遣シテ、楚橋《ソケウ》ト云橋ニテ燕丹ヲ河ニ落シ入ル、様ニ構テケリ。燕丹ハカ、ル支度アリトモ不レ知シテ、故郷ニ帰ルウレシサニ、何心モ無ク渡ケルニ、即河ニ落入ヌ。サレドモ天道加護シ給ケル[4]ニヤ、平地ヲ歩ムガ如クニテアガリニケリ。「不思議ノ事哉」ト思テ、水ヲ顧レバ、亀共多《おほく》集テ、甲ヲ並ベテ燕丹ヲゾトホシケル。

サテ本国へ帰タリケレバ、父母、親類、皆来《きたり》集テ、悦アヘリ。燕丹、始皇

1 嘲アサムク（色葉字類抄）、長門本「あさむきて」、盛衰記「欺」、覚一本「あざわらつて」
2 期トキ（類聚名義抄）
3 「天」、「帝」と書き、すりけして「天」と上書き。
4 「ルニヤ平地ヲ歩」、「レハ橋ノ下ニ」と書き、すりけして「ルニヤ平地ヲ歩」と上書き。

ニ囚ハレテ悲《かなしかり》ツル事ヲ語テ、互ニ泪《なみだ》ヲ流ケリ。「始皇イキドホリ深シテ、如何ニモ免サレガタカリシヲ、シカ〴〵ノ事共有テ被レ免《ゆるされ》タリ」ト語ケレバ、母悦テ、「サテハ不思議ナル事ゴサムナレ。何《いか》ニシテカ頭《かしら》白キ烏ヲ憐ムベキ」ト思ケレバ、セメテノ事ニヤ、黒烏共ニ物ヲ報ズルニ、後ニハ頭白キ烏、度々来リケルトカヤ。是ハ父母ノ子ヲ思フ志ノ深ク切ナルガ故也。[1]

燕丹、数个年之間、始皇ニ被二誡置《いましめおかれ》一タリシ事ヲ不レ安思《やすからず》テ、「何《いか》ニモシテ始皇帝ヲ滅《ほろぼさ》ン」トゾ謀《ハカリ》ケル。此《この》事イカヾシテ聞《きこえ》ケム、始皇怒テ又燕丹ヲ滅《ほろぼさ》ムトス。即《すなはち》燕国へ兵ヲ向《むく》ベキ由聞《きこえ》ケレバ、燕国ノ人恐怖《おそれおち》テ、悲歎事無レ限《かなしみなげくことかぎりなし》。

太子此事ヲ歎テ、夜昼《ひ》ル謀《ハカリコト》ヲ廻ス。

其比《そのころ》樊於期《ハンエキ》ト云ケル者ハ、秦王ノ為ニ罪セラレテ、燕国ニ逃籠テ居タリケルヲ、太子愍《あはれみ》テ宮近ク置タリ。鞠《キク》武ト云ケル者是ヲ聞テ、太子ヲ諫テ云《いはく》、「吾国ハ自レ元《もとより》与二秦国一敵ト成ル国也。況ヤ樊於期ヲ夷ノ国へ遣テ、西ハ晋国ト一ニ成リ、南ハ斉、楚ノ国ニモ相親《したしみ》テ、勢ヲ儲テ後、思立給へ」ト申ケレ

バ、太子答《こたへていはく》云、「樊於期、秦王ノ難ニ逢テ身ヲ吾ニ任タリ。無レ頼《タノモシゲ》ク追捨《おひすてむ》事、
無レ情。サラヌ事ヲハカラヘ」ト云ケレバ、鞠武又申《まうしていはく》云、「楚国ニ田光先生
ト云テ、謀賢ク、武ク勇メル兵アリ。仰合テ聞給ヘ[2]」ト云ケレバ、太子田光ヲ
招ク。先生太子ノ許ヘ行《ゆき》ケルニ、太子庭ニ下向《おりむかひ》、田光ヲ内ニ入テ密《ひそ》カニ始皇ヲ
滅スベキ由ヲ議スルニ、田光申云、「麒麟ト云馬ハ若ク盛ナル時ハ、一日ニ千
里ヲカケレドモ、年老衰《おいおとろ》ヘヌレバ、駑馬《どば》[3]モ是ヨリ先ニ立ツ。君ハ我《わが》盛ナリシ
時ヲ聞給テ、カクハ宣フナリ。荊軻[4]トイミジク賢キ兵ナレ。彼ヲ召テ宣合《のたまひあはせ》
ヨ」ト云ケレバ、太子、「サラバ、彼《か》ノ荊軻ヲ語《かたらひ》テ得サセヨ」ト有ケレバ、
即《すなはち》領掌シテ田光座ヲ起《たち》ケルニ、太子門マデ送テ、「此事、国ノ大事也。
努〳〵《ゆめゆめ》モラス事ナカレ」ト云。田光是《これ》ヲ聞テ、即《すなはち》荊軻ガ許ニ行《ゆき》、太子ノ詞ヲ
云伝ケレバ、荊軻、イカニモ太子ノ命ニ可レ随之由ヲ答フ。其時田光ガ云《いはく》、
「我聞《われきく》、賢人ノ世ニ仕ル習ヒ、人ニ疑ハル丶ニ過タル恥ハ無シ。而《しかる》ニ太子、
我ヲ疑テ、『勿二漏事一《もらすことなかれ》』ト宣ツ。此《この》事世ニ披露スル物ナラバ、我《わ》レ疑ハレナム

1 「リケ」、「レリ」と書き、すりけして「リケ」と上書き。
2 「給」、「候へ」に「給」と重ね書き。
3 「駑」、右に「ヌ」とルビを付し、すりけしてある。
4 「ト」、底本のまま。誤写か。

ズ」トテ、門ナル李《スモヽ》ノ木ニ頭《かし》ラヲツキ摧《クダキ》テ失ニケリ。

サテ荊軻、太子ノ許ヘ行向フ。太子席ヲ去テ跪《ひざまづき》テ荊軻ニ語テ云、「今汝ガ来事《きたること》、天、我ヲ憐《あはれむ》ナリ。秦王貪欲ノ心深シテ、天下ノ地ヲ皆我《わが》地ニセムトシ、海内ノ諸侯《コウ》、王ヲ悉《ことごと》ク随《したがへ》ムト思ヘリ。隣国、サナラヌ国ヲモ皆打随ヘヌ。又此国ヲ責ム事只今也。秦国ノ大将軍、当時外国ヘ向ヘル折節《をりふし》也。カ、ル隙ヲ謀テ、始皇ヲ襲《ネラ》ハム事難《かた》カラジ。願《ねがはく》ハ可レ計《はからふべし》」ト云ケレバ、荊軻、太子ノ敬フ姿ニ蕩《うごかされ》テ云ケルハ、「今度太子ノ免《ゆるさ》レ給ヘル事、全ク始皇ノ恩免ニ非ズ。是併《しかしながら》神明ノ御助也。サレバ秦国ヲ敗《やぶり》テ、始皇ヲ滅ム事敢テ安シ」ト答《こた》フ。太子弥《いよいよ》荊軻ヲ貴テ、燕国ノ大臣ニ成《なし》テ、日々ニモテナシカシヅク。車馬、財宝、美女ニ至マデ、荊軻ガ心ニ任タリ。

猿程《さるほど》ニ秦国ノ将軍、諸ノ国ヲ敗テ、燕国ノ境マデ近付ニケレバ、太子恐惶《おそれヲノヽ》、キテ、荊軻ヲ勧テ云《いはく》、「秦《シン》ノ兵易《イ》水ヲ渡ナバ、汝ヲ憑《たのみ》テモ詮有マジ。何《いか》ガスベキ」ト有ケレバ、荊軻答《こたへて》云、「我聞《われきく》、焚於期ガ首ヲ得サセタラム者ニハ、一万家ノ里、千斤金《せんきんのこがね》ヲ可レ与フト、秦皇四海ニ宣旨ヲ降《くだし》給ヘリ。樊於期ガ首ト燕国ノ差図《さしづ》トヲダニモ始皇ニ献《たてまつ》ル物ナラバ、始皇悦テ必ズ吾ニ打解《うちとけ》ナムズ。其時謀リナン」ト云ケレバ、又太子云、「樊於期、秦国ヲ逃テ身ヲ我ニ任タリ。誅《うた》ム事無レ情。サナラヌ謀ヲ廻ラセ」ト有ケレバ、荊軻、太子ノカハユク思ヘル気色《けしき》ヲ見テ、即《すなはち》密カニ樊於期ニ逢テ云、「秦王汝ヲ罪シ給ヘル事、何《いづれ》ノ世ニカ可レ忘ル。父母、親類、皆為ニ秦王一被レ殺タリ。汝ガ首ヲ一万家ノ里、千斤金[2]ニ募《ツノ》リ給ヘリ。何《いか》ガスベキ」ト云ケレバ、樊於期、天ニ仰ギ大息ヲツキ、泪《なみだ》ヲ流シテ、「我常ニ此事ヲ思《おもふ》ニ、骨髄ニ融《トヲツ》テ難[3]レ堪ヘケレドモ、云合スベキ方無シ」ト答ヘケレバ、荊軻又云、「只一言ニテ燕国ノ愁ヲモ慰《ヤスメ》[4]、汝ガ歎ヲモ酬ン事、何《いか》ニ」トタメラヒケレバ、樊於期大《おほき》ニ悦事無レ限リ。其時《そのとき》荊軻又云、「願《ねがはく》ハ、汝ガ首ヲ借セ。秦王ニ献ン時、皇帝定テ悦テ我ニ打解給ハム時、左手ニテハ袖ヲ引《ひか》ヘ、右手ニテ秦王ノ胸ヲサヽム事、最《いと》安シ。然《しかれ》バ君ガ讎《あた》ヲモムクヒ、又燕国ノ愁ヲモ可レ止ム」ト云ケレバ、樊於期《ハンヱキ》ヲ[5]肱《ヒヂ》ヲカヾメテ、「是

1 「蕩」の右にルビ「タウ」を付す。削除した。蕩ウコカス（龍谷大学本『倭玉篇』）
2 「金」、「里」と書きかけ、すりけして「金」と上書き。
3 「難」、右下に「シ」と送りがなを付し、すりけし。
4 慰ヤスム（色葉字類抄）
5 「ヲ」、底本のまま。誤写か。

コソ日来《ひごろ》ノ願ノ満タルナレ。誠ニ秦王ダニモ可レ奉レ討ナラバ、雪ノ頭《かうべ》ヲ奉ラム事、微塵《ミヂン》ヨリ猶可レ軽《かろかるべし》。カク宣フ志ノ程コソ、生々世々ニモ難二報尽《ほうじつくしがた》一ケレ」トテ、ヤガテ自《みづか》ラ剣ヲ抜テ、頸ヲ切テ荊軻ニ与フ。太子是ヲ聞テ、馳来テ泣悲《なきかなしみ》ケレドモ不二力及一。

此上ハ即時ニ可二思立一トテ、始皇ヲ可レ討謀《はかりこと》ヲ廻ラス。焚於期ガ頭《かう》ベヲ箱ニ入テ封ジ籠タリ。太子ヲ免シタル悦ニ、燕国ノ差図、国々ノ券契ヲ相具《あひぐ》シテ、始皇帝ニ奉ル解文《げぶみ》、其《その》上葱嶺《そうれい》ノ像《カタチ》ヲ金《こがね》ニテ鋳テ、差図ノ箱ニ入《いれ》具シテ、函《ハコ》ノ底ニハ苾首ノ剣トテ一尺八寸ナル剣ノ、千両ノ金ニテ造タルヲ隠入テ、荊軻ヲ出シ立ツ。

又、燕国ニ秦武陽ト云武《たけきつはもの》兵アリ。是モ元ハ秦国ノ兵ニテ有シガ、十三ニテ多《おほく》ノ人ヲ殺シテ燕国ニ籠タリケリ。怒レル時ハ七尺ノ男モ殺死[1]シ、咲《ゑみ》[2]テ向ヘバ三歳ノ嬰児《エイ》モ抱《イダ》カレケリ。是ヲ荊軻ニ相副《あひそへ》テ被レ遣[3]ケリ。

荊軻既ニ秦国ニ趣クニ、太子并《ならびに》賓客ノ心ヲ知ル者、衣冠正クシテ送ケリ。易水ト云所ニテ、余波《なごり》ヲ惜ミ酒ヲ飲ケルニ、高漸《ゼン》離ト云者、筑《ホトギ》[4]ヲ撃ツ。荊軻歌《うたを》作《つくりて》云、「[5]風蕭々兮易水寒《カン》、壮士一去不ニ復還ー」ト歌フ。是《これ》不吉ノ詞也。宮《きう》、商《しやう》、角《かく》、徴《チ》、羽《ウ》ノ五音[6]ノ中ニハ、徴ノ音ヲゾ調《しらべ》タリケル。其時、人皆涙ヲ流テ哭《コク》シアヘリ。又羽ノ音ニ遷ル時、人皆目ヲ怒ラカシ、頭ノ髪空サマヘ挙《あが》リニケリ。

サテ荊軻、車ニ乗テ余波ヲ惜テ別去ヌ。遂ニ後《うし》ロヲ不レ顧ミ。サレドモ蒼天免《ゆる》シ給ハネバ、ナジカハ本意ヲ達スベキ。此《この》時白虹天ニ立渡テ、日輪ノ中ヲ貫《ツラヌ》キハテザリケリ。太子是ヲ見テ、「我《わが》本意難レ遂《とげがたし》」トゾ被レ思ケル。荊軻是ヲ勘《かんがふ》ルニ、「始皇ハ火姓、太子ハ金性也。夏ハ金ハ相シテ火ニ王セリ。日輪ハ火也。白虹ハ金ナレバ、火剋金ト相剋セル象《かた》[7]チナリ。始皇ハ一天ノ主ナレバ日輪ナルベシ。太子ハ小国ノ王ナレバ白虹ナルベシ。随テ又、日輪ノ中ヲ貫《つらぬき》ハテヌコソ怪ケレ。如何《いか》ガ可レ有《あるべ》カルラム」ト思ケレドモ、サレバトテ空《むなしく》帰ベキ道ナラネバ、荊軻秦国ニ至リヌ。

1 「殺死」、長門本・覚一本「絶入」
2 咲ヱム（色葉字類抄）
3 「被」、「可」をすりけして、「被」と上書き。
4 筑チク（色葉字類抄）、缶ホトキ（類聚名義抄）
5 以下の漢文表記を書き下す。「風蕭々として易水寒たり、壮士一たび去りて復《また》還らず」
6 「ノ」、「ヲ」をすりけして、「ノ」と上書き。
7 「象」、「也」と書き、すりけして「象」と上書き。

千両ノ金、色々ノ財ヲ以テ、秦皇ノ寵臣蒙嘉《ムカ》ト云者ニ略《マイナイ》[1]テ、秦皇ニ申云《まうしていはく》、「燕国誠ニ大王ノ威ニ怖テ、敢テ君ヲ背キ奉ル事無シ。願《ねがはく》ハ諸侯、王ノ列ニ入テ、ミツギ物ヲ備ヘ、王命ヲ不レ可レ背トテ、焚於期ガ首ヲ切テ、燕国ノ券契ヲ献《たてまつり》給ヘリ。願ハ、大王叡覧ヲ経給ヘ」ト申タリケレバ、秦皇大ニ悦テ、節会ノ儀式ヲ、始皇ノ内裏感陽宮[2]ニ調《ととのへ》テ、燕ノ使ニ見《みえ》給フ。秦国ノ官軍等四方ノ陣ヲ固タリ。皇居ノアリサマ心モ詞モ及バレズ[3]。都ノ周《マハリ》一万八千三百八十里ニツモレリ。内裏ヲバ地ヨリ三里タカクツキ上テ、其上ニ立《たて》タリ。長生殿、不老門アリ。金《こがね》ヲ以テ日ヲ作リ、銀《しろかね》ヲ以テ月ヲ造レリ。真珠ノ砂《イサゴ》、瑠璃ノ砂、金ノ砂ヲ敷満テリ。四方ニハ高サ四十里ニ鉄《くろがね》ノ築地ヲツキ、殿《でん》[4]ノ上ニモ同ク鉄ノ網ヲゾ張タリケル。是ハ冥途ノ使ヲ入レジトナリ。秋ハタノムノ鴈ノ、春[5]ハ越路《こしぢ》ニ帰ルモ、飛行自在《ひぎやうじざい》ノ障《さは》リ有トテ、築地ニハ鴈門トテ鉄ノ門ヲ開ケテゾ通シケル。其ノ中《な》カニ阿房殿[6]トテ、始皇ノツネハ行幸成テ、政道行ハセ給フ殿アリ。高サハ三十六丈、東西ハ九丁、南北ヘ九丁[7]、大床ノ下《し》タハ五丈ノ幢《ハタホ》コヲ

1　略マイナフ（色葉字類抄）
2　「感陽宮」、底本のまま。正しくは「咸陽宮」。
3　「サマ……鉄ノ築」、「サマ」より改頁し、以下、底本五行分は紙を貼って記されている。その下には、次の五行が記されている。
サマ心モ詞モ不被及ニ外廓ニハ鉄ノ築地ヲ高サ卅丈／ニ築タリ秋ノ憑ムノ鴈ハ来レトモ春ハ越地ニ帰ル習ヒ／アリ飛行自在ノ障アレハ旅鴈ヲトホサムカ為

立タルガ猶及バヌ程ナリ。上ハ瑠璃ノ瓦ヲ以テ葺キ、下《し》タハ金銀ヲ瑩《みがき》ケリ。荊軻ハ燕ノサシ図ヲ持チ、秦武陽ハ焚於期ガ首ヲ持テ、玉ノキザハシヲノボリケルニ、余リニ内裏ノヲビタヽシキヲ見テ、秦武陽ワナ〳〵ト振ヒケレバ、臣家是ヲ怪《あやしみ》テ、「武陽謀叛ノ心アリ。刑人[8]ヲバ不レ置カ二君ノ側ラニ一[9]。君子ハ不レ近ヅカ二刑人ニ一。近ニ刑人ニ一、則チ軽ンズル死ヲ道也」ト云ヘリ。荊軻帰テ、「武陽全ク謀叛ノ心無シ。翫[10]ニ其磧礫《セキレキ》ヲ一、不レ窺ニ玉淵ヲ一者ノハ、曷《ナンゾ》知ランニ驪龍《リレウ》ノ之所ロヲ一蟠《ワダカマレル》、習テニ其弊邑《ヘイユウ》ニ一[11]、不レ視ニ上邦ヲ一者ノハ、未ダレ知ラニ英雄《エイユウ》之所ヲレ宿ル」ト云ケレバ、官軍皆静マリニケリ。

サテ堂上ニ到テ、焚於期ガ頭ヲ献《たてまつら》ムトスルニ、官使出向テ請取《うけとり》テ、叡覧有ベキ由仰《おほせ》ケレバ、荊軻申ケルハ、「日来《ひごろ》震襟不レ安《やすからず》被ニ思召一程ノ朝敵[12]ノ首ヲ切テ参リタラムニ、争《いかで》カ人伝《ひとづて》ニ可レ献ル。燕国小国ナリト云ヘドモ、荊軻、武陽、共ニ彼国《かのくに》第一ノ臣下ナリ。直《ぢき》ニ献ラム事、何ノ恐カ可レ有ト」奏シタリケレバ、「実《まこと》ニ日来ノ宿意深カリツル朝敵ナリ。荊軻ガ所レ申、其謂《そのいは》レアリ」ト思

ニ隯／門ト云ヘル穴ヲソ一ッ開ケタリケル其内ニ阿房殿ヲ建／東西ヘ九町南北ヘ五町高サ卅六丈也大床ノ下ニハ

4 「殿」に声点①

5 「ハ」、「ノ」に「ハ」と重ね書き。

6 「房」に声点④

7 「ヘ」、「ハ」に「ヘ」と重ね書き。

8 以下の漢文表記を書き下す。
刑人をば君の側《かたは》らに置かず。君子は刑人に近づかず。刑人に近づくは、則《すなは》ち死を軽んずる道なり。(『礼記』曲礼篇、『公羊伝』襄公二十九年)

9 「ス」、「シ」に「ス」と重ね書き。

10 「翫其」、「燕賤キ」と書き、すりけして、「翫其」と上書き。以下の漢文表記を書き下す。
其《その》磧礫を翫んで、玉淵を窺はざる者は、曷《なん》ぞ驪龍の蟠まれる所を知らむ。其弊邑に習ひて、上邦を視《み》ざる者は、未だ英雄の宿る所を知らず。(『和漢朗詠集』巻下・雑・述懐・七五二、『文選』)

11 「ニ」、「ヲ」と書き、すりけして「ニ」と上書き。

12 「ノ」、「ヲ」と書き、すりけして「ノ」と上書き。

召テ、始皇自ラ可ニ請取給一礼儀ニテ、荊軻ニ近《ちかづ》キ給フ。兼テ、樊於期死テ会稽ノ恥ヲ雪《きよ》メムト謀リシ詞《こと》バ少シモ不レ違ハ。

サテ荊軻、頭ヲ地ニ着ケテ、樊於期ガ首ヲ奉ル。始皇是ヲ見給テ、深ク感ジ給ケリ。其《その》後、又差図、券契入タル函《ハコ》ヲ開《ひらく》ニ、秋ノ霜、冬ノ氷ノ如ナル剣ノ光リ、函ノ底ニカ、ヤキテ見エケレバ、始皇大ニ驚テ、早ク飛去ントシ給フ処ニ、左[1]手ニテ御衣ノ袖ヲ引《ひか》ヘ、右手ニテ彼《かの》剣ヲ取テ始皇ノ御首ニ指《さし》アテ、「実ニハ燕太子、此五六年之間、被ニ誡置《いましめおかれ》一タリツル恨《うらみ》深シ。其《その》宿意ヲ顕《あらはさ》ンガ為ニ、カクハ謀リツル也」トテ、既ニ剣ヲ振ントシケレバ、始皇涙ヲ流シテ宣ク、「我《われ》一天ノ主《あるじ》トシテ武王ノ中ノ大武王ナリ。昔モ今モ朕ニ肩ヲ並ル帝王無シ。サレドモ運命限リアレバ不ニ力及一バ。但《ただし》、臨終ノ障《さはり》ニナル妄念アリ。我《われ》九重ノ中ニ千人ノ夫人ヲモテリ。其中ニ琴ヲイミジク弾《ヒ》ク夫人アリ。花陽夫人ト名《なづ》ク。今一度其曲調ヲ聞テ死セムト思フ。其間許シテムヤ」ト宣ケレバ、荊軻思ケルハ、「我小国ノ臣下トシテ、大王ノ宣命ヲ直《ぢき》ニ蒙ル事難レシ有。カクトラヘ奉リヌル上ハ何事カハ有ベキ」ト思テ、少シサシユルシ奉ッル。始皇悦《よろこび》給テ、南殿ニ七尺ノ屏風《へいふう》ヲ立《たて》、其内ニ夫人臨幸有テ琴ヲ調ベ給フ。大方《おほかた》、此《この》后ノヒキ給ヘル琴ノ音ニハ、空飛《とぶ》鳥モ地ニ堕チ、武キ武士《モノヽフ》モ怒レル心平《たひら》ギケリ。況ヤ今ヲ限リノ叡聞ニ備ヘ[2]給フ事ナレバ、泣々様々ノ秘曲ヲ奏シ給ケム、サコソハ面白カリケメ。荊軻耳ヲソバタテ、頭《かう》ベヲ低《た》レテ、殆《ほとんど》日来《ひごろ》ノ害心モタユミツヽ、緩々《くわんくわん》トシテ聞居タリケレバ、后此《この》気色ヲヒソカニ見給テケレバ、曲調ヲ替ヘテ、「七尺ノ屏風ハ踊ラバ可レ超、羅縠《ラコク》ノ袖ハ引カバ可《シ》レ断《タヘ》ヌ」ト云《いふ》曲ヲ度々《たびたび》引給ケリ。荊軻、武陽諸共ニ管絃ノ道ウトカリケレバ、露《つゆ》此曲ヲ不二聞知一。秦皇ハ五音《ごいん》ニ通ジ給ヘリケレバ、是ヲ聞知給テ、「恥カシ〳〵。夫人ノ身ナレドモ武《たけ》キ心アリ。我大王ノ身ニシテ敵ニ引《ひか》ヘラレテ、遁レヌ事コソ心憂ケレ」ト思給テ、強盛《がうじやう》[3]ノ心忽《たちまち》ニ起《おこり》テ、七尺ノ屏風ヲ後《うしろ》サマニ飛越給フ。荊軻ハ始皇ノ逃給フニ驚テ、剣ヲ投懸[4]タリケレバ、皇帝銅《あかがね》ノ柱ノ三人シテ懐《いだ》ク程ナル、ソノ影ヘ逃給フ。帝ニハアタラズシテ、銅ノ柱半《なか》ラ計切《ばかりきれ》ニケリ。秦国ノ習、

1 「左手ニテ」、底本「処ニ○御衣」とし、補入の印の右に「左手ニテ」と補書。
2 「ヘ給」、「事」と書きかけ、すりけして、「ヘ給」と上書き。
3 強盛ガウジヤウ（色葉字類抄）
4 「投懸」、「追様」と書き、すりけして、「投懸」と上書き。長門本「つるきをゝいさまになけかけれは」、覚一本「つるぎをなげかけたてまつる」

兵具帯シタル者《も》ノ殿上ニ昇ラヌ法ナレバ、数万ノ官軍庭上ニ有ケレドモ、救ハムトスルニ甲斐無シ。只君ノ逆《ギャク》臣ニ犯サレ給ハム事ヲゾ悲ミケル。其時《その》、夏無思ト云《いふ》医師ノ、侍医ト云《いふ》官ニテ折節《をりふし》御前ニ有ケルガ、薬袋ヲ玉体《ぎょくたいに》投懸《なげかけ》タリ。皇帝立帰テ、我《わが》玉冠ニサシ給ヘル宝剣ヲ抜テ、荊軻、武陽二人ガ口ヲ八《やつ》ザキニサキテ、庭上ニ引下《ひきおろし》テ誅セラレケリ。ヤガテ燕国ヘ官軍ヲ差遣シテ、燕丹ヲ討《うち》、国ヲ亡《ほろぼし》テケリ。

又、高漸《ゼン》離ハ荊軻ト昔《むかし》親友タリシ事ヲハヾカリテ、姿ヲヤツシ、姓名ヲカヘテ有ケレドモ、シナラヒタル事ノ捨ガタクテ、筑ヲウチケリ。筑[1]ト琴ノ様ナル楽器也。撥《バチ》ニテ其ノ上ヲウツナリ。始皇、筑ヲヨクウツ者アリト聞給テ、被レ召《サ》テツネニ筑ヲウタセテキ、給フニ、高漸離ヲ見知タル人有テ、「高漸離也」ト申タリケレバ、能ノイミジサニ、殺スニ不レ及《バ》、目ヲツブシテ、猶《なほ》筑ヲウタセテ近ヅケ給ケレバ、漸離不レ安《やすからず》思テ、剣ヲ以テ始皇ノヲハスル所ヲハカラヒテウチタリケリ。始皇ナジカハウタレ給ベキ。還《カエッ》テ漸離ヲ殺サレニキ。

此事《このこと》史記ニ見《みえ》タリ。論語[2]ト申《まうす》文ニ、「始皇ノヒザヲ打タリ。其所カサニ成テ、始皇死シ給ヘリ」ト云ヘリ。

昔ノ恩ヲ忘レテ、朝威ヲ軽《かろん》ズル者《も》ノ、忽《たちまち》ニ天ノ責ヲ蒙リヌ。サレバ、「頼朝旧恩ヲ忘レテ、宿望ヲ達セム事、神明ユルシ給ハジ」ト、旧例ヲ考《カンガ》ヘテ、敢テ驚ク事無リケリ。

1 「筑ト」、「筑トハ」とあるべきか。盛衰記「筑トハ琴ノ様ナル楽器也」

2 「論語」、「論衡」か。

卅七　大政入道院ノ御所ニ参給事

四日戌[1]時バカリ、大政入道、輿ニ乗テ院御所ヘ参テ被レ申ケルハ、「源為義、義朝ハ法皇ノ御敵ニテ候シヲ、入道ガ謀《はかりこと》ニテ、彼等二人ヨリ始テ多《おほく》ノ伴類ヲ皆入道ガ手ニ懸テ首ヲ刎《はね》候キ。頼朝ト申候奴《ヤツ》ハ、江州ヨリ尋出シテ候シヲ、入道ガ継母、池尼ト申候シ者、彼《かの》頼朝ヲ見候テ、余リニ無慚ガリ候テ、『此冠《このくわん》者《じゃ》、我ニ預ケヨ。敵ヲ生《いけ》テ見ヨトコソ申セ』ト、タリフシ申候シカバ、『実《まこと》ニ源氏ノ胤ヲ、サノミ可レ断ニモ非ズ。其上、入道《にふだうの》私ノ敵ニモ非ズ。只君ノ

1 「戌」、底本「戊」。改めた。

仰《おほせ》ヲ重クスル故ニコソアレ』ト存候テ、流罪ニ申宥《まうしなだめ》テ伊豆国へ流遣《ながしつかはし》候ヌ。其時十三ト承候キ。カネ付《つけ》タル小冠者ノ、生直垂《すずしのひたたれ》、小袴着テ候シニ、入道、事ノ子細尋候シカバ、イカヾ候ケム、『其《その》事ノ起リ、ツヤ〱不レ知』ト申候之間、『実《げ》ニモ拙《つたな》キ者ニテ候ヘバ、ヨモ知候ハジ』ト、青道心ヲ成シ候テ。今ハ、『哀《あはれ》ハ胸ヲ焼《やく》』ト申例《まうすたと》ヘノ様ニ、定テ被二聞召一テモ候ラム。彼《かの》頼朝ガ伊豆国ニテ、ハカリナキ悪事共ヲ此《この》八月ニ仕テ候之由承《うけたまはり》候。追討ノ院宣ヲ可レ被レ下」之由ヲ被レ申ケレバ、「何事カハ有ベキ。法皇ニコソ申サメ」ト仰《おほせ》アリケレバ、入道又被レ申ケルハ、「主上ハ未ダ少《をさな》ク渡《わたら》セ御ス。正《まさし》キ御親ニ渡セ給《たまふ》ニ、指越《さしこえ》奉テ、法皇ニハナニトカ事候ベキ。惣《そうじ》テ源氏ヲ被二引思食《ひきおぼしめされ》一テ、入道ヲ悪《にく》マセ給ト覚候」ト、クネリ申サレケレバ、新院少シ咲《わら》ハセ御坐テ、「事新ク、誰ヲ憑《たのみ》テ有ニカ。宣下之条安シ。速《スミヤカ》ニ大将軍ヲ注申《しるしまう》セ。誰ニ可二仰付一ゾ」ト御定アリケレ[1]バ、「惟盛、忠度、知盛等ニ可レ被二仰付一」トゾ申ケル。

1　「レ」、底本になし。補った。

卅八　兵衛佐伊豆山ニ籠ル事

前兵衛佐頼朝ハ、去《さんぬる》永暦元年、義朝ガ縁坐ニ依テ、伊豆国ヘ被㆓流罪㆒タリケルガ、武蔵、相模、伊豆、駿河ノ武士共、多《おほく》ハ頼朝ガ父祖重恩ノ輩也。其《その》好《よし》ミ忽《たちまち》ニ可㆑忘ナラネバ、当時平家ノ恩顧ノ[1]者ノ外、頼朝ニ心ヲカヨハシテ、軍《いくさ》ヲ発《おこ》サバ命ヲ可㆑棄[2]之由シメス者、其《その》数有ケレバ、頼朝モ又心ニ深ク思キザス事有テ、世ノアリサマヲ伺ヒテゾ年月ヲ送ケル。

伊豆国住人、伊東入道助親法師ハ重代ノ家人ナリケレドモ、平家重恩ノ者ニテ、当国ニハ其勢《いきほ》ヒ人ニ勝《すぐ》レタリ。娘四人アリ。一人ハ相模国ノ住人、三浦介義明ガ男、義連ニ相具《あひぐし》タリ。一人ハ同国住人、土肥次郎実平ガ男、遠平ニ相具セリ。第三ノ女《むすめ》、未ダ男モ無リケレバ、兵衛佐忍ツヽ、通《かよひ》ケル程ニ、男子一人出来《いでき》ニケリ。兵衛佐殊ニ悦テ最愛ス。名ヲバ千鶴トゾ申ケル。三歳ト申ケル年ノ春、少者《をさなき》共数《あま》タ引具シテ、乳母ニ抱カレテ、前栽ノ花ヲ折テ遊ケルヲ、

1 「恩顧ノ」、底本「平家ノ○者ノ」とし、補入の印の右に「恩顧ノ」と補書。

2 「棄」、底本「奇」。異体字の「弃」として用いているか。盛衰記「命ヲ捨ベキ由」

助親法師大番《おほばん》ハテ、国ニ下《くだり》ケル折節《をりふし》、此《これ》ヲ見付テ、「此少キ者《このをさな》ハ誰人ゾ」ト尋ケレドモ、乳母答ル事無シテ逃去ニケリ。軈《やがて》内へ入テ妻女ニ問ケレバ、答ケルハ、「京上《きやうのぼり》シ給タル隙ニ、イツキムスメノ止事無《やむごとな》キ殿シテ儲給タル少キ人ナリ」ト云ケレバ、助親法師怒リテ、「誰人ゾ」ト責問ケレバ、カクシハツベキ事ニモ非《あらざ》リケレバ、「兵衛佐ナリ」トゾ申ケル。助親申ケルハ、「商人、修行者ナドヲ男ニシタラムハ、中〳〵イカヾハスベキ。『源氏ノ流人、聟ニ取タリ』ト聞エテ、平家ノ御咎メアラム時ハ、イカヾハスベキ」トテ、雑色《ざふしき》三人、郎等二人ニ仰付テ、「彼少《かの》キ子ヲ呼出テ、伊豆ノ松河ノ奥、シラ瀧ノ底ニフシヅケニセヨ」ト云ケレバ、少キ心ニモ事ガラケウトクヤ覚《おぼえ》ケム、泣モダヘテ逃去ントシケルヲ、取留テ、郎等ニ与ヘケルコソウタテケレ。ミメ、事ガラ清ラカニテ、サスガナメテノ者《も》ノニマガフベクモミエザリケレバ、雑色、郎等共、イカニトシテ殺スベシトモ覚エズ悲カリケレドモ、ツヨクイナマバ、「思フ所有カ」トテ、中〳〵悪《あし》カリナムズレバ、泣々抱取テ、彼所《かの》ニテフシヅケニシケルコソ悲シケレ。女《むすめ》ヲバ呼取テ、当国ノ住人、エマノ小次郎ヲゾ聟ニ取ケル。兵衛佐此《この》事共ヲ聞ツヽ、イカレル心モ武《たけ》ク、歎ク心モ深シテ、助親法師ヲ討《うた》ムト思フ心、千度百度有ケレドモ、「大事ヲ心ニカケナガラ、其ノ事ヲ不レ遂シテ、今、私ノ怨《あた》[1]ヲ報ハムトテ、身ヲ亡シ命ヲ失ハム事愚カ也。有二大怨一[2]忘二小怨一」ト、思《おもひ》ナダメテ過シケルニ、伊東ノ九郎助兼ヒソカニ兵衛佐ニ申ケルハ、「父ノ入道老狂ノ余リ、尾籠ノ事ヲノミ振舞侍ル上、悪行ヲ企《くはたてむ》ト仕ル。心ノ所レ及、制止仕レドモ、思ノ外ノ事モコソ[3]出来侍レ。立忍バセ給ヘ」ト申ケレバ、兵衛佐ハ、「ウレシクモ申タリ。是年来《これとしごろ》ノ芳志ナリ。入道ニ思ヒ懸ラレテハ、イヅクヘカハ遁ルベキ。身ニアヤマツ事無《なけ》レバ、又自害ヲスベキニモ非《あらず》。只命ニ任セテコソハアラメ」トゾ答ラレケル。野三刑部成綱、足立藤九郎盛長ナドニ仰《おほせ》合《あはせ》ケルハ、「頼朝一人遁出《のがれいで》ムト思《おもふ》也。コヽニテ助親法師ニ無レ故《ゆゑなく》命ヲ失ハム事[4]、云甲斐《いふかひ》無ルベシ。汝等カクテアラバ、頼朝ナド[5]人知ベカラズ」トテ、大鹿毛ト云馬ニ乗リ、鬼武ト云舎人バカリヲ具シテ、夜半バカリ

1 怨アタ（色葉字類抄）
2 「有大怨忘小怨」、盛衰記「有大志者忘小怨」
3 「モコソ」、「ヲシ」と書き、すりけして「モコソ」と上書き。
4 「失ハム事」、盛衰記「失レム事」
5 「ナト」、底本のまま。「ナシト」（盛衰記）とあるべきか。

ニゾ出ラレケル。道スガラモ、「南無帰命頂礼八幡大菩薩、義家朝臣ガ由緒ヲ不レ被レ捨《すてられずは》者、征夷《セイ》ノ将軍ニ至テ、朝家ヲ護リ、神祇ヲ崇《あが》メ奉ベシ。其運不ハレ至ラ、坂東八个国ノ押領使ト成《なる》ベシ。其《そ》レ猶《なほ》不レ可レ叶者、伊豆一国ガ主トシテ、助親法師ヲ召取テ、其怨《アタ》ヲ報ヒ侍ラム。何《いかに》モ宿運拙《つたなく》シテ、神恩ニ不レ可レ預ル者、本地弥陀ニテ坐ス、速《すみや》カニ命ヲメシテ、後世ヲ助給ヘ」トゾ祈請申サレケル。

盛綱、盛長ハ兵衛佐ノガレ出給[1]テ後ハ、一筋ニ敵ノ打入ラムズルヲ相待テ、「名ヲ留ル程ノ戦《いくさ》、此《この》時ニ有」ト思ケル程ニ、夜モヤウ〱明ニケレバ、各《おのおの》モ出去ニケリ。

其後、北条四郎時政ヲ相憑《たのみ》テ過給ケルニ、又彼ガ娘ノ有ケルニ、ヒソカニ通ハレケリ。時政京ヨリ下リケルガ、道ニテ此事ヲ聞テ大《おほき》ニ驚テ、同道シタリケル検非違使兼隆ヲゾ聟ニ取ベキ由契約シテケル。国ニ下着《くだりつき》ケレバ、不レ知体《しらぬてい》ニモテナシテ、彼《かの》娘ヲ取テ兼隆ガ許ヘゾ遣シケル。件《くだんの》娘、兵衛佐ニ殊ニ志深カリケレバ、兼隆ガ許ニ行タリケルガ、白地《あからさま》[2]ニ立出ル様ニテ、足ニ任テイヅクヲ差《さす》トモナク逃出テ、終夜《よもすが》ラ伊豆ノ山ヘ尋行テ、兵衛佐ノ許ヘ、「カク」ト告タリケレバ、ヤガテ兵衛佐、伊豆ノ山ヘゾ籠リニケル。此事ヲ時政、兼隆聞ニケレバ、各《おのおの》憤リケレドモ、彼《かの》山ハ大衆多キ所ニテ、武威ニモ恐レザリケレバ、左右無《さうな》ク打入テ奪取《うばひとる》ニモ不レ及シテゾ過行ケル。

相模国住人、懐島ノ平権守景能、此事ヲ聞テ、兵衛佐ノ許ニ馳行テ給仕シケリ。或夜ノ夢ニ藤九郎盛長ミケルハ、兵衛佐、足柄ノ矢倉ノ館[3]ニ尻ヲ懸テ、左ノ足ニテハ外《ソト》ノ浜ヲフミ、右足ニテハ鬼海ガ島ヲフミ、左右ノ脇ヨリ日月出テ光ヲ並ブ。伊法々師、金《こがね》ノ瓶子ヲイダキテ進出《すすみい》ヅ。盛綱、銀《しろかね》ノ折敷《をしき》ニ金《こがね》ノ盃ヲ居《すゑ》テ進ミ寄ル。盛長、銚子ヲ取テ酒ヲウケテ勧[4][5]メレバ、兵衛佐、三度飲《のむ》ト見テ夢覚《さめ》ニケリ。盛長、此夢ノ次第ヲ兵衛佐ニ語ケルニ、景能申ケルハ、「最上《さいじやうの》吉夢也。征夷将軍トシテ天下ヲ治メ給ベシ。日ハ主上、月ハ上皇トコソ伝ヘ承ハレ。今左右ノ御脇ヨリ光ヲ並ベ給《たまふ》ハ、是《こ》レ国主尚将軍ノ勢ニツヽマレ給ベシ。東ハソトノ浜、西ハ鬼海島マデ帰伏シ奉ベシ。酒ハ是《こ》レ一旦ノ酔ヲ勧メテ、

1 「給」、「テ」を書き、すりけして「給」と上書き。
2 白地アカラサマ（色葉字類抄）
3 「館」、右に「本マヽ」と傍書。盛衰記「岳」
4 「テ」、「テ」を書き、すりけして上書き。
5 「勧メレバ」、底本のまま。「勧ムレバ」、或いは「勧メケレバ」か。

終ニ醒メテ本心ニ成ル。近《ちかく》ハ三月、遠ハ三年間ニ、酔ノ御心サメテ、此夢ノ告一《ひとつ》トシテ相違《あひたが》フ事不レ可レ有」トゾ申ケル。

北条四郎時政ハ、上ニハ世間ニ恐テ兼隆ヲ聟ニ取タリケレドモ、兵衛佐ノ心ノ勢ヒヲ見テケレバ、心ノ中ニハ深ク憑《たのみ》テケリ。兵衛佐モ又、時政ヲ賢キ者ニテ謀《はかりこと》アル者ト見テケレバ、「大事ヲ成《なさ》ンズル事、時政ナラデハ其《その》人ナシ」ト思ケレバ、上ニハ恨ムル様ニモテナシケレドモ、実《まこと》ニ相背ク心ハ無リケリ。

平家物語第二中

応永廿七年庚子五月十三日　　　多聞丸

写本事外往復之言、文字之謬多レ之。雖レ然不レ及二添削一大概写レ之了

七十三丁　　　花押

延慶本巻四　年表

凡　例

・本年表は、延慶本巻四における歴史事項をまとめたものである。
・中国と日本の事項を分けて作成した。
・「中国暦」「和暦」「月日」「事項」については、延慶本本文の記述に従って配列した。諸記録との齟齬が確認できる場合であっても修正は加えていない。
・具体的な年月日が記載されていない事項は、前後の文脈を勘案して記載位置を決定した。
・「章段」には、その事項が記されている延慶本巻四の章段番号を記した。
・「備考」には、諸記録から確認できる事項と依拠資料を摘記した。ただし延慶本の記述が諸記録と一致する場合には、依拠資料名のみを記載した。＊は年表作成者が加えた注記である。

西暦	中国暦	月日	事項	章段	備考
			周　成王、三歳で即位。	二	
			晋　穆帝、二歳で即位。	二	
			孟嘗君、秦照王に与えた狐白裘を取り返し、函谷関を通る。	十五	
			燕丹、始皇の捕虜となる（六年間）。	卅六	
			燕丹、帰国。	卅六	燕王喜23（前二三二）（『史記』燕召公世

						家第四）
				燕丹、始皇殺害を謀るが失敗。	卅六	始皇20（前二二七）（『史記』秦始皇帝本紀）
				燕国、亡ぼされる。	卅六	始皇25（前二二二）（『史記』刺客列伝第二十六）
前二〇八	秦始皇帝39	9	13	燕丹等の頭が空中に浮かぶ。	卅三	始皇帝没。始皇37（前二一〇）・7（『史記』秦始皇帝本紀）
				六一日後に始皇帝没。		
				始皇帝、没。	卅六	

西暦	和暦	月	日	事項	章段	備考
	神武辛酉			日向宮崎郡で人王百王の宝祚を継ぐ。	卅	＊日向で立太子（甲申）、橿原宮で即位（辛酉）（『日本書紀』）
	59年己未	10		土蜘蛛退治。	卅五	神武即位前己未・2（『日本書紀』）
	59年己未	10		東征し、豊葦原中津国、橿原宮に坐す。	卅	神武元辛酉・1・1（『日本書紀』）
	綏靖			大和国葛城高岡宮に坐す。	卅	綏靖元（前五八一）・1・8（『日本書紀』）
	安寧			〃　片塩浮穴宮に坐す。	卅	安寧2（前五四七）（『日本書紀』）
	懿徳			〃　軽曲峡宮に坐す。	卅	懿徳2（前五〇九）・1・5（『日本書紀』）
	孝昭			〃　葛木上郡腋上池心宮に坐す。	卅	孝昭元（前四七五）・7（『日本書紀』）
	孝安			〃　室秋津島宮に坐す。	卅	孝安2（前三九一）・10（『日本書紀』）

	孝霊		〃黒田廬戸宮に坐す。	卅	孝安102（前二九一）・12・4『日本書紀』
	孝元		〃軽境原宮に坐す。	卅	孝元4（前二一一）・3・11『日本書紀』
	開化		〃添郡春日率川宮に坐す。	卅	開化元（前一五七）・10・13『日本書紀』
	崇神		〃磯城瑞籬宮に坐す。	卅	崇神3（前九五）・9『日本書紀』
			君の貢物を備える。	卅	任那国、朝貢する。崇神65（前三三）・7『日本書紀』
			諸国に池を作り始める。	卅	崇神62（前三六）・10『日本書紀』
			船を作り始める。	卅	崇神17（前八一）・10『日本書紀』
	垂仁		大和国巻向珠城宮に坐す。	卅	垂仁2（前二八）・10『日本書紀』
			橘等を植える。	卅	垂仁90（六一）・2『日本書紀』
	景行		大和国纏向日代宮に坐す。	卅	景行4（七四）・11・1『日本書紀』
			小碓皇子、三河上武智を討つ。	十一	川上梟帥を討つ。景行27（九七）・12『日本書紀』
			武内宿禰、大臣になる。	卅	成務3（一三三）・1・7『日本書紀』
			民の姓を定める。	卅	景行13（八三）・5『扶桑略記』
一三一	成務元		近江国志賀郡高穴穂宮に坐す（六十年余）。	卅	景行天皇、高穴穂宮に坐す。景行58（一二八）・2・11『日本書紀』
一九三	仲哀2	9	長門国穴戸豊浦宮に坐す（九年間）。	卅	『日本書紀』
			天皇、豊浦で崩ず。	卅	筑紫橿日宮で崩ず。仲哀9（二〇〇）・2『日本書紀』

	神功		異国の師《いくさ》を鎮める。	卌	新羅親征。仲哀9（二〇〇）・10（『日本書紀』）
			皇子（後の応神天皇）、筑前国三笠郡で誕生。	卌	仲哀9（二〇〇）・12・14（『日本書紀』）
			大和国十市郡磐余稚桜宮に坐す（六十九年間）。	卌	神功3（二〇三）・1・3（『日本書紀』）
	応神		大和国高市郡軽島豊明宮に坐す（四十三年間）。	卌	（『古事記』『帝王編年記』『扶桑略記』）＊明宮で崩ず。（『日本書紀』）
			百済王より、絹縫女・物の師・博士を渡す。	卌	絹縫女来日。応神14（二八三）・2（『日本書紀』）弓月人夫来日。応神14（『日本書紀』）阿値岐来日。応神15（二八四）・8・6（『日本書紀』）
			百済王より、経典・吉馬等を献上する。	卌	応神15（二八四）・8・6（『日本書紀』）
			吉野国栖、参り始める。	卌	応神19（二八八）・10・1（『日本書紀』）
三一三	仁徳元		摂津国難波郡高津宮に坐す（八十七年間）。	卌	1月（『日本書紀』）
			氷室始まる。	卌	仁徳62（三七四）（『日本書紀』）
			鷹狩始まる。	卌	仁徳43（三五五）・9（『日本書紀』）
四〇一	履中2		大和国十市郡磐余稚桜宮に坐す（六年間）。	卌	10月（『日本書紀』）
四〇六	反正元		河内国丹比郡柴籬宮に坐す（六年間）。	卌	10月（『日本書紀』）
四五三	允恭42		大和国遠明日香宮に坐す（三年間）。	卌	（『古事記』『帝王編年記』『扶桑略記』）
四五六	安康3		近江国穴穂宮に坐す。	卌	允恭42（四五三）・12（『日本書紀』）

						＊大和国石上穴穂宮（『日本書紀』）
四七七	雄略21			大和国泊瀬朝倉宮に坐す。	卅	安康3（四五六）・11・13（『日本書紀』）
	清寧			大和国磐余甕栗宮に坐す。	卅	清寧元（四八〇）・1・15（『日本書紀』）
	顕宗			大和国近明日八釣宮に坐す。	卅	顕宗元（四八五）・1・1（『日本書紀』）
	仁賢			大和国石上広高宮に坐す。	卅	仁賢元（四八八）・1・1（『日本書紀』）
	武烈			大和国泊瀬列城宮に坐す。	卅	仁賢11（四九八）・12（『日本書紀』）
五一一	継体5			山背国筒城郡に坐す（十二年間）。	卅	10月（『日本書紀』）
				大和国乙訓郡磐余玉穂宮に坐す。	卅	継体20（五二六）・9・13（『日本書紀』）
	安閑			大和国勾金橋宮に坐す。	卅	安閑元（五三四）・1（『日本書紀』）
五三六	宣化元			大和国檜隈廬入野宮に坐す。	卅	1月（『日本書紀』）
	欽明			大和国磯城島宮に坐す。	卅	欽明元（五四〇）・7・14（『日本書紀』）
	敏達			大和国磐余訳語田宮に坐す。	卅	敏達4（五七五）（『日本書紀』）
	用明			大和国池辺列槻宮に坐す。	卅	敏達14（五八五）・9・5（『日本書紀』）
	崇峻			大和国倉橋宮に坐す。	卅	用明2（五八七）・8（『日本書紀』）
				聖徳太子、崇峻天皇の横死を予言。	廿三	崇峻天皇殺害。崇峻5（五九二）・11・3（『日本書紀』）
	推古			大和国額田部小墾田宮に坐す。	卅	推古11（六〇三）・10・4（『日本書紀』）
	舒明			大和国田村高市織物宮に坐す。	卅	＊岡本宮か。舒明2（六三〇）・10・12（『日本書紀』）

	皇極			大和国明日香河原宮に坐す。	卅	『帝王編年記』 ＊板蓋宮か。皇極2（六四三）・4・28『日本書紀』
六四五	孝徳　大化元			摂津国長柄京豊崎宮に坐す。	卅	12・9『日本書紀』
				初めて年号を定める。	卅	6・19『日本書紀』
				八省百官を定める。	卅	大化5（六四九）・2『日本書紀』
				国々の境を改める。	卅	大化2（六四六）・1『日本書紀』
				唐より文書、宝物渡来。	卅	白雉5（六五四）・7『日本書紀』
				丈六の縫仏供養。	卅	白雉2（六五一）・3『日本書紀』
				一切経転読。	卅	白雉2（六五一）・12『日本書紀』
				鼠群れて難波から大和に渡る。	卅	白雉5（六五四）・1『日本書紀』
六五六	斉明2			大和国岡本宮に坐す（九年間）。	卅	『日本書紀』
六六七	天智6			近江国志賀郡大津宮に坐す（五年間）。	卅	3・19『日本書紀』
				諸国の百姓を定め、戸籍を作る。	卅	天智9（六七〇）・2『日本書紀』
				漏刻を作る。	卅	天智10（六七一）・4『日本書紀』
				内大臣鎌足、藤原姓を賜る。	卅	天智8（六六九）・10・15『日本書紀』、10・13『扶桑略記』
				天武天皇（大海人皇子）、吉野山に逃げる。	十二 十五	天智10（六七一）・10・19『日本書紀』
				天武天皇（大海人皇子）、大伴皇子を滅ぼし、即位	十五	大伴皇子自害。天武元（六七二）・7・

				する。		23。即位。天武2（六七三）・2・27（『日本書紀』）
六七二	天武元			大和国明日香岡本南宮に坐し、清水原宮と号す（十五年間）。	卅	冬（『日本書紀』）
	持統			大和国藤原宮に坐す。	卅	持統8（六九四）・12（『日本書紀』）
	文武			大和国藤原宮に坐す。	卅	（『扶桑略記』『帝王編年記』）
七〇九	元明　和銅2			大和国平城宮に遷る。	卅	和銅3（七一〇）・3・10（『続日本紀』）
七一七	元正　養老元			大和国氷高平城宮に遷る。	卅	美濃より還幸。9・28（『続日本紀』）
	聖武			大和国奈良京平城宮に坐す。	卅	（『続日本紀』『扶桑略記』『帝王編年記』）
	孝謙			大和国奈良京平城宮に坐す。	卅	（『続日本紀』『扶桑略記』『帝王編年記』）
	淡路廃帝			大和国奈良京平城宮に坐す。	卅	（『続日本紀』『帝王編年記』）
	称徳			大和国奈良京平城宮に坐す。	卅	（『続日本紀』『帝王編年記』）
	光仁			大和国奈良京平城宮に坐す。	卅	（『続日本紀』『帝王編年記』）
七八四	桓武　延暦3			山城国筒城長岡京に遷都（十年間）。	卅	11・11（『続日本紀』）
七九三	延暦12	1		大納言小黒丸等に葛野郡宇太村を勘申させる。	卅	1・15（『日本紀略』）
七九四	同　13	10	21	平安城に遷都。	卅	10・22（『日本紀略』）
八一〇	嵯峨　大同5			遷都を企て、失敗。	卅	9・6（『日本紀略』）
九六七	康保4	11	11	冷泉院、紫宸殿で即位。	七	10・11（『日本紀略』）
	冷泉院御位時			藤原千晴等、謀議を巡らす。	廿六	

	冷泉院御宇	多田満仲、謀議を密告。	廿六	安和2（九六九）・3・25（『日本紀略』）、3・26か（『扶桑略記』26日条）
		西宮左大臣高明を太宰権帥に左遷し、藤原師尹を左大臣とする。	廿六	安和2（九六九）・3・25（『日本紀略』）、3・26（『扶桑略記』『百錬抄』『公卿補任』）
		師尹没（左大臣就任後、一ヵ月余の後）。	廿六	安和2（九六九）・10・14（『公卿補任』）、10・15（『日本紀略』『扶桑略記』）
		右大臣源兼明、関白の讒言に遭い、親王に戻される。	廿五	貞元2（九七七）・4・21（『百錬抄』『日本紀略』）、4・24（『公卿補任』『扶桑略記』） ＊円融天皇御宇。正しくは「左大臣」
		源兼明親王、亀山に隠居し、『兎裘賦』を作る。	廿五	
		源兼明親王、亀山神の祭文を作る。	廿五	
		源兼明親王、願文を作り、没。	廿五	永延元（九八七）・9・26（『公卿補任』『日本紀略』） ＊一条帝御宇
		登乗、伊周の流罪を予言。	廿三	伊周、太宰権帥となる。長徳2（九九六）・4・24（『日本紀略』『公卿補任』『扶桑略記』『百錬抄』） ＊『古事談』第六・四三八
		小野宮実資、道兼の死と顕信出家を予言。	廿三	道兼没。長徳元（九九五）・5・8（『日

						本紀略』『公卿補任』『百錬抄』)。顕信出家。長和元（一〇一二）・1・16（『御堂関白記』） ＊『大鏡』道兼伝・道長伝
				六条右大臣、白河院の頓死、中宮の死を予言。	廿三	六条右大臣源顕房（一〇三七～九四）。中宮賢子（一〇五七～八四） ＊『古事談』第六・四四三、四四五
				前九年合戦で、源義家、安倍貞任と短連歌をかわす。	廿	衣川の戦。康平5（一〇六二）・9・6（『陸奥話記』『扶桑略記』） ＊『古今著聞集』巻九・三三六
一〇六八	治暦4			後三条院、太政官庁で即位の儀。	七	7・21（『本朝世紀』『扶桑略記』『一代要記』）
一〇七四	承保元	11	12	白河院一宮、敦文親王誕生。	廿六	12・26（『水左記』『扶桑略記』） ＊12・16（盛衰記・延慶本二本十二）
				敦文親王、立太子。	廿六	
一〇七七	承暦元	8	6	敦文親王、没（四歳）。	廿六	9・6（『水左記』）、8・6（『扶桑略記』）
一〇七九	承暦3	7	9	堀河院、誕生。	廿六	（『為房卿記』『一代要記』『扶桑略記』『百錬抄』）
	同年	11	3	堀河院、親王宣旨。	廿六	（『一代要記』『皇代暦』）
一〇八一	永保元	8	15	春宮実仁（十一歳）、元服。	廿六	8・21（『水左記』『為房卿記』『扶桑略記』『百錬抄』）

一〇八五	応徳2	2	8	実仁親王、没（十五歳）。	廿六	＊底本「応保二」 11・8（『為房卿記』『扶桑略記』『百錬抄』『栄花物語』）
一〇八六	応徳3	11	28	堀河院、受禅（八歳）。同日先んじて春宮となる。	廿六	11・26（『後二条師通記』『扶桑略記』『百錬抄』）
一〇八七	寛治元	6	2	輔仁親王、元服。	廿六	（『中右記』『為房卿記』『百錬抄』）
				白河院、退位後に熊野へ御幸	四	寛治4（一〇九〇）・1・22（『中右記』『百錬抄』『扶桑略記』）
一一〇三	康和5	1	16	鳥羽院、誕生。	廿六	（『中右記』『為房卿記』『百錬抄』『殿暦』『一代要記』）
		8	17	鳥羽院、立太子。	廿六	（『殿暦』『中右記目録』『為房卿記』『百錬抄』）
一一一三	永久元	10月頃		落書事件。仁寛、罪を得て伊豆国へ配流。	廿六	10・5仁寛等捕縛（『殿暦』『長秋記』）。 10・22流罪（『殿暦』）、11・22（『百錬抄』） ＊この事件によって、輔仁親王籠居。
				三宮輔仁親王、鳥羽院の立太子を知り、籠居。	廿六	永久元（一一一三）・10・22（『殿暦』） ＊底本では、康和五年記事に連続する。
				輔仁親王の子息有仁、元服。	廿六	永久3（一一一五）・10・28（『永昌記』）
				有仁、三位中将、賜姓源氏となる。	廿六	元永2（一一一九）・8・14（『中右記』『長秋記』『公卿補任』）

	鳥羽院御宇			砂金千両を唐土に送った返礼として竹を賜り、笛を彫る（後の蟬折）。	十七	
				近衛院、三歳で即位。	二	永治元（一一四一）・12・27（『一代要記』『皇代暦』）
	鳥羽院御宇			清盛、安芸守の時、六年をかけて高野大塔造進し、自筆の曼陀羅を納める。	五	安芸守。久安2（一一四六）～保元元（一一五六）。＊『古事談』第五・三六七
				清盛、安芸守重任の時、三年をかけて厳島社を造進。銀蛭巻の小長刀を賜る。	五	
	仁平の頃			源頼政、化鳥を射る。	廿八	仁平（一一五一～五四）
	先年（保元以前）	2	20	清盛、熊野参詣の途次、登蓮の連歌の才に喜び、扶持する。	卅二	
一一五六	保元元	7		保元の乱。	卅二	7・11（『兵範記』『玉葉』『百錬抄』）
				清盛、播磨守に移り、播磨に下向。アニノ宮の難句に登蓮の助けを得て付ける。	卅二	清盛任播磨守。7・11（『公卿補任』）
一一五八	同　3			清盛、太宰大弐になる。	卅二	8・10（『公卿補任』）
一一五九	平治元	12	27	清盛、平治の乱で賊徒を退治。	卅二	藤原信頼斬首（『公卿補任』）
一一六〇	永暦元			頼朝、伊豆に流罪となる。	卅八	3・11（『吾妻鏡』）
				後白河院、退位後に日吉社へ御幸	四	3・25（『百錬抄』）
				清盛、正三位になる。	卅二	6・20（『公卿補任』）

						*底本では「平治二年」と表記。
				清盛、宰相になる。	卅二	8・11『公卿補任』
				清盛、衛府督になる。	卅二	右衛門督。9・2『公卿補任』
				清盛、検非違使別当になる。	卅二	永暦2(一一六一)・1・23『公卿補任』
				清盛、中納言になる。	卅二	永暦2(一一六一)・9・13『公卿補任』
	応保の頃			源頼政、鵼を射る。	廿八	応保(一一六一〜六三)
				六条院、即位(二歳)。	二	永万元(一一六五)・6・27『山槐記』『百錬抄』、7・26『帝王編年記』
一一六五	永万元	12	6	以仁王、元服(一五歳)。	八	12・16『顕広王記』
				清盛、内大臣になる。	卅二	仁安元(一一六六)・11・11『公卿補任』
				源頼政、昇殿を許される。	廿八	仁安元(一一六六)・12・30『公卿補任』
				清盛、太政大臣になる。	卅二	仁安2(一一六七)・2・11『公卿補任』『玉葉』『山槐記』『百錬抄』
				源頼政、正四位下となる。	廿八	承安元(一一七一)・12・9『兵範記』『公卿補任』
				頼朝、伊東助親女との間に男児をなす。男児、三歳で殺害される。	卅八	*『曾我物語』巻二にもあり。
一一七五	安元元	7	5	後白河院御子(六条殿腹)、座主宮の坊へ入る(七歳)。	廿七	*承仁法親王、この年、親宗を養父とする。明雲弟子。『本朝皇胤紹運録』
				北条時政を頼み、その女に通う。	卅八	*『曾我物語』仮名本巻二・真名本巻三

						にもあり。
				安達藤九郎盛長、頼朝が天下を治める夢を見る。	卌八	＊『曾我物語』仮名本巻二・真名本巻三にもあり。
				源頼政、三位となる。	廿八	治承2（一一七八）・12・24（『玉葉』『公卿補任』）
一一七九	治承3	1	4	高倉院、七条殿へ朝覲行幸。	六	1・2（『玉葉』『山槐記』）
一一八〇	治承4	1	28	春宮（安徳天皇）の着袴、真魚始め。	一	1・20（『玉葉』『百錬抄』）
		2	19	春宮（三歳）、受禅。	二	2・21（『玉葉』『山槐記』『吉記』『明月記』『百錬抄』）
				清盛・時子　准三后の宣旨を受ける。	二	6・10（『百錬抄』）
			29	京中に旋風。	三	4・29（『玉葉』『山槐記』『明月記』『方丈記』百錬抄』）
		3	17	南都北嶺の衆徒入洛の報が入り、新院、厳島御幸を延引。	四	（『玉葉』『山槐記』『厳島御幸記』）
			19	新院、鳥羽殿に参向し、次いで、厳島参詣に出発。	六	（『玉葉』『山槐記』『明月記』『厳島御幸記』『百錬抄』）＊但し、後白河院との対面は史料には見えず。
			26	新院、厳島神社参着。	六	（『厳島御幸記』）
		4	7	新院、福原に入る。	六	4・5（『厳島御幸記』）

一一八〇	治承4		8	資盛等に勧賞。 新院、寺江に泊まる。	六 六	（『厳島御幸記』『公卿補任』、4・9（『山槐記』） （『明月記』9日条）
			9	新院、入京。	六	（『玉葉』『山槐記』『明月記』『厳島御幸記』）
		4	14	頼政、以仁王邸を訪ね、謀叛を唆す。	八	4・9（『吾妻鏡』）
			22	安徳帝、紫宸殿で即位。	七	（『玉葉』『山槐記』『明月記』『吉記』『百錬抄』）
		4		以仁王、平氏打倒の令旨を全国に発布。	八	4・9（『吾妻鏡』）
		4	28	源行家、高倉宮の令旨を携えて都を出る。	八　十	
		5	8	行家、頼朝に令旨を届ける。	八	4・27（『吾妻鏡』）
		5		頼朝、国々の源氏に施行状を出す。	八	
		5	10	那智衆徒等、新宮の衆徒等と合戦、新宮方の勝利。	十	
		その頃		熊野別当覚応、六波羅に注進。	十	
		5	12	鳥羽殿に鼬、走り回る。	九	
		同	15	後白河院、八条烏丸御所に御幸。	九	5・14（『玉葉』『山槐記』『百錬抄』）
			同	以仁王の謀叛計画露呈。	十	
				以仁王流罪の議定。	十	（『吾妻鏡』）
				兼綱・光長等、以仁王の捕縛に差し向けられる。	十	5・15（『玉葉』『山槐記』『明月記』『百

						鍊抄』『吾妻鏡』）
一一八〇	治承4			以仁王、邸から逃走。	十一	5・15（『玉葉』『山槐記』『明月記』『百鍊抄』『吾妻鏡』）
				兼綱・光長等、以仁王の捕縛のために邸宅を囲む。	十	5・15（『玉葉』『山槐記』『明月記』『百鍊抄』『吾妻鏡』）
				長谷部信連、官兵と戦い、逃走。	十	5・15（『山槐記』『百鍊抄』『吾妻鏡』）
				長谷部信連、以仁王に追いつき、小枝を渡す。	十一	
				比叡山大衆下洛の噂が流れ、京中騒動する。	十一	
			15	以仁王、三井寺に入寺。	十四	＊牒状の中の記述による
		5	16	明雲に院宣を下す。	十四	
			17	清盛邸の門前に、山門の大衆、以仁王と共謀との札が立つ。	十	
		5	17	園城寺から延暦寺・興福寺に牒状を下す。	十四	南都への牒状。5・19以前（『玉葉』） ＊延暦寺へ。18日（覚一本）、21日（長門本・盛衰記・四部本） ＊興福寺へ。18日（覚一本）、20日（底本の返牒）、21日（盛衰記・四部本）、日付なし（長門本）
		5	17	新院のもとで、以仁王の謀叛について議定。 殿下（基通）の御教書を興福寺に送る。	十四	（『山槐記』） （『山槐記』）

一一八〇	治承4			園城寺の僧綱・明雲僧正を召し、衆徒の説得を命じる。		(『山槐記』) ＊底本、院宣は16日付
			19	以仁王、三井寺に逃げ籠もる。	十二	5・15（『玉葉』『山槐記』）
			20	頼政とその一党、三井寺に入る。	十三	5・22（『玉葉』『山槐記』『明月記』『百錬抄』）、5・19（『吾妻鏡』）
				競、夜に三井寺に合流。	十三	
				競、宗盛から拝領した馬、遠山の尾髪を切って宗盛という名札をつけて放す。	廿九	
		5	21	興福寺から園城寺に返牒。	十四	＊21日（覚一本）、22日（四部本）、23日（長門本・盛衰記）
				興福寺から東大寺に牒状。	十四	＊23日（盛衰記）
		5	22	山門に重ねて院宣を下す。	十四	＊22日（蓬左本盛衰記）、24日（古活字本盛衰記）
				三井寺から六波羅に夜討ちをかけようとするが未遂に終わる。	十五	5・25（『吾妻鏡』）
				清盛等、山僧を抱き込む。	十六	
				以仁王、蟬折を三井寺に納め、脱出。	十七	
			23	以仁王、三井寺から宇治に入御。宇治川合戦。	十八	5・26（『玉葉』『山槐記』『明月記』『吾妻鏡』『百錬抄』）
				源兼綱、自害。	十八	5・26（『玉葉』『山槐記』『明月記』『吾

一一八〇　治承4

				妻鏡』『百錬抄』）＊史料では梟首
		源頼政、自害。	十九	5・26（『玉葉』『山槐記』『明月記』『吾妻鏡』『百錬抄』）＊史料では梟首
		以仁王、光明山の辺りまで落ちる。	十九	5・26（『山槐記』『明月記』『吾妻鏡』『保暦間記』『百錬抄』）＊史料では場所は不明
5	23	以仁王、光明山鳥居前で流れ矢に当たり、絶命。	廿一	5・26（『吾妻鏡』）、5・27（『山槐記』）＊『山槐記』では、加幡河原で討ち取られる。
		信連自害。	廿一	＊信連没。建保6（一二一八）・12・27（『吾妻鏡』）
		以仁王の首実検。	廿一	
		清盛、三井寺・南都の張本の逮捕を命じる。	廿九	
	25	摂政基通、別当忠成・親雅を南都に派遣するが、乱暴され追い返される。	廿二 廿九	（『山槐記』『玉葉』5・27条）
		園城寺律浄房、頼朝の謀叛の成功を祈るが、討ち死。	廿二	5・26（『吾妻鏡』養和元〈一一八一〉・5・8条）
		頼朝、伊賀国山田郷を園城寺に寄進。	廿二	
		清盛、忠綱に勧賞として新田庄を与えるが、足利一門の反対に遭い、召還。	廿二	

一一八〇　治承4

月	日	事項	延慶本	典拠
	晦日	調伏法を行った僧に勧賞を行う。	廿二	5・30（『玉葉』『山槐記』）、5・29（『明月記』）
		平清宗、父の追討の賞として三位に昇進。	廿三	5・30（『山槐記』『百錬抄』）
		以仁王の遺児、六波羅に連行され、出家させられる。	廿四	5・16（『玉葉』『山槐記』『明月記』『吾妻鏡』）
		以仁王の遺児、北国に逃げ、越中国宮崎で元服。	廿四	＊北陸に入った噂は『玉葉』7・29、8・11条にあり。
		後白河院の子息（六条殿腹）出家（十二歳）。	廿七	
6	2	福原行幸。	卅	（『玉葉』『山槐記』『方丈記』『百錬抄』）
	3	頼盛邸に主上渡御。	卅	（『玉葉』）
	4	頼盛、正二位。	卅	（『玉葉』『公卿補任』）
	9	新都の事始。	卅	6・5（『百錬抄』）
	11	隆季、不吉な夢を見る。	卅	6・13（『古今著聞集』巻三・八六）
	15	新都の地を点ず。	卅	（『玉葉』『百錬抄』）
	16	託宣によって、新都の地を変更する。	卅	（『玉葉』6・17条）
	22	法勝寺の池の蓮、一茎に二花咲く。	卅	6・21（『百練抄』）
		里内裏造進の議定（23日始め、8・10棟上）。	卅	
8	15	徳大寺実定、旧都の月見を行う。	卅一	
		月見の最中に、清盛、登蓮と短連歌をかわす。	卅二	
		月見の最中に、清盛の前に化物が出現するが、睨	卅三	

一一八〇	治承4			み消す。		
				源雅頼の侍、将軍交替の夢を見る。	卅四	
		8	17	夜、頼朝、屋牧判官館を襲い、石橋山に籠る。	卅五	(『吾妻鏡』『山槐記』)
		同	23	石橋山の合戦。	卅五	(『吾妻鏡』『山槐記』)
		同	24	油井小壺の合戦。	卅五	(『吾妻鏡』)
		同	26	三浦衣笠の合戦。	卅五	(『吾妻鏡』)
		9	2	東国より頼朝謀叛の早馬到来。	卅五	
			4	清盛、高倉院から頼朝追討の院宣を賜る。	卅七	9・5追討の宣旨(『玉葉』『山槐記』)
一二〇〇	正治2			佐大夫宗信、伊賀守となり、邦輔と改名。	廿一	

櫻井陽子（さくらい・ようこ）
1957年生。
お茶の水女子大学大学院博士課程人間文化研究科単位取得退学。
博士（人文科学）。
駒澤大学文学部教授。
［著書］『林原美術館蔵平家物語絵巻』（クレオ出版　1994年）
『平家物語の形成と受容』（汲古書院　2001年）
［論文］「延慶本平家物語（応永書写本）本文再考―「咸陽宮」描写記事より―」（「国文」95号　2001年）
「延慶本平家物語（応永書写本）の本文改編についての一考察―願立説話より―」
（「国語と国文学」79－2号　2002年）

校訂延慶本平家物語（四）
平成十四年四月三十日発行
編者　櫻井陽子
発行者　石坂叡志
整版　株式会社中台整版
印刷　モリモト印刷株式会社
発行　汲古書院
〒102-0072 東京都千代田区飯田橋二―五―四
電話 〇三（三二六五）九七六四
FAX 〇三（三二二二）一八四五

ISBN4-7629-3504-2 C3393